女王はかえらない

降田天

Furuta Ten

宝島社

目次

装画　大槻香奈
装幀　高柳雅人

女王はかえらない

第一部　子どもたち

1

元気いっぱい　夢いっぱい
ぼくらのクラスはナンバーワン
エンマ帳なんてへっちゃらさ
明日に向かってまっしぐら
大きく叫ぼう　オー！
一組　一組　レッツゴー
どんなピンチも乗り越えて
ぼくらは一組　がんばるクラス
いつか必ず金メダル

みんな仲よし　友達さ
ぼくらのクラスはオンリーワン
励ましあって肩くんで
ひとりじゃないよ　だいじょうぶ

一緒に叫ぼう　オー！
一組　一組　レッツゴー
涙も笑顔に変わるはず
ぼくらは一組　すてきなクラス
団結力なら一等賞
オー！

いつものように最後に学級歌を合唱して、帰りの会が終わった。

もともとは『四組ぼくらの仲間』という歌を、ぼくのクラス、三年一組では、「四組」の部分を「一組」に替えて歌っている。この針山《はりやま》小学校は各学年に二クラスしかないので、四組から文句を言われる心配はない。他にも先生の必殺技なんかを替えているらしいけど、ぼくは元の歌を知らないし、替え歌の歌詞を考えたメンバーにも入っていなかったので、よくわからない。

そもそも、この歌が学級歌に決まった時だって、ぼくはまるで無関係だった。

テレビで流れてたんだけど、『四組ぼくらの仲間』ってよくない？　学級会が始まってしばらく経《た》った頃、マキが手も挙げずに言った。そのとたん女子が口々に賛成した。聞いた聞いた、いい歌だよね。学級歌にぴったりだよ。絶対それがいいって。その前に出ていた候補は一瞬で却下され、誰だったか不満を漏らした男子は、彼女らの集中砲火を浴びた。

三年一組で何かを決める時は、いつもそうだ。

マキ様の言うとおり。マキ様のお気に召すまま。

四月の時点ですでにそんな調子で、それからもマキの権力は揺らぐことなく、ついに翌年の三月までできた。終了式まであと二十日ばかり、このまま三年生を終えることになりそうだ。

「マキ、一緒に帰ろ！」

歌が終わるやいなや、女子がマキの席に殺到した。マキの席はぼくの席から見て斜め前の方向なので、その様は自然に目に入る。彼女らは二回目の「オー！」あたりからそわそわし始め、三回目の「オー！」の時にはもう足を踏み出している。誰よりも早く女王様のもとへ馳せ参じるために。一番に行ったからといって、今日のお供に選ばれるとは限らないのに。

「マキ、うちに来ない？　来年入るクラブの話しようよ」

「えっ、マキ、もうクラブ決めたの？　どこ？」

「あたしもそこにする！」

甲高い声を上げるクラスメートたちを、マキは黙って眺めている。猫を思わせる形の目に笑みを浮かべ、リップでてかる唇をおもしろそうに歪《ゆが》ませて。顎のラインで切った毛先を弄《いじ》るのは、満足している時の癖らしい。

マキはもったいぶって口を開いた。

「クラブはまだ決めてないいんだけど、それより誕生日会の話したいな。マキの誕生日、もうすぐなんだよね」

彼女は自分のことをマキと言う。変なの、とぼくは思っているけど、口にしたことはない。触らぬ神に祟《たた》りなし。君子危うきに近寄らず。いつだったか酔っ払ったお父さんが、自分に言い聞かせるみたいに呟《つぶや》いていた言葉の数々を思い出しながら、ぼくはランドセルを背負う。

「三月二十日だよね」

マキと同じパッチンどめを着けたミッキーが、すかさず誕生日を憶えていることをアピールした。出遅れた子たちは、悔しそうに開きかけた口を閉じた。全員がよく似たパッチンどめを着けている。

「そうそう。二十日って何かの日で休みじゃん？」

「ああ、うん、何かの日。マキの誕生日ってことしか憶えてないけど」

そう言ったのは、成績のいいユウだった。先生がテストを返す時、最高点を取った生徒を発表することがあり、たまに名前を呼ばれている。春分の日くらい知らないとは思えないのだけど。

「誕生日会は毎年その日にしてるんだ。ちなみに、今年のプレゼントは子犬なんだけど……」

反応を探るようなマキの言葉に、女子たちはわっとはしゃいだ声を上げたけど、その笑顔には緊張感が漂っている。誕生日会に呼ばれるかどうかは、人間関係を測る重要なバロメーターだ。それがマキ様の誕生日会となれば、クラスでの階級を決定づけるものとなる。彼女の友達か、それ以外か。お気に入りか、嫌われ者か。

マキはわざとらしく語尾を引っ張って権力を楽しんでから、白々しく尋ねた。

「みんな、来たい？」

行きたい、行きたい、と女子が我勝ちに叫ぶ。何人かの男子がふざけて、行きたい、行きたい、と真似をする。

男子十四人、女子十九人の三年一組では、男子より女子のほうが圧倒的に強く、おまけに男子は女子に比べて幼い。だから先にたって何かを決めたり始めたりするのは必ず女子で、男子はそれがおもしろそうなことなら考えなしに飛びつく。

ぼくは騒ぎを横目に教室を出ようとしていたけど、ふとあることに気づいて足を止めた。ミッキーだけが声を出さずにうつむいている。

マキも気づいたらしく首を傾《かし》げた。

「ミッキー、どうしたの？　来たくない？」

「違うよ！」

ミッキーは勢いよく顔を上げたけど、その顔色は真っ青だ。

「違うんだけど、もちろん行きたいんだけど、でも、あの……」

「何？　はっきり言いなよ」

「二十日は、お父さんが、ディズニーランドに連れてってくれるって……」

声は次第に小さくなり、最後はまたうつむいてしまった。ミッキーのディズニー好きは誰もが知るところで、彼女のあだ名もそこから来ている。

マキはミッキーのパッチンどめを見つめながら腕を組んだ。

「へえ、そうなんだ」

何でもないような言葉と、それにそぐわない冷ややかな声。空気に敏感な女子たちが唾を呑《の》み、まだ囃《はや》し続けていた男子たちも、雲行きが怪しいのを察して口を閉ざす。

ミッキーは再び弾《はじ》かれたように顔を上げた。

「行かない！　あたし、ディズニーランドには行かないよ！」

「え？　なんで？」

マキはいやにゆっくりと、さも不思議そうに尋ねる。

「だって、だって、ディズニーなんかよりマキの誕生日会のほうが大事だもん。そのほうがずっと楽しみだもん」

「そんなわけないじゃん。なんで嘘《うそ》つくの？」

「嘘なんか……」

「嘘つきは泥棒の始まりだから、やめたほうがいいよ。ディズニーランドに行きなよ」

マキは何か言おうとするミッキーから露骨に顔を背け、他の子たちを見回した。澄ました表情だけど、目つきが尖《とが》っているのが離れたところからでもわかった。

「他に来たくない人いる？」

「あたし、行きたくないなんて……」

「ミッキーだけか。じゃあ、ミッキー以外は呼んであげるね」

「マキ、あたし……」

「あ、テツも呼んであげるから」

ミッキーの言葉をことごとく無視したマキは、少し声を大きくして教壇のほうを見た。

先生は帰りの会が終わるとすぐに出ていってしまい、空になった教壇には、いつも何人かの男子が集まっている。明るくて見た目がまあまあで運動神経がいい、つまりはクラスでの階級が高い、男子の中心グループ。そのさらに中心にいるのがテツで、教卓の上に座って長い脚をぶらぶらさせている。

「ほんと？　サンキュー」

テツはよく光る目を軽く瞠《みは》り、白い歯を見せた。周りの男子にヒューヒューなどとからかわれ、「やめろって」とくしゃっと顔を顰《しか》める。表情がくるくると変わる。

一方マキは、大袈裟《おおげさ》に腕を振り上げて殴る仕種をしてみせた。

「やだ、そんなんじゃないってば。あんたたちも呼んであげるんだから。やめてよ、ばかあ」

彼女の口もとが緩んでいるのを見て、ぼくはすっかりばかばかしくなった。だけど教室を出ていきかけたところで、マキの声に襟首を摑《つか》まれた。

「ねえ、オッサンも呼んであげようか？」

ぼくは一呼吸して振り返った。

窓から差しこむ日を浴びて、マキの輪郭が光っている。気の強さが表れた顔立ちに、女子で一番速く走れる細い脚。クラスの頂点に君臨する女王様。パッチンどめの親衛隊が彼女の周りを固めている。

いつのまにか輪の外に弾き出されたミッキーが、泣きそうな顔で口をもごもごさせている。マキが普段は関わりのないぼくに声をかけてきたのは、ミッキーに発言の機会を与えないため、そしていっそう孤立感を強めるためだろう。

ぼくは嫌な顔をするでもなく、かといって微笑《ほほえ》むでもなく、ごく普通の態度で答えた。

「ぼく、二十日はおじいちゃんちに行くんだ。春分の日はいつも、おばあちゃんが作ってくれた草餅を食べて、おじいちゃんと縁側で将棋を指すんだ」

マキが笑い出し、パッチンどめ隊も追いかけて笑った。

「オッサンってば、やっぱオッサン！　自分の世界を生きてるっていうか、ほんと変わってるよね」

マキが手を叩《たた》くのを、ぼくは黙って見ていた。

変わってる——それは階級社会から逃れる魔法の言葉だ。あいつは自分たちとは違うぞ、と思われれば、クラスに作り上げられた体制の外に置かれ、教室にいながら部外者になることができる。権力を握ることはない代わり、いじめられることもない。

三年一組というマキ王国にも、何人かはそんな世捨て人がいて、ぼくはそのうちの一人だ。変わり者というスタンプを押されることにより、軽んじられ、あるいは少し見下されつつも、平穏な毎日を送っている。ぼくの成績がクラスで一番だということも役に立っているのかもしれない。

マキはぼくを咎《とが》めることも無理に誘うこともなく、あっさりとよそへ視線を移した。それを潮に、ぼくは今度こそ教室を出た。

クリーム色の廊下は、教室に比べてうんと涼しい。薄手のジャンパーでは肌寒いくらいだけど、胸の中がすっとする感じが心地よくて深く息を吸う。二階の窓と同じ高さにある桜の蕾《つぼみ》が、今日も一向に膨らむ様子がないのを見ながら、階段に向かって歩き出す。

後ろからがちゃがちゃとランドセルを揺らす音が近づいてきた。振り返ると、メグが駆けてくるところだった。小柄で手足なんかゴボウみたいに細いけど、姉のお下がりだというカラフルなパーカーを着ているせいで、廊下にいる誰よりも目立つ。

「すごいなあ」

メグは隣に並ぶなり小さな声で言った。

「何が？」

「さっきマキの誘いを断ったこと。なかなかできないよ」

「本気で誘われてるわけじゃないからね」

「そうかもしれないけど……」

メグは重いため息をついた。伏せた睫毛《まつげ》が黒目がちの目を覆っている。

一学期から三学期まで連続で学級委員を務めるメグは、今のクラスの状態に心を痛めている。さっきみたいな場面で、勇気を出してマキを諌《いさ》めることも多いのだけど、たいていはきつい言葉で負かされてしまう。

「逃げてきちゃった」

仲裁せずに教室を出てきたことを、メグはそんなふうに表現した。

「何度も言うけど、メグが責任を感じることじゃないよ」

「でも……話したことあると思うけど、うちってお母さんとおばあちゃんの仲が悪くてさ、ずっと間に挟まれてきた身としては、なんとかしなきゃいけないような気になっちゃうんだよ。それに、学級委員だし」

「学級委員ってクラス全員のお守り係なの？」

「意地悪な言い方しないでよ」

「しつこくうじうじ言うからじゃん」

ごめん、とメグはうなだれた。

「でも、やっぱりミッキーを見捨てたのはよくなかったよ。だいじょうぶかな……」

「見捨てたなんて大袈裟な。もともと仲よしでもないのにさ。それこそミッキーはマキの一番の仲よしなんだから、メグがよけいな口出ししなくたって、自分でまたうまく取り入るよ」

「取り入るって、そんな言い方」

「言い方、言い方、うるさいなあ。実際そうじゃん、同じパッチンどめ着けたりしてさ」

「同じじゃないよ。マキのはハート柄で、ミッキーのは星柄」

「柄が違うだけでしょ」

「それがポイントなんだって。ハート柄はマキしか使っちゃだめなんだよ。星柄を使っていいのはミッキーとユウとリエだけで、それより下の子はチェックやストライプならオッケー、さらに下の子は柄なしで色つき、もっと下の子は黒と銀のみ。そうやって細かく決まってるんだから」

「下、ねえ」

うへえ、とぼくは唇を曲げた。なんて露骨な階級制度だろう。

「よくそんなとこ見てるね」

並んで階段を下りながら言うと、皮肉のつもりはなかったのだけど、メグはちょっと口を尖らせた。

「お姉ちゃんが三人もいれば、自然に女子社会のルールに敏感になんの」

「だったらマキになんか関わらなきゃいいのに。って、何度も言ったよね」

「わかってるけど……やっぱりほっとけないよ。マキも根っから悪い子じゃないと思うんだ」

「それがよくわかんないよ。根っから悪い子ってどんな子？　じゃあマキはどこから悪いの？」

「……また意地悪な言い方」

メグがしょんぼりしてしまったので、それ以上の追及はやめにした。

根っから、と言うなら、メグは根っからの善人だと思う。誰にでも分け隔てなく優しくて、地域の人から「針山小学校の生徒さんに親切にしてもらった」と電話があれば、それはたいていメグのことだ。人が嫌がる仕事も率先して引き受け、たとえば誰かが嘔吐《おうと》したとしたら、一番に雑巾を取りに走っている。しかもそういった行動を、けっして誇ったりひけらかしたりしない。内向的で目立たないタイプにもかかわらず、一年を通して学級委員に推薦されたのは、みんながそれを認めているからだろう。

下駄箱から出したズックに踵を押しこみながら、ぼくは歯痒《はがゆ》さを抱えてメグを見た。ぼくと同じくらいの長さの、しゃれっ気のないショートヘア。

メグはマキに媚びず、反対に嫌いもしない。気が弱いくせに注意なんかして、その度に傷つけられる羽目になるのに。

「あと二十日くらいのもんだよ」

ぼくはそっけなく言って、先にたって昇降口を出た。校門の脇に立つ桜の蕾もまだ固い。桜も耐えているのだ、そして待っているのだ。

「春になったらクラス替えだよ」

次はマキと別のクラスになれるかもしれない。そうでなくとも、クラスのメンバーが変われば、今のままの支配体制は続かないはずだ。ただその時を待てばいい。メグがなんとかする必要なんかない。

ぼくの言いたいことが伝わったんだろう、追いついてきたメグは黙ってうつむいた。ちらりと見えた表情から、罪悪感に苦しんでいるのがわかった。

メグにそんな顔をさせるマキを、ぼくはこっそり憎んだ。

正門前の横断歩道を渡ったところに、「かあさんにいえないことはやめましょう」という標語が書かれた看板が立っている。その横を通り抜けて、地方銀行の支店がある角を曲がれば、わりと交通量の多い道に出る。

ここを歩くのが心配だからと、一年生の頃は、毎朝メグと一緒に登校するよう両方の母親からきつく言われていた。ぼくたちの家は近く、母親同士の仲がよいため、物心つく前からしょっちゅう二人で遊んでいた。いわゆる幼なじみというやつだ。今はもちろん通学路にも慣れて、どうしても一緒に行けとは言われていないけど、それが習慣になっている。

白線ぎりぎりのところを軽トラックが通り過ぎていった。音がのろのろと遠ざかり、ぼやけたような弱い風が残った。午後三時台というこの時間、車の数は少ないけど、スピードはあまり出ていない。一車線しかなく、歩道との間にガードレールも縁石もない道なので、出したくても出せないのだ。

軽トラックはのっそりと体を捻《ひね》り、道沿いの農協に入っていった。他の建物は古い民家ばかりなので、離れたところからでもすぐわかる。遅れてそこにさしかかったぼくたちは、金網のフェンスをなぞって指が自分の意思とは関係なくばらばらに動くのを見ながら、縦になって歩いた。後ろのメグは今日はやけに無口だ。時々ため息らしきものが聞こえるから、たぶんマキとミッキーのことを考えているんだろう。

そっと振り返ると、うなだれてますます小さくなったメグの向こうに、つんと尖った山が見えた。学校の裏手にあって、一年生の遠足でも登れるくらいの低い山だけど、そのてっぺんの形から針山と呼ばれている。

「田舎だよね」

メグにかける言葉が見つからず、ぼくは意味のないことを呟いた。

東京から特急と鈍行を乗り継いで二時間ちょっとの、北関東の田舎町。県内でも北のほうに位置する郡の、小さな町だ。周りの町村に比べたら少しは栄えているけど、町内には草ぼうぼうの河川敷を持つ大きな川が流れ、通りを少し外れれば広々とした田んぼが連なっている。

ぼくはこの町が嫌いではないけど、都会だったら小学校のクラスがもっとたくさんあるだろうに、とは思う。そうであれば、進級してマキと別のクラスになる確率が上がるのに。

「クラブ、もう決めた？」

メグが気を取り直したように訊《き》いてきたので、ぼくはいくらかほっとして、車道のほうに寄って横に並んだ。今日マキも言っていたけど、針山小学校では、四年生になったら全員がクラブか委員会に入らなければならない。

「うん、将棋クラブ。か、読書クラブ。か、図書委員会」

「それ、決めたって言わないよ」

メグはやっと笑った。

「メグは？」

「まだ決めてない。強くなれるようなとこがいいんだけど」

「運動部ってこと？」

「それもいいかもしれないけど、性格的な意味でさ」

気が強くなって、それでマキに意見でもするつもりだろうか。面倒見がいいというか、お人よしというか。つくづく呆《あき》れてしまう。

車がほとんど通らない細い道に入って、四辻を過ぎたところで、ぼくたちはいつもどおり手を振った。角に建っているのがメグの家で、向かいの二軒隣がぼくの家。どちらも昔ながらの木造の二階建てだ。

門を潜ると、玄関の脇にお母さんの自転車がなかった。幼稚園年長組の妹、愛《あい》を連れて公園にでも出かけているんだろう。郵便受けの天井を探って鍵を取り出し、中に入る。台所のテーブルにラップをかけたドーナツがあり、その傍《そば》に思ったとおりの内容の置手紙があった。

ぼくはドーナツを手に取る前に、テーブルの上で開きっぱなしになっていた絵本を閉じた。今は愛のものになった、ぼくが一番好きだった絵本。変わらず大切に思っている、なんてことは全然ないけど、それでもこうして放り出されているといい気はしない。

読書好きのお父さんは、ぼくにたくさんの絵本を買ってくれた。絵本を卒業してからは、よく児童書を買ってくれる。逆にいえば、本を買ってくれる以外に何かしてもらった記憶はほとんどない。面倒くさがりの上にコミュニケーションが下手な人なのだ。だから出世できないのよ、とお母さんはぼやく。本なんか図書館で借りればいいのに、とも言う。ぼくはお父さんを尊敬していないけど、お母さんよりはましだと思う。

ドーナツを食べてから宿題をすませ、お父さんの書斎に入った。物置みたいに小さな部屋に、机と椅子と本棚がぎゅうぎゅう詰めこんである。お父さんは休みの日には必ずここに籠もり、お母さんに嫌な顔をさせる。

ぼくは壁際の本棚に近づき、背伸びをして目当ての一冊を抜き出した。家に誰もいない時、こうしてお父さんの本を読むのが、ぼくの秘密の楽しみだ。漢字が読めなかったり意味がわからなかったりすることも多いのに、どういうわけかとてもおもしろい。

ところがほんの一ページも読まないうちに、庭のほうから声が聞こえてきた。

「お兄ちゃんたち、びゅーんって飛んでたね」

「愛ちゃんは絶対に真似しちゃだめよ」

ぼくは舌打ちして、すばやく本を片づけて書斎を出た。お母さんが自転車を停めている間に、早足で自分の部屋に戻って勉強机に向かう。

「ただいま」

お母さんが部屋のドアを開けた時、ぼくは計算ドリルを開いて鉛筆を持っていた。

「宿題してたの？」

「今、終わったとこ」

「そう。よそのお母さんたちは、子どもがちっとも勉強しないなんて困ってるけど、うちは安心ね。ところで……」

お母さんは少し眉を顰《ひそ》めた。

「公園で愛ちゃんを遊ばせてたら、男の子が何人か来たの。あの子、何て言ったっけ、背が高くて格好いい……そうそう、テツくんたち」

何度かの学校行事で、お母さんはぼくのクラスメートの顔を知っている。そこまで聞いた時点で、ぼくには状況の予想がついた。

「ブランコ？」

ブランコを鎖が地面と平行になるくらいまで高く漕いで、最高点で鎖から手を離してジャンプし、できるだけ遠くに着地する。そういう遊びが三年生の男子の間で流行っている。ぼくも見たことだけはあるけど、一番うまいというテツなんかは、ほとんど空を飛んでいるみたいだった。彼にはたぶん怖いものなど何もないんだろう。

「あら、もしかしてやったことあるの？」

「まさか」

テツは「オッサンもやってみる？」と誘ったけど、冗談じゃなかった。運動は苦手だ、どうせ失敗して笑いものになるに決まっている。それに見つかったら叱《しか》られるし、けがでもしたらつまらない。第一、そんなことがうまくても何の役にも立たない。

お母さんは頬に手を当てた。

「男の子はわんぱくでいいと思うんだけどね。さすがにあれにはひやっとしたわ。そのうち大けがするんじゃないかしら」

「自己責任だよ」

ぼくは最近知った言葉を口にした。いい言葉だ、自己責任。

「心配しなくても、ぼくはやらないよ。ばかな遊びには加わらないし、関わらない」

だから早く出ていってよ、と心の中で付け足した。

翌朝の教室では、予想どおりの遊びが行われていた。

「お、おはよう、マキ。あのね、昨夜お父さんに話してディズニーランドには行かないことになったから……」

「おはよ、テツ！」

それはマキがミッキーを無視したことから始まった。なお話しかけようとするミッキーを、パッチンどめ隊が遮る。ミッキーが声を大きくすれば、「透明人間の声がする」と笑う。とうとうミッキーが泣き出すと、マキが待ってましたとばかりに口を開いた。

「なんか泣いてる人がいるんだけど。まるでマキたちが何かしたみたいじゃない？」

不愉快そうな声とは裏腹に、両端が吊《つ》り上がった唇。毛先を弄るのは満足の証だ。

ぼくはそれを目の端に捉えながら、黙って自分の席についた。持ってきた本を開いて無関係を貫く。もっとも関わろうとしないのはぼくだけではなく、世捨て人の女子と、大半の男子がそうだ。テツもマキに挨拶を返したきり、あとは仲のいい男子同士で漫画の話に花を咲かせている。

とはいえ、そうしていても目にも耳にも情報は入ってくる。

「マキ、あたし……」

声を絞り出すミッキーに目をやって、マキはわざとらしく驚いたそぶりを見せた。

「あれえ？　なんでこの人が星の着けてんの？」

星の、とはパッチンどめの柄のことだろう。メグの解説によると、ミッキーは星柄を着けることを許されるほど上の階級にいたはずだ。昨日までは。

「着けなよって、マキが……」

「友達だった時の話でしょ。裏切り減点が溜まった人は、もう友達じゃないよ」

裏切り減点？　聞き慣れない言葉に本から顔を上げたぼくは、少しして理解した。教室移動や学級会の後、たまにマキの口から出ていた言葉。マキを置いていったから減点一ね。マキと違う意見に賛成したから減点二ね。何だろうと思いつつ聞き流していたけど、あれは女王様に対する裏切りを咎めていたのか。減点が溜まれば階級が下がる仕組みらしく、ミッキーは昨日の一件で大量に減点されてしまったようだ。

「それ、外してよ」

マキはミッキーの頭に向かって顎をしゃくった。ミッキーが動けずにいると、周りの女子が一斉に手を伸ばして、彼女のパッチンどめを毟《むし》り取った。

「やめて、やだ、痛い！」

ミッキーのうろたえた悲鳴。つい見てしまっていたぼくは、そのことを後悔した。無理に奪い取られたパッチンどめには、引きちぎられた髪の毛が絡みついている。

「よ、よしなよ……」

弱々しい声がして、ぼくは舌打ちしそうになりながら、ミッキーを包囲する輪の外に目を向けた。そこには、震える拳を握りしめたメグがいた。教室に入ったのは一緒だったのに、どうしてあんなところにいるんだ。春を待てと言ったのに。

騒いでいた女子たちが、ぴたりと口を閉ざしてメグを見た。メグの上履きの踵がじりっと後ろにずれた。

「え、何？」

マキの問いかけとともに人垣が割れ、女王様とメグとの間に道ができた。いっそう身を硬くするメグとは対照的に、マキは余裕たっぷりの表情をしている。

「……暴力は、いけないと思う」

「暴力？　マキたちが暴力振るったって言うの？　いつ？　何時何分？」

「だって、ミッキーは痛いって」

「ミッキーっていつも大袈裟なんだよね。ディズニーキャラ見たらかわいいかわいいって大騒ぎするけど、そんなにかわいいかあって思うし」

「でも、髪があんなに……」

「事故だよ」

マキはメグの反論をぴしゃりと遮った。

「マキたちはパッチンどめ外してって口で言ったもん。でもミッキーがそうしなかったから、代わりに外してあげたんだもん。ミッキーが自分で外すか、あんなに暴れなかったら、痛い思いすることなんかなかったんだから。自分が悪いのに、ちょっと髪が抜けたくらいで大袈裟に泣いたりしてさ」

「どうしても外さなきゃだめなの？　ミッキー、ディズニーランドには行かないって……」

「裏切りは裏切り」

裏切りというどぎつい言葉は、みんなの心を強く刺激したようだった。誰かを攻撃する時は、より残酷な表現や方法を選んだ人間が英雄になる。悪口なら、「太っている」より「デブ」、「デブ」より「ブタ」。マキたちを観察するうちに学んだことだ。マキの取巻きは口々に「裏切者」

という言葉を繰り返した。

「そこまで言わなくても……」

「何、メグは裏切者の味方するの？」

声に押されてほとんど尻餅をつきそうなメグを、マキはきつく睨《にら》みつけた。取巻きの視線もついてきて、咎めるように、あるいは諌めるように、無言で訴えかけている。裏切者の味方は裏切者だよ。いくらメグでもこれ以上マキに逆らったら……。

ぼくは知らず息を止めていた。今やマキたちの意識はメグに集中し、庇《かば》ってもらったはずのミツキーは、泣くのをやめてじっと気配を殺している。

だから放っておけばよかったのに。関わらずにやりすごすべきだったのに。

少なくともぼくはそうしたかった。でも、こうなってはしかたない。

「ねえ」

ぼくは臍《へそ》の下に力を入れ、なるべく穏やかに声をかけた。こっちを向いたマキたちの視線を、黒板の上に掛けられた時計に導く。八時十五分。針山小学校では、毎朝八時二十分から読書や音楽や運動のための時間が設けられていて、今日は「読書タイム」の日だ。

「そろそろ先生が来ちゃうよ」

こんなふうに揉めているのを見られたら、叱られるに違いない。

げ、と反応したのはテツだった。お母さんの言葉を借りればわんぱくで、その分、先生から罰を食らうことも多い。

先生はいつも小さなノートを持っていて、生徒が宿題を忘れたり私語をしたりすると、口頭で注意をした後、そのことを書き留める。マイナス点を控えておいて通知表に反映させるためらしい。学級歌の歌詞になっている「エンマ帳」だ。

テツは座っていた教卓から跳び下り、廊下に顔を突き出したかと思うと、すぐに引っこめて「来たぞ!」と叫んだ。まず男子が、次に女子が、蜘蛛の子を散らすように自分の席に走った。マキとパッチンどめ隊もばらばらになり、ミッキーもちゃっかり座っている。

最後まで残っていたメグが、薄い唇を噛《か》みしめて腰を下ろした時、ちょうど先生が入ってきて、神経質そうな眉をぴくりと動かした。

「全員きちんと着席しているなんて珍しいですね。何かあったんですか?」

先生はぼくたちに対して「ですます調」で喋《しゃべ》る。名前を呼ぶ時も、苗字に「くん」や「さん」を付けて呼ぶ。マキたちは「暗い」とか「よそよそしい」とか言って嫌がっているけど、ぼくは隣の二組の先生みたいに、なれなれしくあだ名や下の名前で呼ぶほうが嫌だ。

「何もありませーん」

代表して答えたマキは、何食わぬ顔をしているんだろう。権力者の自信がそうさせるのか、彼女の声音はいつも溌剌《はつらつ》として明るい。そのため大人には受けがいいようだ。

先生は追及することなく、八時二十分のチャイムとぴったり同時に、出席簿とエンマ帳と一緒に持ってきた文庫本を開いた。読書タイムにはぼくたちと同じように活字を追う。よく見ると、使いこまれたブックカバーに包まれた本は、三日に一度くらいのペースで新しいものに変わっている。

隣にも先生が来たらしく、こっちにまで届いていた騒がしさが次第に収まり、教室にはページをめくる音しかなくなった。

ぼくは胸を撫《な》で下ろした。うまくピンチを切り抜けられたようだ。メグはこれだから困る。自分を守る力もないくせに、他人を助けずにはいられないから。おかげでぼくが、関わりたくもないのに関わる羽目になったじゃないか。

ぼくは後方のメグの席を軽く睨んだ。すると、その隣に座るモックと目が合った。

モックは典型的ないじめられっ子で、誰かと目が合おうものなら、いつも慌てて逃げるようにうつむく。痩せぎすの体を小さくして、血色の悪い唇をすぼめて、フジツボを思わせる目を落ち着きなくしばしばさせて。

ところが、今はそうではなかった。モックはうっすらと笑った。

ぼくはぎくりとした。この表情は何だろう。まるで嘲《あざけ》るような、蔑《さげす》むような。

すぐに不快な気持ちがこみ上げてきた。メグが仲裁に失敗していじめられそうになったことを笑っているのか。それとも、別の何か——ぼくを？

思わず睨むと、モックは立てた本の陰にさっと顔を隠した。普段の彼らしい、いかにも気の小さそうな動きだった。

ぼくは窓の外に目を向け、ここからは見えない桜の蕾を思った。

早く咲け。早く春になれ。

2

例年よりも遅れて咲いた桜は、例年よりも早く、始業式を待たずにほとんど散ってしまっていた。妹の愛は今年から小学生になり、お母さんは入学式の写真に満開の桜が写らないことを残念がっていたけど、ぼくにはどうでもよかった。

桜が咲いたって、散ったって、何も変わらない。ぼくらの毎日は変わらない。

針山小学校では、今年度はクラス替えが行われなかった。なんでも新しく来た校長先生の方針だとかで、ぼくたちは三年一組の時と同じメンバーのまま、しかも担任も持ち上がりで、四年一組になった。同じクラスメート、同じ先生、教室のある校舎も階も同じ。メグはなんと四期連続で学級委員になり、マキは依然として女王様だ。

一組　一組　レッツゴー……

もはやみんなが変化を拒んだように、もしくは諦めたように、学級歌さえ変わらなかった。マキが選んだ歌は、大きな紙に書かれて黒板の横に貼られている。

ただ、一つだけ変わったことがあった。

エリカ——始業式の日にやってきた転校生だ。

ぼくは黒板からそっと目を離して斜め前の席を見た。彼女は窓際の一番前に座り、先生が黒板に記した「大きな数」、九桁の数字をノートに写している。

ほっそりとした長い手足に、透き通るような白い肌。すっと抜けた首の上にある、驚くほど小さな頭。まるで白鳥だ。

エリカは東京から来たのだそうだ。パパの会社がこっちに支社を作ることになって、パパは支社長になったの、と彼女は説明した。小学生でも名前を聞いたことがある会社で、クラス中がお嬢様だと騒ぎ立てた。

実際、エリカの家は金持ちなんだろう。いつもよそいきみたいな服を着ているから、名札のピンを刺すのがもったいなく思える。今日は裾が膨らんだワンピースに、くるみボタンのカーディガン、つやつやと光る靴を履いている。

ぼくは自分の足もとを見た。ジーパンと、土や草で汚れたズック。

「この数字の読み方がわかる人」

先生の問いかけに顔を上げると、黒板には100000000と記されていた。一億、とぼくは頭の中で答える。

エリカが静かに手を挙げた。気取った感じがするくらい、やけにきれいな動きだ。

転校初日の自己紹介によると、エリカは英会話とピアノとバレエを習っているという。英会話とピアノまではともかく、バレエなんて遠い世界の話だったので、クラス中がぽかんとした。この町の子どもの習い事といえば、習字と算盤、それに剣道だ。

エリカみたいな格好をした子も、バレエを習っている子も、他にはいない。

「一億です」

正解して褒められたエリカは、得意になる様子もなく微笑んでいる。

二時間目が終わった後の、やや長い休み時間のこと、マキが取巻きを連れてエリカの席にやってきた。マキは相変わらずハート柄のパッチンどめを、周りの子はそれぞれ色や柄の異なるものを着けている。

やっぱり、とぼくは思った。始業式から三日、マキはエリカが擦り寄ってくるのを待っていたようだけど、一向にその気配がないので、痺《しび》れを切らして自分のほうから話しかけることにしたんだろう。なんとなくそうなる気がしていた。

「エリカ」

マキは最初から不機嫌そうな声で、偉そうに声をかけた。エリカって呼んで、と最初に言ったのは本人だけど、初めて話をするのに遠慮もためらいもない。

ぼくは本を開いたものの、二人のやりとりが気になって密かに見ていた。今までマキは顔だけはかわいいと思っていたけど、こうしてエリカと並ぶと見劣りする。

ぱっちりした二重の大きな目。瞬《まばた》きで風が生まれそうな長い睫毛。小ぶりで尖った鼻。花びらみたいにふっくらした唇。エリカの顔立ちは西洋人形のように華やかで、それに比べると、マキの顔はなんだか垢《あか》抜けない。マキ本人も薄々気づいているのか、普段よりも大きく目を開けているようだ。

「なあに？　ええと、マキちゃんだっけ」

エリカはまったく癖のない標準語で答えた。口調はおっとりしているのに、はきはきと滑舌のよい東京の言葉。ぼくらの言葉が訛《なま》っているという感覚はなかったけど、そうなのかもしれないと思えてくる。

自分の存在があまり意識されていなかったことに、マキはいっそう機嫌を損ねたらしかった。ほとんど睨むような目つきになって、エリカのふわふわしたやわらかそうな髪を見つめる。

「なんでパッチンどめ着けないの？」

エリカは肩を覆うくらいに髪を伸ばしており、顔の左サイドの部分だけを、リボンの形をした小さなバレッタで留めている。ぼくは最初、それもパッチンどめだと思っていたのだけど、メグから違うものだと教えられた。この三日、毎日同じバレッタを使っているから、お気に入りなんだろう。

「パッチンどめ？」

「えー、知らないの？　すっごく流行ってるのに」

マキはとたんに勝ち誇ったような笑顔になった。でも、それでエリカが恥ずかしがったり悔しがったりすることはなかった。エリカは微笑んだまま、軽く目を瞠った。

「へえ、今、流行ってるんだ。前の学校では、三年生の夏頃に流行ってたよ」

田舎者に対する強烈な一撃だった。マキはたちまち真っ赤になり、釣り上げられた魚みたいに口をぱくぱくさせている。パッチンどめ隊がおろおろと女王を見たけど、おそろいの隊の証は急に輝きを失ったようだ。

「……バレッタなんてダッサ！」

マキはやっとのことでそう吐き捨て、荒々しい動きで自分の席に戻っていった。途中で誰かの机を蹴飛ばし、遠巻きに見ていた男子が「こえー」と囁《ささや》く。

ぼくは胸のすく思いで、改めてエリカを見た。彼女は、あの子はどうしてあんなに怒っているのかしら、とでもいうように、細い首をわずかに傾けてマキを見送っている。

たったあれだけの言葉でマキをやりこめてしまうなんて、まったく大したものだ。エリカなら、マキ王国を壊せるかもしれない。去年と同じ一年を過ごすのだと諦めていたけど、今年は変わるかもしれない。

その日の帰り道、足取りの軽いぼくとは反対に、メグが沈んだ声で呟いた。

「心配だなあ」

「心配って何が？」

「ん……マキとエリカのこと」

「またそんなこと言ってんの？　あの二人の何が心配だって？」

呆れと苛立《いらだ》ちを隠さずに言うと、メグは亀のように首をすくめた。

「だから、あの二人がけんかにならないかって」

「そりゃなるんじゃない？　女王様は反逆者を許さないだろうし、エリカはエリカで黙って従いそうにはないし。だから期待してるわけだけど」

「期待？」

「今日の調子でエリカがマキをやりこめてくれれば、みんなのマキを見る目が変わるかもしれないじゃん。女王様の権力が弱まって、独裁体制が崩壊するかも」

独裁という言葉をメグが知らなかったので、ぼくは説明してやった。メグは感心したようにうなずいたけど、その表情は冴えないままだ。

「そうかもしれないけど……」

「何？　エリカが返り討ちにあっていじめられるかもって？」

それはそれでしかたない。マキに逆らうことは誰が頼んだわけでもないのだから、エリカの自己責任だ。マキの権力が弱まれば儲けもの、そうならなくても現状のまま、ぼくたちにとっては今より悪くなることはない。

「そうじゃなくて……エリカがマキに取って代わるだけなんじゃないかって」

メグは自信がなさそうな口ぶりで言った。いったん言ってしまったら勢いがついたのか、ぱっと顔を上げて続ける。

「エリカとマキがけんかになったら、エリカの味方に付く子もいると思うんだ」

「たくさんいるだろうね。マキに内心うんざりしてる子は多いだろうから」

「そしたら女子が二つに割れて、戦争みたいになるでしょ。それでエリカの側が勝ったら？」

「新しい女王様の誕生、か」

なるほど、大いにありうる話だ。だけど、ぼくはメグの不安に共感はしなかった。

「そうなったとしても、今よりはいいんじゃない？　エリカはマキみたいに性格悪くなさそうだし、クラスメートを積極的に支配しようとはしないと思う。今日の件だって、わざとマキを傷つけようとしたわけじゃなさそうだったよ」

「マキだって悪いところばっかりじゃ……」

「でも、人をいじめることを楽しんでるよね？」

メグだって下手をすればいじめられかねないのに、何を言っているんだろう。ついきつい口調で遮ると、メグは言葉に詰まってうつむいた。

そのまま黙って歩いて、四辻まで来たところで、ぼくは体ごとメグのほうを向いた。

「しつこいようだけど、メグが心配することじゃないから。変に関わっていじめられそうになっても、今度こそ知らないよ？」

ミッキーを庇った件の後にも、似たようなことは何度もあった。ぼくは関わるまい関わるまいと思いながら、結局その度に助け船を出した。

「……いつもありがとう。じゃあ」

メグは小さな声でそれだけ言って、自分の家に入っていった。ぼくの忠告に対して、やはりうんとは答えないまま。

ぼくは道端の小石を蹴った。


些細な、だけど無視できない変化が訪れたのは、さっそく翌日のことだった。

「ミッキー、おは……」

あの日以降クラスメートのほとんどから無視されているミッキーに、いつもどおり自分から声をかけようとしたメグは、途中で息を呑んだ。ぼくもメグに付き合って挨拶くらいはしているのだけど、やはり声を失ってしまった。

「……おはよう、メグ、オッサン」

ためらいがちに口を開いたミッキーの髪には、赤地に白い水玉模様のアクセサリーが飾られている。マキにパッチンどめを毟り取られてからは、ずっと何も着けていなかったのに。

「それ、バレッタ?」

メグがぎこちなく問いかけるのと同時に、昇降口のほうから弾んだ声が飛んできた。

「わあ、かわいい！」

小走りに近づいてくるのは、いつものバレッタで髪を留めたエリカだ。彼女は挨拶も忘れたように、きらきらした目をミッキーの頭に向けた。

「ミニーちゃんのリボンと同じ柄。ディズニー、好きなの？」

「う、うん。だからミッキーって呼ばれてるんだ。最近はほとんど呼ばれないけど……」

「ミッキーはディズニーランドも好き？」

あっさりとあだ名を呼ばれて、ミッキーの顔がぱっと輝いた。

「好きだよ！　春休みにも連れてってもらったばっかり」

「そうなんだ。わたしも春分の日に行ったよ」

「えっ、惜しい！　あたしも最初は春分の日に行くはずだったんだよ。もし行けてたら、向こうで会えてたかもしれないのに」

会ったところで知らない同士なのに、ミッキーは本気で残念がっているようだ。春分の日、ミッキーはディズニーランドに行くのを断って、マキの誕生日会に参加しようとした。でも誕生日会には呼ばれなかった。後でディズニーランドには行けたらしいけど、彼女にはもうそのことを話す相手がいなかったのだ。

「こんなかわいいバレッタ持ってるのに、なんでいつも使わないの？」

エリカが尋ねた時、ちょうどマキが取巻きとともに昇降口を入ってきた。メグが気遣わしげにミッキーを見たけど、ミッキーは意外にも堂々とその場に立っている。それどころか、声が聞こえるところまでマキが近づいてくるのを待って口を開いた。

「うちのクラスではパッチンどめしか着けちゃいけなかったの。しかもデザインまで決められてたんだよ」

「どうして?」

「女王様きどりの人が時代遅れだったからじゃない?　でも、あたしはもうやめた。パッチンどめなんてダサイよね」

「そんなことないと思うよ。ただ、東京の学校ではもう流行ってなかったけど」

「ほらね、それがダサイってことだよ」

ミッキーはマキを見ながら鼻で笑った。上履きに履き替え、髪をぶんと振り回すようにして体の向きを変える。

マキはと見ると、言い返すこともせずに、連れ立って歩いていくミッキーとエリカを見つめていた。目つきは鋭いけど、顔色は蒼白《そうはく》で、唇がぶるぶると震えている。

ぼくは目を丸くした。階級の高い女子にとって、ダサイと言われることはこんなにもダメージになるものなのか。ぼくには「オッサン」なんてあだ名をつけたくせに。

「だいじょうぶ?」

今にも泣き出しそうなマキを見かねたのか、メグがおずおずと声をかけた。それがますます癪に障ったらしく、彼女は返事もせずに上履きを履き、立ち尽くすぼくたちに体当たりするようにして大股で歩き去ってしまった。残されたパッチンどめ隊は顔を見合わせ、追うべきかどうか決めかねているようだ。

教室に入ると、ミッキーはエリカの席の前に屈んでお喋りを楽しんでいた。思えば彼女の笑顔を見るのは久しぶりだ。時折マキのほうを見て、エリカの耳もとでこそこそと何か囁く。ミッキーが今までやられてきたことだった。

そんな二人のところへ、新たに一人の女子が近づいていった。昨日までは柄のないパッチンどめを着けていた気がするけど、今は何も着けていない。一人、また一人。マキ王国で階級が下だった子たちが、階級章を外し、だんだんとエリカのもとに集まっていく。

「エリカのバレッタ、やっぱりかわいいね」

「ありがとう」

「あたし、エリカの家、見たよ。お城みたいだね。遊びに行っていい？」

「いいけど、たいしたことないよ。でもペットの犬だけは自慢できるかな。パパが東京で買ってくれた血統書付きのヨークシャーテリアでね、とってもお利口なの」

「ケットウショ付きってすごーい！」

最初は遠慮がちに話していたのが、たちまち教室中に響く声になった。おそらく血統書の意味もわかっていないだろうに、マキに自慢しているつもりなのかもしれない。

「よけいなことしちゃだめだからね」

入り口からその光景を眺めていたぼくは、傍らのメグに釘《くぎ》を刺した。あんなに言ったのに、さっきもマキに声をかけて、嫌な態度を返されたばかりなのだ。メグは返事をしなかったけど、おとなしく自分の席に座った。

それから一週間も経たないうちに、教室の勢力図はがらりと変わった。

四年一組の女子二十人が、ぱっくりと二つのグループに分かれたのだ。パッチンどめを着けたマキグループ、八人。バレッタなど他のアクセサリーを着けたエリカグループ、八人。あとの四人は、どちらにも属さない二人組や独り者で、グループという形にはなっていない。

「……やったね」

給食のけんちん汁をよそっていたら、お盆を持って前に立ったモックがぼそりと言った。ただでさえ声が細い上にマスクをしているので、ちゃんと聞き取れなかったけど、やったね、と言ったのか。

ぼくは彼のお椀を見た。よそった量が特に多いということはない。具が偏っているとも思えない。モックの顔に視線を上げると、フジツボのような目がちらっちらっとこっちを見ている。さっきのは独り言ではなく、ぼくに話しかけたらしい。

「何が？」

モックは答える代わりに瞳を横へ動かした。ぼくと同じ並びに立ってデザートのキウイを配っている女の子、エリカ。班のみんなと同じ割烹着《かっぽうぎ》みたいなエプロンと三角布とマスクを身に着けていても、ひとりだけ光が当たっているみたいだ。

さっと見て目を戻すと、モックは何か言いたげに唇を歪ませていた。卑屈な薄笑い。秘密の共犯者に向けるような。

むっとした。ぼくはエリカの権力が大きくなることを歓迎しており、マキ女王のもとでいじめられているモックもそうだろう。でもぼくの場合は、マキの横暴がメグを悩ませるからだ。メグのためだ。いじめられて、刃向かうことも逃れることもできず、そんな自分のために密かにマキを呪っているだけのモックなんかに、仲間扱いされたくない。

何か言い返してやりたくて思わず口を開いた時、

「ちょっと、何のろのろしてんの?」

列の後方から刺々《とげとげ》しい声が割りこんできた。首をすくめたモックの肩越しに、お盆をぱたぱた振るマキの姿が見える。このところずっと機嫌が悪そうだ。

マキは自分のお盆を後ろのリエに持たせ、列を外れてこっちにやってきた。獲物を見つけた猫の目だ。

「あれ、モック、これだけしか食べないの?　だめじゃん、オッサン。モックんちはビンボーなんだから、給食くらいたっぷりよそってあげなきゃ」

言いながら、ぼくの手からおたまを奪い取ってけんちん汁を注ぎ足す。二回、三回、四回。モックのお椀はたちまちいっぱいになり、茶色の汁がお盆に零《こぼ》れた。マキはさらに隣に進み、けんちん汁をよそった同じお椀に、鮭の塩焼き、白菜ときゅうりのゆかり和え、ごはんを入れた。当然、入りきるはずもなく、お盆の上は溢《あふ》れたものでぐちゃぐちゃだ。まるで泥水の中に捨てられた残飯。ぼくの家の向かいの家では、人間の食事の残りを一緒くたにして飼い犬に与えているけど、それのほうがずっとましだろう。

ぼくはすっかり食欲が失せてしまったのを感じつつ、目でテツの姿を探した。テツのことが好きらしいマキは、彼の前ではそこまでひどいことはやらない。でもモックは運が悪かった。テツは教室の後ろで仲間とふざけていた。懲りずにマキを諫めるメグも、今は職員室に呼ばれていて不在だ。

ぼくは黙って、次に並んでいた子のお椀にけんちん汁をよそった。モックを気の毒には思うけど、友達でもないのにリスクを冒してまで庇う理由はない。

モックはやめてと訴えることもなく、いつものように青白い顔でうつむいていた。ぼくは心の中でふんと笑った。ぼくとおまえは同じなんかじゃないんだ。

マキを止める者はいなかった。いないはずだった、今までなら。

「やめなよ」

ぼくは驚いて横を向いた。見る前からわかっていたけど、声の主はエリカだった。凛《りん》とした、とはこういう表情を言うんだろうか。キウイを摑むためのトングをしっかりと持ち、それを奪おうとしたマキをまっすぐに見据えている。

「渡しなよ」

「だめ。だってマキちゃん、意地悪するんだもの」

マキが乱暴にトングを引っ張ったけど、エリカは動じなかった。それどころか面と向かってマキを非難した。人形のように白いままの顔。反対に、マキの顔にはさっと血の色が上った。

「意地悪って何？　マキは親切で注いであげたんだよ。モックんちってほんとにビンボーなんだから。ちっちゃくなった鉛筆や消しゴムいつまでも使ってるし、びろびろに伸びた服ばっか着てるし、家だって……」

「そういうこと言っちゃだめなんだよ。貧乏な人はかわいそうなんだから、優しくしてあげなきゃいけないの。それができない人は、心が貧しいんだって」

「マキは貧しくない！　優しくしてあげてるよねえ、モック？」

いっそう声を荒らげたマキは、モックを振り向いて同意を求めた。モックは生ごみみたいになった給食を手に、表情もなく突っ立っていた。

「そうだよね、モック？」

彼は答えない。

「違うよね。いじめられて本当はつらかったでしょ、モック？」

今度はエリカがふわりと包みこむように訊いたけど、それにも何も答えなかった。

モックはお盆を持って教室を出ていった。廊下の手洗い場を使ったんだろう、少しして戻ってきた時には、水で洗い流されたお盆の上に、ごちゃ混ぜの給食が入ったお椀が載っていた。そのまま自分の席に向かったところをみると、食べる気らしい。

「そんな汚いの、食べなくていいよ。新しくよそい直してあげるから」

エリカが上級生のお姉さんみたいな口調で言ったけど、やはりモックは返事をしなかった。ぼくにはそれが意外だった。てっきりエリカには喜んで応じると思ったのに、マキに対するのと同じく無視するなんて。

「せっかくエリカが優しくしてあげてるのに」

ミッキーの声には、不満を通り越して敵意が滲《にじ》んでいる。エリカグループの女子が調子を合わせ、モックは「サイテー」ということになった。続いて「骨」「鶏ガラ」「ビンボー人」などと、以前はマキのもとで叫ばれていた悪口が投げつけられた。

こういう時、ほとんどの男子は口出ししない。「女子こえー」とおどけることで、彼女らとの間に線を引く子。見えない、聞こえないふりをして、身を守る子。三年生の最初の頃は、テツだけは「あんまいじめんなよ」などと控えめに注意していたけど、モックを遊びに誘った時に手ひどく断られたとかで、それからは庇うこともなくなった。

ぼくはもちろん止めない。さっきはモックに優しくするべきだと言ったエリカも止めない。誰も止めない。

マキはトングをエリカに押しつけるようにして離し、もともと並んでいた場所に戻った。むしゃくしゃが収まらないのか、リエに持たせておいた自分のお盆を引ったくり、前に並んでいたコージーの背中を思い切り叩く。

コージーは声を上げて振り返った。寝癖だらけの鳥の巣頭。その前髪は七三に分けられ、男子なのに、赤、オレンジ、黄、緑、青、黒、金、銀、とびっしり並んだパッチンどめで留められている。マキが「絶対いいって」と笑いながらしたことだ。

「痛いよお、何ー？」

コージーは背中をさすりさすり尋ねた。喋るのも動くのも人よりワンテンポ遅い。

「マッサージしてあげたんだよ。ママの肩とか叩くじゃん」

「ああ、そっかあ」

「気持ちいいでしょ？」

「うーん、ちょっと痛いんだけど……」

「痛いくらいのほうが効くんだよ」

「そうなんだあ。じゃあ痛くてもしょうがないねえ」

顔を歪ませながら感心したようにうなずくコージーを、マキは繰り返し叩き続ける。油でも塗ったみたいに光る目玉は、お父さんの本棚で見た魔女狩りの絵を思い出させた。違うのは、狩られる側がつらいと思っていないことだ。図画工作の絵を変な色で塗られても、体操服をボールみたいに投げられても、マキが「このほうがいいよ」とか「楽しい遊びだよ」とか言えば、コージーはそれを信じてしまう。

モックにぶつけられるひどい悪口。コージーに叩きつけられるお盆。四年一組の教室は、嫌な音で溢れかえっている。

ぼくは何も聞こえないふりで、一心にけんちん汁を掬《すく》い続けた。

そうしているうちに、がらっと戸が開いてメグと先生が現れた。先生に懐いているコージーが、顔を輝かせて駆け寄っていく。

「今、何してたの……?」

マキを見て眉を顰めたのは、先生ではなくメグだった。恐る恐るといった問いかけに、ぼくはひやりとし、それから苛立った。今のマキはいつにもまして凶暴になっているのに。

マキはメグをうっとうしげに見返し、悪びれもせずに答えた。

「マッサージだよ。コージーも喜んでるんだから。ねえ?」

同意を求められたコージーは、先生の腕にまとわりつきながら、モックの時とは違って素直にうなずいた。メグは困り果てた顔で先生を見上げたけど、それと同時にマキが先生に向かって言った。

「マキ、コージーのお母さんから面倒見てやってって頼まれてるんです」

「そういえば同じ団地でしたね。仲よくしてあげなさい」

答える先生は、すでに配膳の状況に気を取られているようだ。

「今日はやけに遅れていますね。二組はもう食べ始めるところですよ」

「当番の人がお喋りしてたからでーす」

「違います、邪魔した人がいたからでーす」

マキグループとエリカグループの両方が、互いのリーダーのことを告げ口し合うような格好になった。

「いったいどういうことですか？　誰が悪いんですか？」

「……モックでーす」

両グループはしばらく睨み合ってから、どちらにとってもいじめの対象である彼を生贄にした。相手のリーダーが悪いと訴えれば、自分のリーダーも責められてしまう。

先生はじっと座っているモックに目を向けたけど、彼は自分のお椀に視線を落としたまま身じろぎもしない。テツが何か言いかけてやめ、鼻に皺《しわ》を寄せてそっぽを向いた。

「今は急いで給食の用意をしてしまいましょう」

先生は追及を打ち切り、エンマ帳に何か書きこんだ。

メグが泣きそうな顔で先生を、それからぼくを見た。ぼくは学習しないメグに腹を立てながら、黙って首を横に振った。

四年生になって最初の家庭訪問で、先生はぼくのことをこんなふうに話した。

勉強のほうは、去年に続いて今年も一番だと思います。やっぱりよく本を読んでいるのがいいんでしょうね。あと将棋も。お父様がなさるんですか？　ああ、お祖父様が。お祖父様と触れ合っているおかげで、あんなに落ち着いているのかもしれませんね。ええ、羽目を外して大騒ぎしたりルールを破ったりすることが、全然ないんですよ。ただ、運動のほうはちょっと苦手みたいですね。もうすぐスポーツテストもありますし、運動会や長縄跳び大会も控えていますから、克服するようがんばれたらいいですね。あと、もう少し積極性が身に付いたらいいかなと感じています。とても優秀で落ち着いている分、おとなしすぎる気がして。いえ、悪いわけではないんですよ。苦手なことや、ちょっと変わっているところも含めて、個性ですから。まあ、欲張りすぎかもしれませんね。

タイムスリップしたのかと疑いたくなるくらい、去年と同じだった。誰と将棋を指すのかという話まで。でも、よそいきのブラウスとスカート姿でいそいそとお茶を片づけているお母さんは、上機嫌で鼻歌なんか歌っている。

「時間の無駄だと思わないの？」

「何が？」

「去年と同じ話を繰り返すだけなら、変化なし、とでもプリントに書いて渡せばいいのに。ああ、それなら通知表で充分か」

「またこの子はひねくれたこと言って」

お母さんは振り向いて咎めたけど、その顔は怒ってはいない。

「特に問題がなければ同じ話になるわよ」

「問題がない……」

泣きそうなメグの顔が脳裏をよぎった。目尻を吊り上げたマキの顔、澄まして言い返すエリカの顔、いじめられているモックやコージーの顔、そして見ないふりをする先生の顔。四年一組は問題だらけなのに。

「その代わり、進歩もないってことよ。成績優秀で落ち着いてるって言われて鼻が高かったけど、運動が苦手で積極性がないっていうのもまた言われたでしょ。注意されたなら直すように努力しなきゃ」

「直らないよ」

ぼくは会話を打ち切って自分の部屋に戻ろうとした。

「あ、待って。これから愛ちゃんとこの先生も見えるのよ。愛ちゃん、庭で遊んでるから、そろそろ中に入るように言ってくれる？　あの子は本より外が好きなのよねえ」

居間のガラス戸越しに庭を見ると、愛はお母さんが手をかけたポピーやチューリップの花壇の間を走り回っていた。ぼくが戸を開けたのに気づき、目を輝かせて宙を指差す。

「ちょうちょ！」

愛が指したところにはもう何もいなかったけど、見て見てとせがまれて、ぼくはしかたなくお母さんのサンダルをつっかけて庭に下りた。そうする間にも、愛は小さな頭をしきりに巡らせて蝶を探している。

「あっ、いた！」

愛がいきなりぼくに人差し指を向けた。正確には、ぼくが出てきたばかりのガラス戸の横の壁に。振り向いたぼくは悲鳴を上げた。蝶じゃない。壁にとまっているのは蛾だ。反射的に手を振り回すと、蛾は茶色いまだらの羽を震わせて飛んでいった。

「あ、ちょうちょ……」

愛が残念そうに行方を目で追う。

ぼくは鳥肌が立った腕をさすりながら、なぜかエリカの顔を思い浮かべていた。きれいな蝶だと思ったのに。

「お母さん、ちょうちょ逃げちゃった」

愛が口を尖らせて家に入ったので、ぼくは自分の部屋に引き篭もった。畳に寝転がって、数日前の出来事を思い出す。

どのクラブや委員会に入るかを決める最終期日だったあの日、マキがエリカに詰め寄った。あんたもバトンクラブってどういうこと？

かわいい衣装を着けて運動会や学習発表会で踊るバトンクラブは、女子にとって花形のクラブだ。マキはずっと前からそこに入ると決めていて、取巻きとともに初日に届けを出したらしい。ところが後になって、同じ日にエリカのグループもそうしていたことを知った。真似しないでよね。他のクラブに変えなよ。

エリカは少しも慌てずに片手で髪を払った。どのクラブに入ろうとわたしの自由でしょ。一緒が嫌ならマキちゃんが変えれば？

エリカの言うことはもっともだ。でもマキは前々からバトンクラブにすると明言していたのに対し、エリカはずっとそのことを内緒にしていた。それが悪いわけではないけど、なんとなく嫌な感じがするというか、マキが怒るのもわかる気がする。

さらに、すさまじい剣幕で怒鳴り続けるマキに向かって、エリカはさも申し訳なさそうに言った。わたし、ずっとバレエ習ってるから、バトンクラブでもマキちゃんよりいいポジションになっちゃうと思う。それじゃかわいそうだから、やっぱりマキちゃんは違うクラブにしたほうがいいんじゃないかな？　剣道やってるんでしょ？　すごいね、男の子みたい。

そしてくすっと笑った時の、見下すようなあの顔。それでぼくは確信した。認めないわけにはいかなかった。

エリカには悪意がある。明確な意思を持ってマキを攻撃している。

転校してきてすぐにエリカがマキをやりこめた時、ぼくは思った。他意のない一言でマキにダメージを与えるなんてすごい、と。エリカが新しい女王になるのではと心配するメグに、あれはたまたまだ、彼女はそういうタイプじゃない、というようなことも言った。

間違いだったと今はわかる。他意はあったし、たまたまではなかったし、エリカは女王になりたがっていた。的確に巧妙にマキを攻撃し、その地位から引きずり下ろして、自分こそが四年一組を手に入れようと狙っている。

「メグ……」

ぼくはのそのそと体を起こし、窓に額を押しつけた。ここからは、ぼくとメグの家の前に横たわる道が見下ろせる。メグが出てこないかなと思ったけど、腰の曲がったおばあさんが押し車にもたれるようにして歩いているだけだった。

そんなふうにして迎えたゴールデンウィークを、ぼくはどうにも浮かない気持ちで過ごした。おじいちゃんの家で将棋を指して草餅を食べても、お小遣いをもらっても、子どもの日に念願の『バスカヴィル家の犬』を買ってもらっても、思ったほど心が弾まない。喉に引っかかった魚の小骨のように、学校のことが頭にこびりついている。

メグもそうだったのか、休み明けの朝いつもの四辻で会った時、その表情はどことなく冴えなかった。明るいのは、例によって姉のお下がりだという長袖Tシャツの色だけだ。それでも笑顔を見せるのがメグらしい。

「おはよう。ゴールデンウィーク、どうだった？」

「べつに普通。メグは旅行、どうだった？」

「楽しかったよ。あ、これ、お土産」

家族で京都旅行に出かけていたメグは、手のひらサイズの紙の袋を差し出した。その場で開けてみると、お寺らしき建物が描かれたキーホルダーだ。

「清水寺だよ」

「清水の舞台から飛び降りる、っていうあれ？」

いつだったか意味を調べたら、「思い切って大きな決断をすることのたとえ」「非常な決意をして物事をする時の気持ちの形容」と書いてあった。「非常な決意」と言われてもぴんとこなかったけど、清水の舞台というのはとにかく高いらしい。

「高かった？」

「うん、大きな木のてっぺんが下に見えた。江戸時代には実際に飛び降りた人がたくさんいたんだって。でも自分だったら絶対に無理。……度胸ないから、さ」

最後の言葉を聞いて、ぼくはとたんにつまらない気持ちになった。数日ぶりに会って話をしているのに、メグの心はやっぱりクラスのことに向いている。

「これ、付けてよ」

ぼくはメグの手にキーホルダーを押しつけ、乱暴に体を捻ってランドセルの横の面を向けた。メグは面食らったようだったけど、言われたとおりにしてから小さく笑った。

「ちょっと渋すぎたかも」

「ぼく、渋いの好きだよ。気に入った」

メグが笑ったから、もっと気に入った。

このところ無口になりがちだったぼくたちは、久々に途切れることなく話をしながら登校した。メグが黒目がちの目を輝かせて聞けば、おじいちゃんとの将棋は息詰まる熱戦となり、『バスカヴィル家の犬』はさらにおもしろい物語になった。メグの旅行の土産話も次から次へと出てきて、表情も心なしか明るくなったようだ。

いつからかやけに窮屈に感じるようになった上履きにも、今朝はすっと足が通った。しかも、教室では新しく楽しい話題が待っていた。

「昨日、田んぼで捕まえたんだ」

教室の後ろで胸を張るのは、テツとその仲間たちだ。備え付けのロッカーの上に置いた水槽を守るように立っている。蓋付きのプラスチックの水槽の中には、透き通った水と水草、そしてオタマジャクシが入っていた。

「クラスで飼おうよ。水替えは一日一回くらいで、餌は金魚とかメダカのでいいらしいからさ」

「休みの日はどうすんの？」と誰かが訊く。

「おれたちが交替で持って帰るよ」

「カエルになるんだよね？　どのくらいでなるの？」

この質問にはテツたちは答えられなかった。テツが言葉に詰まったところでぼくを見つけ、ほっとした顔になる。

「オッサン、わかる?」

ぼくは何でも博士じゃないんだけど。心の中でぼやきながら、水槽に近づいて目を凝らした。全身が褐色で薄い模様があり、左右の目が大きく離れているから、ニホンアマガエルのオタマジャクシじゃないだろうか。だとしたら、

「一ヶ月半以内には、たぶん」

図鑑にそう書いてあった気がするけど、うろ憶えだし、ニホンアマガエルだという確信もない。でもテツは感心した様子で何度もうなずいた。

「さすがオッサン。クラスで一番、頭いいだけある」

成績と頭がいいこととオタマジャクシの知識とは、どれも直接には結びつかないと思ったけど、やはり悪い気はしない。人気者のテツがそう言ったことで、他のクラスメートたちも尊敬の眼差しをぼくに向けた。

じゃあ夏休みまでにはカエルになるね。そんなに早く大人になるんだ。尻尾はいつなくなるんだろ。そうやってみんながわいわい言い合っていたところへ、マキとエリカがほぼ同時に登校してきた。二人は顔を背け合い、それぞれの取巻きから話を聞いた。

「いいじゃん、飼おうよ」

テツに笑顔を向けて親指を立てたのがマキ。一方、エリカは不安そうに眉を寄せた。

「わたし、カエル怖い。東京ではあんまり見たことないし」

「出たよ、お嬢様アピール」

「そんなんじゃないよ。カエルってぬめぬめ光って気持ち悪いじゃない。鳴き声も不気味だし」

自分たちが持ってきたオタマジャクシを貶《けな》されたのがおもしろくなかったんだろう、テツたちがむすっと唇を曲げた。マキはそれを目敏《めざと》く見て取り、あからさまにばかにした口調でからかう。

「ぶりっ子ー」

「ひどい。だって怖いんだもの」

エリカはすぐさま両手で顔を覆った。泣かせた、とミッキーが詰《なじ》るように叫び、テツたちが怯《ひる》んだ顔を見合わせる中、マキはまったく動じない。

「嘘泣きはやめなよね」

「そんなことしてない。女の子ならカエルが怖いのは普通だよ。男子みたいな人にはわからないかもしれないけど」

「何それ、マキが男みたいだって言いたいわけ？」

「マキちゃんとは言ってないよ。でも、わたしもマキちゃんみたいに強かったらよかったな。ピアノやバレエじゃなくて、剣道やってたらよかったのかな。だけど人をぶつなんて野蛮だってパパが言うんだもん」

エリカは顔を覆ったままで、声も震えている。でもぼくには見える気がした。細い指の向こうで、花びらみたいにふっくらした唇が弧を描いているのが。その背中に茶色いまだらの羽が生えているのが。

背筋がぞわぞわして、ぼくは思わず身震いをした。

「あんたね！」

マキは怖いけど、エリカより単純だ。我慢できずに飛びかかろうとする彼女を、臨戦態勢のパッチンどめ隊が守っている。一方、ミッキーたちエリカグループも迎え撃つ気満々のようだ。テツをはじめとする男子たちは、女の争いには関わっていられないとばかりに、オタマジャクシを見てあれこれと話している。

メグだけが止めようと細い声を上げた。

「マキ、けんかは……」

「うるさい！　学級委員だからっていい子ぶっちゃって！」

メグは鼻っ柱をいきなり殴られたみたいに黙った。叩きつけられた言葉の勢い以上に、その内容にショックを受けたに違いない。ばか、とぼくは心の中で罵《のの》った。なんでわざわざ傷つきにいくんだ。そしてメグに苛立つよりずっと激しく、マキを憎んだ。

「前から思ってたけど、メグさあ、うざいんだよね。もし六年にお姉さんがいなかったら、絶対いじめられてるよ」

いじめられてる、ではなくて、マキが進んでいじめる、あるいはいじめさせるんだろう。それは来年メグの姉が卒業したら、現実になりうる。だからぼくは口をすっぱくして関わるなと忠告していたのだ。

メグは真っ青になって口も利けずにいる。忠告を聞かないからだ。自業自得だ。自己責任だ。

――そうやって突き放せたらいいのに。

ぼくが何とかしようと口を開きかけた時、

「おはよー」

間延びした挨拶とともにコージーが現れた。状況が読み取れない彼は、ロッカーの上に置かれた水槽に気づくと、宝物を見つけたとばかりに駆け寄った。

「あー、オタマジャクシだあ！　かわいいねえ。これ、どうしたのお？」

場違いにはしゃいだ声に、ふっと教室の空気が和らいだ。マキも毒気を抜かれたらしく、興味をなくしたみたいにメグから視線を外す。メグはうつむいて震えているけど、顔が見えないので、恐怖のせいなのか悔しさのせいなのかわからない。

そこへ先生がやってきた。気がつけば八時十五分になっていて、全校生徒で合唱をする「音楽タイム」の始まりまで五分しかない。

「みなさん、何をしているんですか。急いで体育館に移動しなさい」

「先生、オタマジャクシがいるよお。この子、飼っていい？」

親にねだるみたいにコージーが訊いた。マキが大人受けのいい溌剌とした口調で後押しする。

「いいでしょ、先生。マキたち、ちゃんと世話します！」

「今は音楽タイムに……」

「お願い、先生！」

マキがぱんっと手を合わせると、コージーがそれに倣《なら》った。マキグループも、テツたち男子も同じようにして、先生、先生、と口々に訴える。まるで安っぽい学園ドラマのワンシーンみたいだ。先生の前で争いたくないのか、エリカたちは不愉快そうに黙っている。

先生はちらりと時計に目をやった。

「わかりました。ちゃんと当番を決めて世話するならいいですよ」

マキたちが歓声を上げ、コージーが先生に飛びついた。先生はまた時計を見て、せかせかと続けた。

「だから早く体育館に行きなさい。うちのクラスだけ音楽タイムに遅れたら、他のクラスに笑われてしまいますよ」

こうしてオタマジャクシは四年一組の一員になった。タマ、という捻りのない名前をマキがつけた。

3

長い尾が揺らめく。口もとの襞《ひだ》が動いて細かい歯が覗《のぞ》く。体の左側だけにある鰓《えら》の穴。親よりもずっと長い腸が渦巻いている腹。水を替えたばかりの水槽の底の隅っこで、オタマジャクシはほとんど移動せずに漂っている。たまに思い出したように、ぐりゅん、と体をくねらせる。

誰もいない教室で、ぼくは飽きることなくオタマジャクシを観察していた。今日はぼくが世話をする当番なので、メグとは別に朝早く登校したのだ。

最初はあまり興味がなかったけど、二週間近くも同じ教室で過ごしていると、だんだんかわいく思えてきた。足はいつ生えるんだろう。

「タマ」

ぼくは指先で水槽をとんとんと叩いた。水を替えた後で餌を入れたのだけど、タマは気がついていないようだ。いつも金魚やメダカの餌ばかりでは飽きると思って、細かくした鰹節《かつお》を持ってきたのに。

「しっかり食べないと大人になれないよ」

お母さんが愛に言い聞かせるみたいな口調になって、またとんとんと水槽を叩く。するとタマはようやく鰹節に近づいて小さな口を開けた。

「おいしい?」

心が通じた気がして自然に頬が緩んだ。たくさん食べて元気に育て。立派なカエルになあれ。

クラスのほとんど全員が同じ気持ちだと思う。オタマジャクシの飼育に反対したエリカグループだって、マキグループが賛成したから逆の側に立っただけで、本当に飼うのが嫌だった子は少なかったんだろう。水槽の周りには休み時間の度に人だかりができるし、誰かが世話当番をさぼったという話も今のところない。みんながタマをかわいがり、大人になる日を心待ちにしている。先生はタマのことを学級だよりに載せた。それは全校朝礼で校長先生によって紹介され、先生はとても誇らしげだった。

タマのおかげで最近クラスがまとまってるよね。昨日の帰り、メグが嬉しそうに言った。たしかに、関心がタマに集中しているので、敵グループの言動にあまり目がいかないというところはある。相変わらず小さないざこざは絶えないけど、それでも少し前に比べれば、四年一組は驚くほど平和になったと言えるだろう。

メグはそれが本当に嬉しいのだ。自分の功績でなくとも、そんなことはどうでもいいのだ。メグはそういう子だ。マキにひどい言葉を浴びせられて以来、笑っていてもどこか暗い顔をしていたから、ぼくは胸を撫で下ろした。メグの傷ついた心も、これできっと救われる。

「オタマジャクシって共食いするんだって」

ふいに話しかけられて、ぼくはびくっとして振り返った。春の朝日に白っぽく染まった教室の入り口に、モックがひっそりと佇《たたず》んでいた。いつからいたんだろう。ぼくがタマに話しかけるのを聞いていたんだろうか。

「知ってるよ」

ぼくはむっとして答えた。オタマジャクシは雑食で、水草や藻を食べる一方、動物の屍骸《しがい》やメダカなども食べる。餌が足りない環境では、同じオタマジャクシや孵化《ふか》する前の卵を食べることもあるらしい。

「でもそれが何？　この子は一匹だけで飼ってるし、餌も足りてるよ」

「べつに……」

きつい口調で言うと、モックはおどおどと目を伏せた。そのくせ喋るのはやめないで、呪いの呪文でも唱えるみたいに陰気な声で続ける。

「ただ、ぼくらに似てると思ってさ。水槽の中で共食いする子どもたち」

「え……」

「かわいいもんじゃないよ」

モックは一方的に会話を打ち切り、どこへともなく教室を出ていった。近所の誰かから譲り受けたのだろう傷だらけのランドセルを見送ったぼくは、今さら誰もいない空間を睨んだ。水槽の中で共食いする子どもたち——わざとそんな恐ろしげな言い回しをしたモックにも、一瞬それに怯《おび》えてしまった自分にも腹が立つ。

ぼくは乱暴に椅子を引いて席についた。読みかけの『シートン動物記』を開いたけど、ちっとも入りこめずにいるうちに、クラスメートが次々に登校してきてしまった。ここはカランポーではなく四年一組の教室だ。

そう、ここは四年一組の教室なのだということを、ぼくは忘れてはいけなかった。

翌朝、メグと一緒に教室に入ると、水槽の周りにみんなが集まっていた。それはいつものことなのだけど、その様子が明らかにおかしい。呆然《ぼうぜん》とした表情で座りこむテツ。泣きじゃくる女子たち。一番激しく泣いているのは、今日の世話当番であるカヨヤンだ。マキが裂けそうなほど目を見開いて叫んでいる。

「誰がやったの⁉」

ぼくとメグは顔を見合わせ、水槽に近寄った。そして息を呑んだ。

フンや食べかすで濁った水の中にいる、一匹の虫。大きさは五センチ以上あるだろう。平べったく黒っぽい体。クワガタみたいな鎌状の前肢。図鑑で見た憶えがある。これはタガメだ。

ランドセルに吊るした清水寺のキーホルダーがちりちり鳴って、ぼくは自分が震えていることに気がついた。

「どういうこと……?」

メグが不安そうな目を向けてくるけど、とても答えられない。

タガメは「水中のギャング」と呼ばれる。肉食性で、獰猛で、他の水生昆虫や自分よりも大きな魚さえ捕食するからだ。カエルも襲う。オタマジャクシも。あの鎌のような前肢で捕獲し、針を突き刺して消化液を送りこみ、溶けて液状になった肉を啜《すす》る。

その食べ方を思い出したとたん、吐き気がこみ上げてきた。メグが体を支えてくれなかったら、その場にくずおれていたかもしれない。

お母さんが脱いだストッキングみたいなものが、水草に絡まって揺れていた。くちゃくちゃになった薄っぺらいもの。褐色で薄い模様のある。

ぼくは今度こそ膝をついた。タガメに肉を吸われた生物は、骨と皮だけが残される。吐き気がひどい。喉がひくひくと痙攣《けいれん》するみたいに動いて、そのくせ息ができない。

「ねえ、何があったの？」

しゃがんで覗きこんでくるメグから、ぼくは激しく顔を背けた。こんなこと、知らないほうがいい。あのぼろきれみたいなものがタマだなんて、気づかないほうがいい。だけどわかるだろう、タマが食べられてしまったことくらい。ぼくに言わせないでよ。

「誰がこんな虫、入れたの？　誰がタマを殺したの⁉」

マキの金切り声が耳に突き刺さる。殺した、という言葉にみんなの体がびくっと揺れる。メグは立ち上がれず、ぼくは座りこんだままだ。すすり泣く声が教室を浸している。汚れた水槽のように。

「あんたでしょ！」

突然、マキが鋭く吠《ほ》えた。ぼくたちは糸に引かれるようにのろのろと入り口のほうを向き、そこに佇むエリカを見つけた。たった今、登校してきたところらしく、ランドセルに手をかけてきょとんとしている。

「え、何？」

「あんたがやったんでしょ！」

人垣を押しのけて詰め寄ったマキが、いきなりエリカを突き飛ばした。エリカは教室から弾き出され、廊下の壁にランドセルを打ちつけた。我に返ったエリカグループの面々が、何すんの、と怒りの声を浴びせる。

「うるさい！　こいつがタマを殺したんだ！」

マキの尋常ではない剣幕に、エリカもさすがにうろたえたようだ。ランドセルを擦りながら慌てて横に逃げる。

「いったい何のこと？　オタマジャクシが……」

「タマだよ！」

「タマが、どうしたっていうの？」

「白々しいんだよ、自分で殺しといて！」

「殺……」

エリカは絶句し、ぱっちりした二重の目をさらに大きくした。タマが死んだこと、自分が殺したと思われていることを理解したようだ。

「ばかなこと言わないで。わたしは今来たところなんだよ」

「そんなの演技でしょ。誰もいない時間に来て、水槽に虫入れて、どっかに隠れてたんだ」

「虫って何？」

「だから白々しいってば！」

マキはエリカを睨みつけたまま、勢いよく腕を回して水槽を指差した。あの光景をぼくは二度と見たくなかったので、ぼんやりとエリカに目を向けていた。指されたほうに目を凝らしたエリカは、嫌悪と疑問が入り混じったような複雑な表情をしている。

「何、あの気持ち悪い虫。オタマジャクシは？」

オタマジャクシの屍骸が浮かんでいるものと予想していたんだろう。実際、浮かんでいるのだけど、あれがそうだとはわかるまい。

「どうしても認めない気？　だったら言ってあげる。あの虫がタマを食べちゃったんだよ！　そういう虫なんだって、テツが言ってた！」

えっ、という形にエリカの唇が動いたけど、声は波のように大きくなった嗚咽《おえつ》にかき消された。エリカは言葉をなくし、白い顔からますます血の気が失せていく。

「いくらカエルが嫌いだからって、こんなひどいこと！」

「ちが……わたし、あんな虫、触れないもの」

「だったら誰かにやらせたんでしょ!」

エリカグループが、あたしじゃない、と喚《わめ》き出した。対してマキグループは、嘘つき、と声をそろえた。すぐに罵り合いが始まり、泣き声が満ちていた教室には、代わって怒鳴り声が渦を巻いた。濁った水槽。真っ黒な教室。

メグの言ったとおりだ。タマのおかげでクラスはまとまっていた。タマが死んだらクラスは崩壊した。タマが死んだから。誰かに殺されてしまったから。

「誰が……」

無意識に声が零れた。エリカが嘘をついているようには見えない。なら誰が。

ぼくの呟きが耳に届いたのか、魂が抜けたようだったメグが小さく身じろぎした。醜い言葉をぶつけ合うクラスメートを見て、それからゆっくりと首を巡らす。廊下には騒ぎを聞きつけた二組の生徒や、上級生までが集まり始めている。

メグは喘《あえ》ぐようにして無理に息を吸い、ふらふらと立ち上がった。

「やめなよ……」

あまりにもか細い声だった。

「やめようよ、お願いだから……」

呼びかけは誰の耳にも届かないまま、涙で湿っていく。メグは独り言のように、やめよう、やめよう、と繰り返した。まるで壊れたCDみたいに。メグ自身が壊れてしまったみたいに。

「メグ？」

「いい子ぶってるつもりなんかない。ただ、こんなのは嫌だよ。うざいって言われても、でも本当にいい子ぶってるつもりはなくて……」

「メグ……」

ぼくは奥歯を噛んだ。混乱したメグの薄い唇から漏れてきたのは、以前マキに付けられた心の傷から滲み出た血だ。タガメがタマの命を吸って、メグの心を癒していた何かも吸い取られてしまった。

メグの頬は濡《ぬ》れて光っていた。ぼくの目からも涙が零れ落ちた。

ぼくはメグの手首を摑んで立ち上がった。

「タマのお葬式、してあげよう」

その声は大きくはなかったけど、黙って座りこんでいたテツには聞こえたようだ。こわばった顔でこっちを見て、ぎこちなくうなずく。

「……そうだ、タマの葬式、してやろう」

その言葉はさざなみとなって教室中に広がった。沸騰していた空気が、再び悲しみで冷やされていく。

ぼくはTシャツの袖で目もとを拭った。その時、ひとりだけ異様な人物が目に入った。突っ伏すでもうなだれるでもなく、自分の席にただ前を向いて座っている。水槽のほうを見ようともしない。

背中に電流が走った。

昨日の朝、なぜ彼は世話当番でもないのにあんなに早く来たんだろう。何のために？　何をしに？　いつもあんな時間に来るんだろうか。気がついたらひっそり教室にいるような影の薄いやつだから、普段の登校時間なんてわからない。でも、水槽にタガメを入れるために早く来たのだとしたら。世話当番のぼくが思ったより早く来ていたから、計画を翌日に延期したのだとしたら。

凝視するぼくの視線を感じたのか、彼が振り返りそうになった。ぼくはとっさにうつむいた。心臓が痛いほど脈打ち、冷や汗が滲んでいる。

マキの権力が脅かされることを喜んでいた姿がよみがえった。エリカが差しのべた手を無視し続けた姿も。彼はたぶん、マキのこともエリカのことも憎んでいる。このクラスの全員を憎んでいる。

彼がやったという証拠は何もない。思いこみかもしれない。だけど。

そっと目だけを上げてみた瞬間、全身が凍りついた。

モック。彼はこっちを振り向いて、うっすらと笑っていた。水槽の中で共食いする子どもたち。その言葉が脳に突き刺さる。

それから遅刻ぎりぎりにコージーが来て、タマの死を知って幼稚園児みたいに泣き喚いた。直後に現れた先生に飛びつき、タマ、虫、いない、などと繋《つな》がらない単語をめちゃくちゃに並べて訴える。水槽に目を向けた先生は、とたんにはっきりと顔色を変え、持っていたプリントの束を落とした。床を滑ってきた一枚を見ると、それは学級だよりで、タマのことがでかでかと書かれていた。オタマジャクシはカエルの子、やがて手が出る、足が出る。いえいえ、先に出るのは足なんです！　四年一組のタマも、そろそろ足が生えてくるのではないでしょうか……。

「死んじゃった！　殺され……」

先生のシャツを掴んで叫び続けるコージーの声が、ぱんっと乾いた音に断ち切られた。しゃくりあげていたみんなも、驚いて泣くのをやめた。先生の手のひらが、コージーの手の甲を強《したた》かに打ったのだ。

「ば、ばかなことを言うものじゃありません。落ち着きなさい。タマはかわいそうですが、運が悪かったんです。どこかから悪い虫が入りこんだんでしょう。つまり、その、事故みたいなものです」

事故——マキがミッキーのパッチンどめを奪って髪を毟った時、そう言ったのを思い出した。便利な言葉だ。どこかから入りこんだって、どこからだろう。教室の戸や窓が閉まっていることは見回りの先生が確認するはずだし、第一この水槽には蓋があるのに。落ち着きなさいと言った先生自身が、誰より落ち着いていないように見える。

「今日は読書タイムはやめて、今からみんなでタマのお墓を作りましょう」

こんな時でも読書嫌いの男子が「やった」と呟き、マキとテツにものすごい目で睨まれた。叩かれてぽかんとしていたコージーが、先生に向かって大きくうなずいた。

「うん。タマのお墓、作る」

コージーはどうしてこんなに先生が好きなんだろう。コージーがいじめられていても見ないふりをしているのに。タマの死を無理やり事故にしようとしているのに。隠してしまおうとしているのに。嘘をついているのに。このクラスには悪い子なんていない、と。

でもぼくは先生を責められない。タマ殺しの犯人についての想像を、ぼくは誰にも言わなかった。証拠はないし、そんなことを言い立ててもタマが戻ってくるわけではないのだから、というのは建前だ。本当は怖かった。タマが死んだ日から、ぼくはモックに殺される夢を何度も見て飛び起きた。

「最近、元気ないね」

しばらくしてメグに言われた。

「そう？　雨ばっかり続くから」

ぼくははぐらかし、深い青色の傘を傾けて空を見た。絞る前の雑巾みたいに重く垂れこめた雲。六月に入ってからほとんど毎日こんな天気で、なんだか息が詰まる。通学路の風景は変わらないはずなのに、町並みも、学校の向こうに望める針山も、じっと何かに耐えているかのようだ。

納得はしていないだろうけど、メグはそれ以上は何も言わなかった。元気がないのはお互い様だ。むしろメグのほうが沈んでいる。

雨のせいで教室は薄暗い。暗い部屋で、暗い目に棘を宿した女子が、敵味方に別れて睨み合っている。

「ヒトゴロシと同じ教室なんて嫌だよねー」

今日、先制攻撃をしかけたのはマキグループのほうだ。もちろんエリカグループも黙ってはいない。

「オタマジャクシと人間の区別がつかない、頭悪い人が何か言ってる」

「うわ、冷たーい。タマのこと、クラスの仲間だって思ってないからこその言葉だよね」

「証拠もないのに犯人呼ばわりとか、ほんと頭悪いんだけど」

彼女らは互いに向かって言い合わず、自分たちのグループ内での会話として話す。大きな声で、聞こえよがしに。だからそれらの言葉は教室中に響き渡り、聞きたくなくても耳に入ってしまう。

ぼくは自分の席について本を開き、胸の内で吐き捨てる。どっちも頭が悪くて冷たいよ。低レベルな発言を繰り返す彼女らは、タマが殺されたことや犯人が誰かということよりも、この一件を互いへの攻撃に利用することに心を入れている。悲しみは憎しみの燃料としてきれいさっぱり溶けてしまったらしい。

「やめろって言ってんだろ、女子」

教卓に腰かけたテツがうんざりした口調で諫めた。女子の諍《いさか》いにはあまり口を出さない彼だけど、タマに関することにだけはこうして割って入る。でも、その時はいったん収まるものの、また別のタイミングで、あるいは別の理由でけんかが始まるので、根本的な解決にはまったくなっていない。

それでもなんとかしようとするのがメグだった。

「誰かのせいにするのはやめようよ。あれは事故だったたって先生も言ってたし」

「そんなの信じるなんて、さすが学級委員」

「タマのことはもう忘れて、みんな仲よくしようよ」

「忘れる？　信じらんない、クラスに波風が立たなきゃそれでいいんだ」

メグは剣を持たず、紙の盾を構えている。盾はたちまちずたぼろに突き破られ、メグはひとり傷だらけになって立ち尽くす。そこへ決まって、マキがとどめの一言を吐きかけるのだ。

「いい子ぶりっ子！」

その瞬間、それまでどんなに貶《けな》されてもめげなかったメグの目から、生気が抜ける。

そういうことが繰り返されるうちに、メグの死体はだんだんぞんざいに扱われるようになってきた。うなだれるメグに誰も声をかけなくなった。傍に寄りつかず、目も向けなくなった。メグの言葉に耳を傾ける者はなく、普段、学級会で司会をしている時にさえ私語が止まないことが増えた。点数稼ぎ。チクリ屋。そんな根拠のない悪口が聞こえてきて、最後にはマキが生んだあのフレーズで締められる。いい子ぶりっ子。

「いい子ぶってなんかないよ」

帰り道、メグは毎日そう訴える。わかっているぼくに言ってもしかたないのに。そして、ぼくにできるアドバイスは前から一つしかないのに。

「ばかには関わらないことだよ」

メグは相変わらずうなずかないけど、反論もしない。地面に落とされた目は、いつの頃からか光を失ってどろりと濁っている。


そんなある日、帰りの会で一枚のプリントが配られた。

「授業参観のお知らせです。おうちの人にちゃんと渡してくださいね」

ぼくは捨ててしまいたい誘惑に駆られた。見せるために演じられる日常が、張りぼての美しい光景が、ひどくばかばかしいものに思えたからだ。メグの目をあんなふうに変えてしまうのが、四年一組の本当の姿だ。

ぼくはプリントを読まずに折って、ランドセルに放りこんだ。今日はクラブ活動の日なので、空手クラブに入ったメグと一緒には帰らない。もっとも、四年生になってからメグが塾に通い始めたため、一緒に帰ることは前よりも少なくなっている。

「また明日」

だいじょうぶ？　と訊くのもおかしい気がして、でも何も言わずに別れるのも気がかりで、そう声をかけた。メグは一秒だけぼくの目を見つめ、無言でうなずいた。

将棋クラブに割り当てられたスペースは、同じ二階の廊下の端、階段の脇にある教材室だ。名前のとおり教材を保管しておくための、いわば物置である。メンバーはたったの四人しかおらず、四年生はぼくだけ。似たタイプが集まったのか、和気藹々《わきあいあい》とした雰囲気はなく、必要なこと以外は喋らずに延々と対局を繰り返す。

今日の対局は思いのほか長引いて、ぼくがなんとか勝ちを収めた時には、とうに下校時間を過ぎていた。メンバーはそれぞれに慌しく道具を片づけ、各自ばらばらに出ていった。こんな時、ぼくはたいてい最後になる。

朝から降っていた雨は激しさを増していた。この分だとますますひどくなりそうだ。ぼくも急いで帰ろうとして、けれど踏み出しかけた足を止めた。視界の端に、ふとひっかかるものがあったからだ。

ぼくは窓辺に寄って下を見た。正門からも教室からも運動場からも見えないその場所には、どっしりとした焼却炉が設置されている。

そこに見覚えのある傘が開いていた。ラクダ色の地に、黒と白と赤のチェック柄。有名なブランドものなのだと、持ち主がさりげなく自慢しているのを聞いたことがある。

ぼくは曇った窓を手で擦り、雨粒の向こうに目を凝らした。やっぱりそうだ、あれはエリカだ。エリカが焼却炉の前に立っている。こんな雨の中、こんな遅くに、ひとりで何をしているんだろう。

エリカはすぐに駆け去った。ぼくは錆《さび》の浮いた焼却炉の蓋をなんとなく見つめていたけど、かすかに聞こえてきた『遠き山に日は落ちて』のメロディーで我に返った。町にこの曲が流れるのは夕方五時。朝六時には『エーデルワイス』が流れる。

お母さんが捜しにきたりクラスメートの家に電話をかけたりしたらたまらないので、ぼくは今度こそ大急ぎで部屋を出た。エリカの奇妙な行動なんてどうでもよくなっていた。

やがてそんなことはすっかり忘れてしまい、六月も終わりに近づいて、授業参観の日がやってきた。一年生の授業参観も同じ日で、ぼくは愛のほうへ行くようしきりに勧めたのだけど、お母さんは半分ずつ両方見ると言って譲らなかった。

給食をすませ、昼休みと掃除の時間も終わって、午後の授業開始まであと五分。いつもはぎりぎりまで遊び回っている子も、今日はおとなしく席についている。廊下にはきれいな身なりの母親たちが集まり、次第に教室の中にも入ってきつつあった。後ろから漂ってくる化粧や香水の匂いに、みんながどこかそわそわしている。

「あ、マキのママが来た。いいなあ、若くてきれいで」

誰かの声に振り返ると、なるほど、マキの母親は相変わらず若い。まだ二十代というだけあって、姉だと言われても信じてしまうくらいで、去年初めて見た時は驚いたものだ。明るい色に染めたショートヘアに、濃い赤紫の口紅。服装は他の母親たちと変わらないけど、それがかえって周囲との違いを際立たせている。ちょうど目が合ったんだろう、マキの母親はメグに向かってウインクをした。

「リエのママだって優しそうでいいじゃん」

褒め返したマキはずっと毛先を弄り続けている。

教室のあちこちでちらちらと頭が動き、囁き合う声が聞こえてくる。テツの母さん、でけー。ユウのママっていつもおしゃれだよね。カヨヤンのお母さん、また笑い取ってる。三年生の時と同じメンバーなので、みんな顔を知っているのだ。

「オッサンちは来ないの？」

隣の席のマーサに訊かれて、ぼくは「後で」と答えた。

「そっか、妹が一年にいるんだっけ。うちの父さんは遅刻っぽいなあ」

苦笑したマーサは、同じことを前の席のエリカにも尋ねた。エリカは普段よりもさらに上品な感じの、白い襟が付いたワンピースを着ている。彼女はその裾を軽く整えながら、残念そうな様子もなく微笑んだ。

「うちは来られないの。パパが支社長になってから、ママも何かと忙しいみたい」

そうして授業開始まであと二分となった頃、今までとは色合いの違うざわめきが起きた。あれ、誰？　誰のお母さん？

その瞬間、エリカが弾かれたように振り返り、がたっと椅子を鳴らして立ち上がった。ぼくはびっくりして彼女を見上げた。教室が静まり返る。

エリカは蒼白になっていた。タガメがタマを食べたと聞かされた時よりもずっと、このまま倒れてしまいそうなくらい。これ以上ないほど見開かれた大きな目は、瞬きもせずに教室の隅を見つめている。

ぼくが振り返ろうとした時、ちょうど先生が入ってきた。珍しくスーツを着こんだ先生は、立っているエリカを見て不安そうに首を傾げた。

「どうかしましたか？　気分でも悪いんですか？」

エリカは返事をせずに着席した。座るというより、膝の力が抜けて崩れ落ちたという感じだった。

指名されたメグが『ごんぎつね』を音読している間に、ぼくはこっそりエリカが見ていたほうを見た。落ち着いた灰色のスーツを着た女の人が、まるでそこにいることが申し訳ないみたいに肩をすぼめて立っている。きれいだけど年寄りだな、とぼくは思った。おばあさんというほどではないけど、たぶんぼくのお母さんよりだいぶ年上だろう。

再び斜め前のエリカを見ると、腿《もも》に置いた両手でワンピースを握りしめている。うつむいて、かすかに震えてさえいるようだ。

尋常ではないエリカの様子が、ぼくは気になってしかたなかった。そのせいでお母さんが来ていたことにも気づかなかった。どっちにしろ、親にいいところを見せようと手を挙げる、なんて考えはないけれど。

授業が終わり、母親たちは懇談会のために出ていった。といっても、このクラスは先生も生徒も保護者も去年と同じメンバーなので、出席しないという親も多いそうだ。うちのお母さんも、初めてとなる愛のクラスの懇談会に行くと言っていた。

今日は六時間目もクラブ活動もない。帰りの会を終えて先生が慌しく出ていくと、待ちかねたようにマキが大声で言った。

「あの灰色のスーツの人って、エリカのママだよね?」

エリカの細い肩が揺れた。ワンピースを握る手に、ぎりっと力が籠もったせいだ。エリカはうつむいたまま一言も発しない。

「どうしたの? 来ないはずだったのに、びっくりした?」

マキは例によって毛先を弄りつつ、意地悪そうな笑い方をした。

「エリカ、授業参観のプリント落としたでしょ。マキが拾って、エリカのママに届けてあげたんだよ」

それを聞いたとたん、忘れていた光景がよみがえった。授業参観のプリントが配られた日、教材室から見下ろしたチェックの傘。あの日、エリカは焼却炉の前にいた。ずいぶん遅い時間に、ひとりきりで。

「マキ、失敗しちゃった。エリカのママに会った時、てっきりおばあちゃんだと思って、お母さんはいますかって訊いちゃったの。でもしょうがないよね。エリカのママ、年寄りなんだもん」

エリカがゆっくりとマキを見た。肌は青ざめているのに、瞳だけが燃えている。その憎しみの強さに、ぼくはぞくりとした。ぼくもエリカの母を年寄りだと思ったから。

でもマキは臆するどころか、いっそう声を張り上げた。

「ママっていうよりババじゃん！」

マキグループの子たちが、きゃははっと声をたてて笑う。言えてる、ババだよね。エリカのママはババ。

エリカグループの面々も、想像と違ったエリカの母の姿に戸惑っているのか、言い返せずにいる。彼女らは指示を仰ぐようにリーダーを見たけど、エリカは唇をきつく結んでマキを睨むばかりだった。それが精一杯に見えた。完全にマキの勝利だ。

「人のお母さんをそんなふうに言うのは……」

おずおずと発せられた声に、ぼくははっとしてメグを見た。濁った瞳が不安定に揺れている。たぶん、怯えと正義感の間で。そんな顔をして、どうして怯えに身を委ねてしまえないのか。

苛立つぼくとは対照的に、マキはおもちゃを見つけた猫の目で応じる。

「だってほんとのことじゃん。それともメグには、エリカのママが若く見えたわけ？」

「それは……」

「ほらね。いい子ぶりっ子の学級委員でもお世辞が言えないくらい、ババアってこと」

メグの喉がひゅっと鳴った。喉を切り裂かれて、そこから空気が漏れているみたいに。ひゅう、

ひゅう、ひゅう。メグは奇妙な呼吸を繰り返す。薄い胸が異様に大きく波打っている。血管の浮いた手が震え、額には汗が滲んでいる。

「メグ？」

声をかけたぼくのほうを見もせずに、メグは最初の忠告を繰り返そうとした。

「人のお母さんを……」

「お母さんお母さんって、メグってもしかしてマザコン？」

マキは容赦なく遮った。マザコンという、いじめっ子が飛びつきたくなる魅力的な言葉で。やだあ、マザコンだって。気持ち悪ーい。マキグループの子たちがくすくす笑う。

「違うよ、そんなんじゃ……」

メグは否定しようとした。でも大きすぎる呼吸音が邪魔をして、ほとんど声になっていない。

「メグはマザコンじゃないよ」

関わりたくないのに、と腹を立てながら、ぼくは代わりに言ってやった。自分でも驚くくらい低い声が出た。マキが不愉快そうにこっちを見る。

「何、オッサン。幼なじみだから庇ってんの？」

「そういうわけじゃないよ。事実を言っただけ」

「ふうん。なら訊くけど、メグは今日、誰と帰るわけ？」

てっきり一緒に帰るものだと思っていたぼくは、面食らってメグを見て、その表情から答えを悟った。メグは母親の懇談会が終わるのを待って、一緒に帰るか出かけるかするんだろう。どういう経緯からか、マキはそのことを知っていたのだ。

「ほらね、やっぱりマザコンじゃん」

マキが鬼の首を取ったように笑った時、ざわめきが起きた。「おい、メグ？」と焦った声を出したのはテツか。

慌ててそっちを見ると、メグはぺたんと床に座りこんでいた。背中を丸めて両足を前に投げ出し、体全体を揺するようにして異常に荒い呼吸をしている。

「メグ！」

涙の溜まった目は焦点が合っておらず、駆け寄ったぼくを見ていない。ひどく虚ろで、顔面にぽっかりと黒い穴が開いているようだ。その空洞を、ひゅうひゅうと耳障りな音を立てて風が通り抜けていく。メグの中にある何かを根こそぎ奪いながら。

「え？　何？」

メグの唇がわずかに動いているのに気づいて、ぼくは耳を近づけた。そして奥歯を噛みしめた。

マザコンなんかじゃないよ。いい子ぶりっ子なんかじゃないよ。

「どいて！」

いきなり押しのけられたと思ったら、誰かが呼んできたらしい保健の先生がメグの正面に屈みこんだ。両肩をさすりながら、だいじょうぶ、深呼吸して、と根気よく繰り返す。聞こえているようには見えなかったけど、メグの呼吸は次第に落ち着いていった。枝のように硬くなっていた指が緩く丸まる。

メグはぼんやりと視線をさまよわせ、保健の先生を、ぼくを、そしてマキを見た。その瞬間、また喉が引き攣《つ》るように震え、マキは怯んだ様子で一歩下がった。だいじょうぶ、だいじょうぶ、と先生が肩をさすり続ける。メグはそのまま教室を連れ出されていった。

「何あれ」

マキが詰るように言ったけど、明らかに虚勢だとわかる。メグの普通ではない状態を見て、それを自分が引き起こしたことが、さすがに怖くなったんだろう。メグがあんなふうになったのはマキのせいだ。誰が見てもマキのせいだ。

「メグの荷物、持ってってやんなきゃ」

テツが動揺しつつも言い、何人かがちらりとこっちを見た。頼まれなくても、ぼくはもうメグの席に向かっていた。机の中にそろえて置かれた教科書やノートを取り出し、ランドセルにしまう。なんだかぬるぬるすると思ったら、手に汗をかいていた。今になって、恐怖がじわじわと心臓を締めつける。苦しそうだったメグ。あのまま死んでしまいそうだったメグ。

「変な人はオッサンに任せて、こっちも帰ろ！」

マキが大きな声で言って、自分のランドセルを開けた。強がりなのはわかっていたけど、それでもぼくは思わず彼女を睨んだ。

憎んでいいんだよ。心の中でメグに語りかける。いじめられているモックが、マキやエリカやこのクラスの全員を憎んでいるように。虐げられた者には、そうする権利があるんだ。だけどメグはそうは考えないだろう。それがわかるから、よけいに腹立たしい。

保健室に荷物を届けたぼくは、メグには会わずに学校を出た。でも、帰宅してしばらくしたらお母さんと愛が帰ってくることを考えたら、まっすぐ家に向かう気にはならなかった。初めての授業参観で、愛は興奮してはしゃいでいるだろう。お母さんは笑って見守りながら、ぼくに愛の様子を語って聞かせるだろう。そうやって二人が醸し出す優しくて健やかな空気が、今はどうにもうっとうしく感じられる。

ぼくは通学路とは違う道にふらりと足を踏み入れ、気の向くままに歩いていった。考えなしに何度も曲がったので、針山が後ろになったり右になったり左になったりした。このあたりには、乗れるようになったばかりの自転車で町内を走り回った時も、秘密基地を作るのに最適な場所を探して歩いた時も、一度も来たことがない。

足もとのアスファルトが新しくなったと思ったら、道の先に立派なコンクリートのマンションが出現した。白い壁の四階建てで、一階の大部分は駐車場になっている。小さな階段を上がった入り口には、飾り文字で『エスポワール針山』と書いてあった。

「エスポワール……」

なじみのない言葉だ。ぼくは周囲に広がる田んぼを見渡した。大きな建物も新しい建物もほとんどないこの町で、『エスポワール針山』はひどく浮いている。

いったいどういう人がここに住むんだろう。想像できずに夕日に輝くベランダを見上げていると、一台の車が駐車場に滑りこんできた。その運転席と助手席に座った人物を見て、ぼくはとっさに駐車場の柱の陰に隠れた。白い襟付きのワンピースを着た女の子と、灰色のスーツを着た女の人。エリカとその母親だ。

できるかぎり体を細くしたぼくに、エリカたちは気づかなかったようだ。エンジン音が止まるなり、乱暴にドアを開閉する音が響いた。

「待っ……」

「うるさいな、話しかけないでって言ってるでしょ！」

その剣幕にぼくはびっくりした。学校でのエリカは、マキと言い争う時でさえこんな喋り方はしない。

「あんたと親子だなんて思われたくない。ほんとは車にだって乗りたくなかったのに、あんたがどうしてもって言うから乗ってやったんだからね」

「ええ、わかってるわ」

「わかってない！　だったら、なんで今日、学校に来たの？　なんでわたしが授業参観のこと教えなかったと思ってんの？　母親のくせに、わたしのことがかわいくないの？」

「かわいくないなんて、どうしてそんなこと」

「あんたみたいなみっともないババアが来たら、わたしが笑われるってわからない？　わたし、死ぬほど恥ずかしかった。こんなのがわたしの母親だなんて」

「ごめん、ごめんね」

二人の声が遠ざかり始めたので、ぼくは半分だけ顔を出した。エリカはエレベーターのほうへどんどん歩いていき、その後ろを母親が追いかけている。母親は小走りになるほど足を動かしているのに、その距離はなぜか縮まらない。

「どうか許して。お願いだからこっち向いて」

「もう黙っててよ。あんたに話しかけられる度にぞわぞわする」

「ごめんなさい、でも……」

「黙れ、ババア！」

母親はびくっとして足を止めたけど、またすぐにエリカを追いかけ始めた。足早に、けれど手が届くほどには近寄らずに、一定の距離を保ったまま。ごめんね、ごめんね、ごめんね……。娘の後頭部に謝り続ける弱々しい声が、がらんとした駐車場にエコーのように漂っている。

『遠き山に日は落ちて』が流れて、ふいにお母さんの顔が浮かんだ。優しくて健やかでうっとうしい我が家に向かって、ぼくは全速力で駆け出した。

エリカのババって五十歳近いんだって。歳取ってできた子だから、エリカのこと甘やかしてるんだ。でもどんなかわいい服着せたって、一緒に歩くお母さんがババアじゃ台無しだよね。気取ってバレエなんか習わせたって、ババアじゃね。

授業参観の日以来、マキグループの圧倒的な優勢が続いている。彼女らの聞こえよがしの嘲笑に対し、エリカグループは効果的な反撃の言葉を見つけられていない。バトンクラブでエリカのほうがいいポジションを得ていることも、身体測定でマキより体重が軽かったことも、マキを怒らせはするけど黙らせることはできなかった。

母親について何を言われても、エリカは無視を決めこんでいる。その沈黙がぼくには不気味に感じられた。誰にも話していないけど、エリカの母親に対する仕打ちが脳裏に焼きついて消えない。そしてマキがプリントを届けたと知った時の、憎しみに燃える目も。何かのきっかけがあれば、エリカはあの残酷さをマキに向かって解き放つんじゃないか、その時をじっと待っているんじゃないか、そんなふうに思えてならない。

とはいえ、ぼくには関係ないことだ。

帰りの会が終わって、ランドセルに教科書などを入れながら、ぼくはメグの様子を窺《うかが》った。授業参観の日にメグが陥った症状は過呼吸というらしい。精神的な圧迫が原因だそうで、翌日は大事をとって休んだけど、その後はカレンダーどおりに登校しており、再び発作を起こしたことはない。でもそうなることを恐れてだろう、マキはメグをいじめのターゲットにはしなかった。皮肉にも、過呼吸がメグを守ったのだ。

メグは悪口に花を咲かせるマキたちを気にしてはいるようだけど、以前のように諫めはしない。口を開きかけるものの、その度に喉がひくっと引き攣って声が出ないのだ。けがの功名とでもいうのか、正直ぼくはほっとしている。これでくだらない諍いにメグが巻きこまれる心配はない。

「メグ、帰ろう」

ぼくはランドセルのキーホルダーを鳴らして、メグの席の前に立った。顔を上げたメグの目は暗い。過呼吸の発作は起きていないのに、もうずっと虚ろなままだ。

マキはメグから瞳の輝きを奪った。声を、健康を、明るさを奪った。それならいっそ優しさも奪ってくれればいいのに、それだけは残っているんだろう、メグは相変わらずマキを罵らない。

「ごめん、今日は学級委員の集まりがあるんだ」

「待ってようか？」

いつもはしない申し出に、メグはきょとんとした顔になった。今の自分がどれほど前と違うか、どれほど危うい目つきをしているか、自覚がないらしい。

「どうしたの？　いいよ、どのくらいかかるかわかんないから」

メグは笑って答えたつもりだろうけど、成功しているのは口もとだけだ。

ぼくは思わず目を逸らした。すると、教室の後ろに飾られた七夕の笹が目に入った。全員が願い事を書いた色とりどりの短冊。モックがもともと書いていた文字が塗り潰されて、「ビンボーじゃなくなりますように」と書き直されている。その周りには、「無理」だとか「一生ビンボー」だとかの落書き。コージーの短冊には、コージー自身の筆跡で「頭が治りますように」と書いてある。すべてマキが命じてやらせたことだ。

そのマキの短冊は、吊るした翌朝に破られていて、新しく書き直したものには次の朝に画鋲《がびょう》が刺されていた。エリカの短冊も同じような目に遭い、さらに「ヒトゴロシに罰が当たりますように」とか「気取り屋はババと一緒にあの世行き」とか、そんな短冊がいくつも吊るされた。それらを競い合って外すのが、両グループの毎朝の日課になっている。

メグは「四年一組が仲のいいクラスになりますように」と書き、けれどその短冊を吊るさなかった。メグが学校行事に参加しなかったのは初めてだ。

ぼくはすぐに笹からも目を逸らした。この教室は見たくないものばかりだ。

ぼくはひとりで学校を出た。ところが、農協まで行ったところで、今日使った体操服を忘れてきたのに気づいた。七月に入ってから、体育の授業ではたっぷり汗をかく。おまけに今朝は「爽やかタイム」に縄跳びをさせられたから、二重に汗を吸いこんでいる。

ぼくは少し悩んでから、しかたなく体の向きを変えた。忘れたと言ったらお母さんがうるさいし、何より、臭いというのはいじめられるもとだ。

今日はクラブ活動もない日なので、校内には人気がなかった。敵グループの短冊に悪さをしようと居残っている連中も、もうみんな帰ったようだ。誰もいないクリーム色の廊下に、ぼくの足音だけがきゅっきゅっきゅっと響く。

笹さえもうんざりしたように垂れ下がった、四年一組の教室。開けっ放しの後ろの戸口から中に入ろうとして、ぼくははっと足を止めた。

誰かいる。教室の真ん中、マキの席のあたりに。

ぼくは反射的に身を隠した。室内は眩《まばゆ》い太陽の光に染め上げられていて、それが誰なのかは一瞬ではわからなかった。もしもマキだったら。あるいは、短冊だけでは飽き足らずマキの机に何かしようとしている、エリカグループの子だったら。どちらにせよ、一対一で会うと思うと背筋がこわばる。

ぼくは慎重に首を傾けて中を覗いた。そのとたん、心臓が止まった。

メグ。

あれはメグだ。マキの机に覆いかぶさるように、細い背中をひっそりと丸めているのは。

ぼくは目を疑いながら、その姿から視線を逸らすことができなかった。

あのメグが、まさかメグが、こんなことをするなんて。

視界がぐらりと揺らいで、慌てて足を踏ん張った。拍子にキーホルダーがかすかな音を立て、ぼくは見えない手に突き飛ばされたように駆け出した。逃げたのだ。メグから。いや、メグによく似た見知らぬ誰かから。

あんな顔をしたメグは見たことがない。あんなメグは知らない。

メグは優しくて、責任感が強くて、内気で、根っからのいい子で。そんなメグを、ぼくは誰よりも傍で見てきた。すべてわかっているつもりだった。一番近い存在、そのはずだったのに。

心臓がばくばくする。眩暈《めまい》がして、頭の中がぐちゃぐちゃになる。

かまわずに走り続け、農協のところまで来てようやく止まった。フェンスにしがみつくようにしてしゃがみこむ。

見てはいけないものを見てしまったと思った。見たくなかった。

あのメグが。まさかメグが。

清水寺のキーホルダーがちりちり鳴った。フェンスが手のひらに食いこんで痛かった。

4

「死ねっ、死ねっ、死ねっ」

ひたすらそう繰り返しながら、マキが消しゴムでごしごしと机を擦っている。消そうとしているのは、このところ毎朝されている落書きだ。

インラン。マキ自身ではなく、彼女の母親のことを指している。

初めてそれが書かれた日、クラスメートの大半は意味を知らない様子だった。当のマキも、落書きをされたこと自体に対しては怒っていたけど、内容はわかっていないようだった。テツに無邪気な調子で、オッサンならわかるだろ、と尋ねられ、ぼくは返答に困ったものだ。なんとなくわかるけど、正確に知っているわけではなかったし、けっしていい言葉ではなかったから。いやらしいって意味だよ。口ごもるぼくの代わりに言ったのは、エリカの席にべったりくっついたミッキーだった。勝ち誇ったように小鼻がぴくぴくしていた。

マキのママって若いけどケバイよね。スナックで男の人とお酒飲む仕事してるんでしょ。そういうのは水商売っていって、インランなんだよ。だいたい十代で子ども産むってどうなのって、お母さんたちもよく言ってるもん。

マキの顔が真っ赤になって歪んだ。てっきり怒鳴りつけるか、いっそ摑みかかるかと思ったのに、意外にも彼女はうつむいた。唇を嚙み、拳を小刻みに震わせて。

傷ついているのだと気づいて驚いた。人を傷つけるところはいつも見ているけど、逆はめったにない。

不用意に意味を尋ねたテツが、ばつが悪そうにそっぽを向いた。マキは泣きそうな顔でそれを見てから、黙って消しゴムを取り出した。

星柄のパッチンどめを着けたユウとリエが、誰がやったの、と思い出したように声を荒らげた。質問の形をとってはいたけど、マキグループ全員の目がはっきりとエリカを見据えていた。

マキのママはそんなんじゃないもん。落書きを消し終えたマキは、ひび割れた声で叫んで教室から駆け出していった。かろうじて否定はしたものの、それはやはりみじめな敗者の逃亡だった。

その後ろ姿を眺めて、エリカグループはくすくすと笑っていた。エリカの母親のことで劣勢に立たされ続けていた彼女らは、ついに反撃のチャンスを摑んだのだ。しかも、同じく母親という格好の弱点を見つけて。

その時メグがどんな顔をしていたのか、ぼくは見ていない。またぼくの知らない顔をしているかもしれないと思うと、瞳が固まって動かなかった。

「死ねっ、死ねっ、死ねっ」

あれから一週間が経ち、マキはもう傷ついたそぶりは見せない。落書きの犯人に対して呪いの言葉を吐きながら、机を削りかねない力で消しゴムを動かしている。もちろん、取巻きに命じてエリカの机に「ババ」と書かせるのも忘れていない。

エリカグループはさらなる報復として、七夕の短冊に「インランの娘は死ね」と書いた。マキグループは「ババの娘は死ね」とやり返した。たくさんの悪意をぶら下げられた笹は、病んだ老人のように体を丸めてうなだれている。

そんなふうにエスカレートしていく争いを、メグは止めない。暗いその目には何も映っていないかのように、虚ろな沈黙を貫いている。

でも七夕が過ぎて笹を片づける時、インランの文字が躍る短冊をぐしゃりと握り潰すのを、ぼくはたまたま見てしまった。短冊と一緒に、ぼくの心もぐしゃりとひしゃげた。メグがどんな気持ちでそうしているのか、想像すると頭がひどく混乱した。ひびが入る。メグと過ごしてきた時間に。思い出に。変わることはないと、無意識に信じていたものに。

ぼくはメグを避けがちになった。登下校は今までどおり一緒にしているけど、自分から話しかけることはほとんどない。メグのほうもこの頃はめっきり無口になって、無理に明るく振る舞おうとすることもなく、ぼくの態度の変化にも気づいていないかもしれない。

そうしてメグは濁ったまま、ぼくはひしゃげたまま、あと十日ほどで夏休みを迎えようとしている。

「ない！」

エリカが悲鳴じみた声を上げたのは、そんな折だった。体育の後、教室で着替えていた時だ。男子も女子も一斉にそっちを見た。すでに着替えを終えた彼女は、自分の机に両手をついて呆然としている。

忠臣ミッキーが離れた席から駆けつけてきた。

「どうしたの？」

「バレッタが……」

エリカは消え入りそうな声でそれだけ答え、うつむいてしまった。肩口を滑り落ちた髪に、いつものバレッタが飾られていない。転校してきた時から毎日着けている、リボンの形をしたバレッタ。今日も体育の前までは着けており、汚したり壊したりしたらいけないからと着替えの時に外していたのを、斜め後ろの席のぼくは見た。

「大変！　そのへんに落ちてない？」

ミッキーが慌てて床を見回すけど、エリカは力なく首を振った。床、机の中、ポケット、手提げ入れの奥まで、思いつくかぎりの場所をエリカはさっきまで探していたのだ。

「何か勘違いしてるってことない？　別の場所に置いたとか」

「着替えた時に外して服の下に置いた」

「じゃあ……」

「盗まれたんだよ、決まってるじゃない！」

エリカはいきなり甲高い声で叫んだ。ミッキーがたじろいで一歩下がり、すると代わって、同じエリカグループの子が声を張り上げた。

「誰がやったの？　エリカに返しなさいよ！」

誰が、と問いかけたものの、吊り上がった目はマキを見据えている。マキの机にインランと書かれた朝、彼女のグループの子たちがエリカに対してそうしたように。

もちろん黙って犯人扱いされているマキではなかった。

「何見てんの？　マキが盗ったとでも言うわけ？」

「違うんだったら、なんでさっきからにやにやしてるの？」

「にやにやなんかしてないよ。変なバレッタだけど、エリカかわいそー」

変なバレッタという言葉が神経に障ったのだろう、エリカは髪を振り乱してマキのほうを向いた。とたんにマキの表情からも余裕が消えた。

「返してよ」

「盗ってないって言ってるじゃん。あんなぶりっ子みたいなの、誰が盗るか」

「パパが東京で買ってくれたの。宝物なの。お願いだから」

驚いたことに、エリカはそうやって下手に出さえした。でもマキが犯人だと決めつけたその発言は、マキをいっそう怒らせたようだ。

「マキは持ってない。持ってたって、絶対に返してやんない。証拠もないのに、人を泥棒扱いするようなやつにはね！」

マキは憎々しげに吐き捨てて顔を背けた。パッチンどめ隊が、そうだよ、サイテー、と援護する。エリカは返してと訴え続けたけど、マキの徹底無視にあって、とうとう泣き出した。グループの女子がいきり立ち、なんとなくエリカに同情的な空気が生まれる。

「ふん、泣いたら勝ちとでも思ってんでしょ」

そんな中で、マキの言い方はひどく意地悪に響いた。ばかだな、とぼくは思った。

翌日も、その翌日も、エリカのバレッタは見つからなかった。エリカグループに言わせれば、マキがバレッタを返さなかったということになる。

エリカのバレッタが盗まれたと、ミッキーは鼻息荒く先生に報告した。でも先生は、盗まれたなんて簡単に言うものではない、拾った人がいないか他のクラスでも訊いてもらえるように先生方に頼んでおく、と答えた。もちろん成果は出ていない。

エリカは毎日、髪に何も着けずに学校に来ている。打ちひしがれている彼女に対し、マキは嵩《かさ》にかかって言った。ババに新しいの買ってもらいなよ、パパじゃなくてババにさ。エリカがあまりにも落ちこんでいるために、そんなふうに嘲笑《あざわら》うマキは完全に悪役に見えた。やっぱりマキはばかなのだ。

バレッタがなくなってから三日目の夜、町は記録的な大雨に襲われた。テレビのアナウンサーが川の氾濫や土砂崩れに警戒するよう呼びかけ、お父さんは自治会の人たちと一緒に見回りに出たほどだ。空には傷跡のような稲妻が走り、雷様がお臍《へそ》を取りにくると教えられている愛は、窓のほうを向いて来ないで来ないでとべそをかいていた。

早めに布団に入ったぼくは、叩きつける雨音を聞きながら、四年一組の花壇のことを考えていた。ヒマワリを植えた花壇の隅に作った、タマのお墓のことを。

次の日はすっかりいい天気で、ぼくはメグと無言で連れ立って学校へ行った。すると、いつもより早く来た先生が、ぱんぱんと手を叩いて言った。

「これから読書タイムと一時間目を少し使って、みんなで花壇を直しましょう」

案の定、花壇に被害があったらしい。行ってみると、三十四本の咲きかけのヒマワリは、ぐったりと頭を垂れて倒れかけていた。土までも雨粒に抉《えぐ》られ、めちゃくちゃに掘り返したような有様だ。

そこここで悲鳴や落胆の声が上がる中、テツだけはまっすぐに花壇の隅に向かった。土に小さな板を立てて作った「タマのおはか」。跳ねの強いやんちゃな文字は彼が書いたものだ。

地面に屈んだテツは、斜めになった板を立て直そうと手を伸ばし、「ん？」と不審げな声を漏らした。その手が板ではなく土に触れ、埋まっていた何かを引っ張り出す。

「これ……」

テツはそれを顔の高さに上げて振り向いた。濡れた土がこびりついているけど、リボンの形をしたバレッタだ。エリカがなくした――盗まれたバレッタ。

「わたしの！」

エリカが駆け寄って手に取った。爪が汚れるのもかまわず懸命に土を擦り落とす。

「タマのお墓に埋まってたってこと？」

ミッキーが尖った声で訊くと、テツは少しためらってからうなずいた。

「端がちょっと土から出てた」

「バレッタがひとりでに埋まるってことはないよね」

いつのまにか全員の視線がマキに集中していた。マキとエリカの険悪な関係、とりわけタマの件でマキがエリカを犯人だとして憎んでいたことは、誰もが知っている。

「エリカのバレッタが盗まれた日の、花壇の世話当番って誰だっけ？」

今日がわたしで、昨日はぼくで、とみんなが協力して記憶をさかのぼる。

「違うよ！」

突然、マキが大声で叫んだ。その顔は青ざめ、唇はわななき、見開かれた目の中で小さな瞳が震えている。

「違う、マキじゃない。当番はたしかにマキだったけど、普通に水やりしただけだもん。バレッタを埋めてなんかないよ！」

「証拠は？」

ミッキーが切りこんだ。バレッタを盗んだのだろうと疑いをかけられた時、マキ自身が得意げに口にした言葉だ。

「あ、あるよ。当番の時、リエに手伝ってもらったもん」

注目がリエに移った。リエは縮こまり、助けを求めるようにグループの仲間を見回したけど、視線を合わせる子はいない。

「ほんとなの？」

「ほ、ほんとだよ。一緒に水やり、した」

「一瞬も離れずに？　ずっとマキの行動を見てたの？」

「それは……」

「庇うなら、リエも泥棒の仲間だよ。ううん、泥棒ってだけじゃない、タマのお墓を荒らすようなやつだよ」

リエは泣きそうな顔になった。

「……ずっとじゃない。マキに言われて、あたしがじょうろを片づけに行ったから」

ほらね、とばかりにミッキーの目が光った。他のみんなの目にも冷たい色が浮かんでいた。今や誰もが犯人はマキだと思っている。マキがエリカのバレッタを盗み、あろうことか大切なタマの墓に埋めたのだと信じている。そして軽蔑している。

メグが何か言おうとしたけど、喉が痙攣して叶わなかった。薄い唇が虚しく開閉するのを、ぼくは横目で見ていた。あの放課後の光景がよみがえり、心がひび割れる音がする。

その音に紛れて、小さくミッキーの声が聞こえていた。

「マキさあ、エリカが返してって言った時、持ってたって返さないって言ったよね？」

「それは、たとえばの話で……」

「やっぱ在り処、知ってたんだ。あんたが埋めたんだもんね」

「違うよ、違う！　あたしは何も……リエ！　みんな！　信じてよ。テツ！」

マキの必死の訴えに答える声はない。違う違うと首を振りながら、じりじりと後退りする彼女の靴が、濡れた土にまみれる。

わあっ、と泣き声が上がった。見ると、エリカがバレッタを胸に抱いてしゃがみこんでいた。西洋人形みたいに整った顔は、涙と鼻水でぐしゃぐしゃだ。

「取れないよ、土が取れない」

エリカグループの女子が彼女を囲み、肩を叩いたり背中をさすったりして慰める。みっともないほどのエリカの嘆きぶりに、マキグループの女子からさえ、かわいそうという声が漏れる。今までどっちの味方でもなかった男子も、一様にマキを非難する感想を口にし始めた。ひどいな。これはやりすぎだよ。この数日、落ちこんでいるエリカに追い討ちをかけるような悪口を浴びせていたことも、マキの印象を悪くしていたんだろう。

思ったとおりだ。だからマキはばかだというんだ。

「それ、見つかったんですか」

スコップを取りに行っていた先生が、小走りになって近づいてきた。倒れかけたヒマワリを踏みしだき、花壇を斜めに突っ切って、泣きじゃくるエリカに寄り添う。

「なくしたと言っていたバレッタに間違いありませんか？　花壇に落としていたんじゃ、なかなか見つからないはずですね。でもよかった、きれいにする方法があるかもしれないから、後で先生と一緒に調べてみましょう」

場違いに嬉しげな声を出す先生を、エリカはぽかんとした顔で見上げた。あれほどの涙さえ引っこんだようだ。たぶんぼくも含め、誰もが同じ表情をしている。

「先生、わたし、落としたんじゃありません。これは……」

戸惑いながらも訴えるエリカの鼻声を、マキが激しく遮った。

「違うよ、先生！　マキじゃないよ。マキは盗ってないし、埋めてもない！」

興奮したマキは、縋《すが》るように先生の腕を摑もうとした。でも先生は、すいっと体を捻ってかわし、まるで何も聞こえなかったみたいに明るく言った。

「さあ、急いで花壇を直しますよ。ぐずぐずしている人はエンマ帳ですからね」

「先生！」

マキが絶叫に近い声で呼びかけても、先生はそっちを見ようともせず、自分が踏み倒したヒマワリを起こし始めている。

みんなが驚き呆れる中で、モックだけは冷めた顔をしていた。そんなもんだよ、とでも言いたげに。

ぼくの視線に気づいて、モックがこっちを向いた。ぼくはこれまでのように目を逸らさず、それどころか、彼がかつてそうしたように薄く笑ってみせさえした。タマが殺されてから、ずっと彼に対して恐れを抱いてきたけれど、不思議と今は怖くない。同じだなんて思われたくなかったはずなのに、親近感のようなものさえ覚える。

余裕をもってモックから視線をずらすと、もう一人、クラスメートの大半とは違った表情を浮かべた人物を見つけた。コージーだ。彼は大好きな先生をじっと見つめていてから、先生に無視されたマキを見て、やがてふんと鼻を鳴らした。そして、マキに着けさせられていた色とりどりのパッチンどめを外した。

「……はっ」

ぼくの口から奇妙な音が漏れた。正体のわからない感情が胸の奥から突き上げてきて、体がぶるりと震えた。

人が転落する瞬間を、ぼくは見た。権力が崩れ落ちる瞬間を。見捨てられる瞬間を。すべてを失う瞬間を。女王の死を、見た。ついに見てやった。

やがて作業が開始されたけど、もうマキに声をかける者はいない。彼女の傍には誰も。

ぼくはスコップを持ち、気味が悪いほどやわらかい土に突き刺した。

自業自得だ、ざまあみろ。


マキが焼かれている。

熱された鉄板のようなコンクリートのプールサイドで、ひとりだけ体操服を着て。膝を抱えてぎゅっと丸まった彼女の足に、クラスメートが上げた水飛沫がかかる。

マキはお腹が痛いと言って、体育の授業を見学している。でも本当の理由は、水着に落書きをされたせいだ。紺色の水着に白い修正液で「インラン」。以前はせいぜい机や短冊に書かれる程度だったその言葉が、今はそこら中、マキの持ち物すべてに氾濫している。かつて憤りながらそれを消していた取巻きももういない。パッチンどめを着けているのはマキだけになった。

バレッタが発見されたあの日から、マキはひとりだ。豪雨が彼女を女王の地位から押し流し、教室の最下層へと運んだ。

「オッサン、前ー」

コージーに背中をつつかれ、はっとして見れば、前を行く子はすでにコースの中程にさしかかっていた。コージーなんかに指摘されたことに少しばかり腹を立てながら、ぼくはプールの壁を蹴った。

他のたいていの運動と同じく水泳も苦手なぼくは、似たようなレベルの何人かと一緒に五コースに入れられ、ビート板につかまってバタ足をしている。六コースはまったくの金槌《かなづち》で、つまり力が上がるほど一コースに近づくシステムだ。

一コースのテツが、日焼けした体をイルカのようにしならせて飛びこんだ。一コースの子は飛びこみもターンも鮮やかにこなす。本来ならマキもあの中にいただろう。でも今の彼女は、プールの中ですらない、六コースの脇のコンクリートに座っている。

息継ぎのために顔を上げる度、ぼくはさりげなくマキを見た。落ちぶれた女王は、今の居場所にまだなじんでおらず、やけに景色から浮いている。

そんな彼女に近づいていく人影があった。尖った肩の骨に、ゴボウのような脚。その姿を見る前から、ぼくにはそれがメグであることがわかっていた。

ざぶんと水に顔をつける。上げると、メグはマキから少し距離を置いて立ち、ためらいがちに日陰を指す動きをした。日陰に入ったら、とでも言っているんだろう。

水面に肌を叩きつけるように、また顔をつける。次に上げた時、メグはまだ同じポーズをとっていた。マキは無視を決めこんでいるらしい。

しばらく顔を出したままバタ足をしていると、メグがまた何か言って、とうとうマキが口を動かした。声は聞こえないけど、きつい拒絶を投げつけたんだろうことは、マキの唇の動きの激しさや、メグの体が震えたことからわかる。

メグが下を向いて立ち尽くしている間に、ぼくはマキの座っている位置を通り過ぎてしまった。プールの向こう端で足をついて体の向きを変えた時には、メグがすごすごと四コースに戻っていくところだった。

結局、授業が終わるまで、マキはその場を動かなかった。日陰に入るのは逃げだとでもいうように、七月半ばの太陽に炙られながら、汗みずくになって座っていた。ハート柄のパッチンどめが光っていた。それ以上に、暗い瞳がぎらぎらと燃え盛っていた。授業参観の日のエリカのように。

でも、マキが落ちた環境のほうがずっと悪かった。エリカには味方がいたけど、マキにはいない。クラスのほとんど全員が、彼女に悪意を、あるいは考えなしの残酷さを向けている。ぼくがその中に含まれていないと言う気はない。

体育が終わって教室に戻ると、マキの机に花瓶が置かれていた。活けられているのは菊のようだけど、町の文化祭のために学校で栽培しているものとは種類が違うから、七月に咲く菊を誰かがわざわざ自宅から持ってきたんだろう。

「ナンマンダブー」

おどけて手を合わせたのはコージーだった。何人もがリズムをつけて唱和する中、マキは無言で菊を引き抜きごみ箱に叩きつけた。この状況で反抗的な態度を貫けるのは、さすが元女王と言うべきか。

マキが席に戻る前に、誰かが机の脚を蹴った。花瓶が倒れ、零れた水が椅子にも床にも滴った。

「だいじょうぶ？　これで拭きなよ」

笑いを含んだ言葉が、親切から出たものであるはずがない。びちゃっと濡れた音を立ててマキの体に投げつけられたのは、彼女自身のエプロンだった。

「濡らしてきてあげたから」

「絞ってないけど」

「トイレの水だけど」

ミッキーとユウとリエが、みごとなコンビネーションで台詞《せりふ》を分け合った。マキ王国時代、星柄の階級章を許されていた三人だ。一時はミッキーが仲間外れにされていたけど、今は何事もなかったように呼吸を合わせている。

マキはエプロンを体から引き剝がすと、固まって笑っているユウたちにつかつかと近づいて、三人全員の体に当たるよう投げつけ返した。悲鳴が上がり、すぐに泣き声に変わる。その時には、マキはもう雑巾を手に机を拭き始めていた。

「ひどい」

エリカがさも気の毒そうに臣下のもとへ駆け寄る。彼女の意図ははっきりしているけど、ぼくはふと冷静になって思う。どっちが？

どんなに丁寧に拭いたところで、マキの机はきれいにはならない。消しても消しても書かれていた「インラン」の文字は、今や彫刻刀で深々と刻まれている。いつ、誰がやったのかはわからない。たぶんみんなが下校した放課後、こっそりマキの席に忍び寄って……。

ぼくは慌てて頭を振った。誰もいない教室でマキの机に覆いかぶさっていた、メグの姿を思い出しそうになったからだ。

メグは机を拭くのを手伝いたそうなそぶりを見せている。でも、さっきプールサイドで拒絶されたことを引きずっているんだろう、なかなか踏み切れない様子だ。

そこでチャイムが鳴ったので、このタームのマキへの攻撃はいったん終了した。エリカに付き添われて出ていったユウたちは、授業が始まる直前に戻ってきたけど、マキのエプロンをどうしたのかはわからない。興味も関係もないことだ。

次の攻撃は間を置かずに始まった。先生が乾電池の数とモーターの働きについて板書している時、後ろから背中をつつかれて、振り返るとノートを押しつけられた。ファンシーなその表紙には、柄にそぐわない言葉が太い線で書かれている。「マキのこんなとこがきらい！」

タイトルのとおり、マキの嫌いなところ、つまりは悪口を書き綴《つづ》るノートだ。教室中を回すので、マキ自身の席も通ることになる。その際、あからさまに彼女だけを飛ばして次の人へ送ることもあれば、わざと彼女の目に触れさせることもある。

ぼくはそれを堂々と机の上で開いた。机の中や下でこそこそ開くと、姿勢が不自然になって、かえって先生の目につく。もっとも、ぼくらの先生は見て見ぬふりをするかもしれないけど。

すでに書かれた文字に目を走らせる。「いじわる」という言葉が何度も出てきて、唇の端が緩い笑いの形になる。気の利いた悪口を思いつかなかった子が、でも書かないわけにはいかないから、人の真似をしたんだろう。意地悪くらいならそれほどきつくないし、実際にマキは意地悪だ。

ぼくも右にならえでそう書いた。

もちろんこれはいじめだ。だけど、昨日回ってきた「マキの殺し方」ノートよりは、内容がおとなしい分だけ気が楽だ。

前の席に送ろうとした時、エリカと目が合った。斜め前の席の彼女が、小さく振り返ってこっちを見ていた。みぞおちのあたりがふいに硬くなる。何かにつけてマキに手を差し伸べるメグを、ぼくは庇う。エリカにとっては、メグもぼくも、彼女に背きかねない危険分子なのかもしれない。

冗談じゃない。四年一組の新しい女王はエリカだ、ちゃんとわかっている。かつてメグが恐れていたとおり、エリカはマキに取って代わった。

いつか家の庭で見た蛾が、頭の奥で不気味な羽を震わせている。もはや蝶に擬態するのをやめたエリカに、逆らう気なんかない。

ぼくは鈍いふうを装って、何？　と目で問いかけた。エリカは淡く微笑んで顔を前に戻した。

メグ。すばやくノートを送りながら、ぼくは願わずにいられない。頼むから、ちゃんと悪口を書いて。いじめに参加してよ。

マキへのいじめは、授業の後も下校するまで続く。

掃除の時間、全員の机を教室の後ろに寄せる際、彼女の机だけ蹴って押しやられる。加減が悪いと机は倒れ、中のものが床に散らばるけど、ほとんど誰も拾おうとはしない。「汚い」と言われるものを触れば、触った子も「菌がうつった」などと遠巻きにされる。それでも拾うのは、マキ本人か、彼女がいなければメグだけだ。

メグは女子から白い目を向けられても、男子から「えんがちょ」と叫ばれても、悲しげに目を伏せるくらいでさほど気に病む様子はない。でも、そうやって助けたはずのマキ本人に罵られた時だけは、また過呼吸を起こすんじゃないかとこっちが怯えるほど傷ついた顔をする。

「よけいなことしないでよ、いい子ぶりっ子！」

マキは今日もお決まりの文句を吐き捨て、ランドセルを揺すって教室を出た。そのランドセルには、「わたしはインランのむすめです」と書かれた紙が貼られている。

いじめの教科書があったら確実に載りそうな、定番のやり口ばかりだ。そんなものはすべて予想していたとばかりに、マキは泣かない。その代わり、表情がどんどん荒《すさ》んでいく。顔も体も痩せて、木を荒く削ったみたいに尖ってきた。

「自業自得だよね」

すぐ近くでぼそりと囁かれ、顔を向けると、モックがうっすらと笑っていた。フジツボのような目の奥には、ほの暗い喜びの色がある。

「うん、自己責任だね」

マキはいじめをやっていたからこうなった。同じことは、何食わぬ顔でテツに話しかけているエリカにも起こりうる。

「今日はどうするの？」

彼女が尋ねているのは、テツを中心とする男子の放課後の予定だ。三年生の時あれほど流行ったブランコジャンプは、学年が上がったらあっさり廃れた。今のブームは、ボールを二個使ってやるドッジだ。二組の子とも一緒になって熱中している。

「いつもどおりだけど」

「じゃあ応援するね」

「何度も言うけど、応援するより一緒にやればいいじゃん」

「男子のボール、怖いもの。それに日に焼けちゃうし、今日はピアノのレッスンがあるから途中で抜けなくちゃいけないし」

テツはつまらなそうに口を曲げた。エリカが女王になってから、女子は体を使う遊びにあまり加わらなくなった。体育の授業やスポーツテストの様子を見ると、エリカは運動が苦手なわけではなさそうだから、たぶん好みの問題だろう。スポーツをする男子を見守る女子、というのがエリカの好みのスタイルなのだ。他の女子もそれに合わせている。

マキが女王だった頃はそうではなかった。男女の別なく駆け回って遊び、マキなどはたいていの男子よりも活躍していたようだ。二組では今もそうで、放課後のドッジにも女子がたくさん参加している。

顔を背けたテツの目が、たまたまぼくのほうを向いた。

「オッサンもたまにはやんない？」

とんだとばっちりだ。誰が女王であるかに関係なく、ぼくは一度もそういう遊びに加わったことがない。

エリカが微笑んでこっちを見ている。

「運動は嫌いだから」

エリカは微笑んだままだ。よかった、こんなどうでもいいことで機嫌を損ねたらつまらない。

このところ、エリカはしきりにテツに話しかける。マキが転落してから急にだ。突然、恋に落ちたのかもしれないけど、ぼくには単にマキに対する嫌がらせに見える。

触らぬ神に祟りなし。君子危うきに近寄らず。去年から肝に銘じている言葉を思い出しながら、ぼくはさっさとテツに背を向けた。

「メグ、帰ろう」

メグもかつては放課後の遊びに参加していたけど、最近は一切しない。

連れ立って正門を出たとたん、湿った暑さが全身に貼りついた。針山小学校にはクーラーはないけど、それでも校舎内はましなんだと毎日思い知る。手提げに入れた水筒の中で、残った氷ががらがら鳴った。それに応えるように、降り注ぐ蟬《せみ》の声が大きくなった。

そんな中、メグが発した声はほとんど聞き取れなかった。

「何か言った？」

ぼくの問いかけに、メグはうつむけていた顔をいっそう下に向けた。

「……マキは本当にテツのことが好きなんだなって」

肌に刺さる日差しが強くなった気がした。じりじりと痛んで、頬が歪む。

「いきなり何？」

「前から思ってたんだ。エリカに話しかけられた時、テツは普通に返事するじゃん」

「エリカの意図とか何も感づいてないんだよ、単純だから」

「その度にマキの目が揺れるんだ。他のことではつらそうな顔なんてしないのに」

ぼくも気づいていた。そして腹を立てていた。他人の気持ちは平気で踏みにじるくせに、メグが差し出した手に唾を吐き続けているくせに、自分はあたりまえに傷つくのか。

「図々しい」

つい語気が荒くなったせいで、メグは怯んだようだ。ともに無言のまま、「かあさんにいえないことはやめましょう」という標語の横を通り過ぎる。地方銀行の支店までできたところで、メグがさっきよりももっと小さな声で言った。

「好きって何だろう」

そんなこと、ぼくが訊きたい。読書が好きだ。将棋が好きだ。お母さんよりお父さんのほうが好きだ。メグにもらった清水寺のキーホルダーが好きだ。ぼくのよく知っているメグが、好きだったのに。

ぼくは聞こえなかったふりをした。


「このあたりに変質者がいるそうです」

翌日の朝の会で、先生が眉間に皺を寄せて言った。

ヘンタイだって、とおもしろがる男子とは別に、女子が妙な忍び笑いを漏らしていたから、何かあるぞとぼくは思った。

「この学校の女子生徒のお母さんから、その子の水着が盗まれたと連絡がありました。お家で他になくなったものはなく、本人も学校でなくなったと言っていることから、変質者が学校に侵入して盗んだ可能性があります。先生も地域の方と協力して見回りをしますが、みなさん自身も気をつけてください」

先生がお決まりの注意を並べるのを聞き流しながら、ぼくは理解した。

その女子生徒というのはマキだ。落書きされて使えなくなった水着を、こっそり捨てたんだろう。だけど母親に水着がないことを指摘され、ついにごまかしきれなくなって、学校で盗まれたと嘘をついた。クラスメートに落書きされたとは、それも母親のことをインランと書かれたとは、言いたくなかったに違いない。母親は嘘を信じて学校に伝えた。たぶんその前に、娘のクラスメートの母親にも話したのだ。そのことを聞けば、四年一組の生徒ならぴんとくる。

「先生、水着を盗まれたのは一人だけ？」

ミッキーの声がにやにやしている。事情をわかっているのかいないのか、先生は硬い表情で「報告があったのは一人だけです」と答えた。以前、先生はマキを気に入っているようだったのに、今は気遣うそぶりもない。やっぱりわからない、好きって何だろう。

その日も定番のいじめが一通り行われ、放課後になった。一番に教室を出ようとしたマキの前に、ミッキーとユウとリエが立ち塞がった。マキは彼女らではなく、自分の席に座ったままのエリカを振り返って睨んだ。

「待って、マキちゃん」

エリカは親しげに声をかけて立ち上がった。土の汚れがきれいに落ちたリボン型のバレッタが夏の日に光った。たしか今日はエリカの習い事がない。何かを察したのか、テツがドッジ仲間の男子を急かして飛び出していく。

ぼくもメグを連れて逃げたかった。でもメグが動こうとしないので、ただ傍に寄り添うことしかできなかった。

「先生が言ってた、水着を盗まれた子ってマキちゃんだよね？　わたし、盗んだ人に心当たりがあるの」

マキは無視して出ていこうとしたけど、ミッキーたちにがっちり阻まれた。エリカは落ち着き払い、気の毒そうに眉を寄せつつ唇は弧を描くという、アンバランスな表情を保っている。

「マキちゃんも知ってるよね？　ヤマンジっていう人」

メグの呼吸が少し速くなった。

その老人のことは、この町の子どもなら誰でも知っている。針山にぽつんと建ったあばら家に独りで住んでいて、名前や年齢はわからない。家の周りには大小様々な鳥小屋があり、そこで飼っているたくさんの鳥を、生きたまま貪り食うという噂《うわさ》だ。背中で括《くく》ったぼさぼさの白髪も手伝って、山姥からあだ名がついたらしい。

「何してるかよくわかんない人なんでしょ。見た目からして怪しいって聞いたよ。その人の家って学校に近いよね？」

ぼくは戸惑った。怪しいからというだけで犯人扱いはできない。というより、そもそもマキの水着は盗まれてなんかいないのだ。エリカだってそれはわかっているはずなのに、いったいどうしようというのか。

「マキちゃん、ヤマンジの家に行ってみなよ。こっそり中に入って部屋を探したら、盗まれた水着が出てくるかもしれないよ」

さすがにマキも驚いたらしく、目がエリカに劣らず大きくなった。

変に静かな教室とは対照的に、運動場にはテツの大声が響いている。ぼくも今すぐ外に行きたかった。ここは息が詰まる。タマが死んだ水槽みたいだ。あの濁った水が一つの方向に渦巻いて、マキを底へ引きずりこもうとしている。

「そんなこと、だめだよ」

ぼくが止める間もなく、メグが懲《こ》りもせず手を差し伸べた。マキはメグを忌々《いまいま》しげに一瞥《いちべつ》し、自分で戦えるとばかりに眼差しを険しくした。

「行くわけないじゃん、ばかなの？」

久しぶりに聞くマキの声だ。

「行かないの？　じゃあマキちゃんのママに教えてあげようかな、本当のこと」

エリカはメグの言葉など聞こえなかったかのように、マキだけを見て応じた。マキの表情がはっきりとこわばった。

「かわいそうに、マキちゃんは水着に落書きをされちゃったんです。でもママには言えなくて、盗まれたって嘘をついたんです。だってママのせいでインランって……」

「うるさい！」

ぼくが震えたのは、マキが怒鳴ったせいではなかった。怖かったのはエリカだ。マキが嘘をついたことを聞き、母親にはどうしても真実を知られたくないのだと見抜き、それを脅しに使おうとたちまち思いついた。

「だいじょうぶだよ、わたしたちもついてってあげるから」

マキはエリカを睨んでいたけど、何も言わなかった。エリカの提案は決定になった。今や新女王の側近となったミッキーたちが、かつて親衛隊として仕えた旧女王を囲み、さらに他の女子がその周りを囲んで、ぞろぞろと教室を出ていく。まるで歴史物語の挿絵で見た囚人の護送だ。

なお何か言おうとするメグの袖を、ぼくは引いた。そのまま目立たないように帰るつもりだったのだけど、集団の最後に戸を抜けようとしていたエリカが、ふいに足を止めてこっちを見た。

「一緒に行ってあげないの?」

「お、おかしいよ、こんなの……」

「ふうん? もしかして先生に告げ口する?」

メグの勇気はそこまでだった。マキがメグのことを「いい子ぶりっ子」と罵り始めた頃、メグは「点数稼ぎ」とか「チクリ屋」とか陰口を叩かれたことがある。それらは事実ではないけど、メグの心を深く傷つけた。

黙ってうつむいてしまったメグの袖を摑んだまま、ぼくはしかたなくエリカの後について歩き出した。

ヤマンジの家は、学校の裏から針山に登るルートの途中にある。一年生の遠足コースになるくらいだから、坂はそれほどきつくない。とはいえ、容赦なく照りつける太陽のせいで、歩き始めてすぐに喉がからからになった。波打ってひび割れた古いアスファルトは、干からびた砂漠を連想させる。踏みしめる足も砂に沈んでいくように重い。

絶え間なくお喋りを続け、時にけたたましい笑い声をたてさえするクラスメートが、ぼくには理解できなかった。この道のりが苦しくはないんだろうか。それとも、苦しいからこそそんなふうに振る舞うんだろうか。

ほどなくアスファルトの砂漠が切れ、土の道になった。山に入って傾斜は少し急になったけど、木が日差しを遮ってくれるので今までより涼しい。ぬるりとした額を手の甲で拭ったら、濡れた肌がひんやりして、ぼくはかすかに身震いした。

昼と夕方の間に当たるこの時間、鳴く蟬はそう多くない。薄暗い木立ちの中を、細く引きずるような声は、山の静けさをかえって際立たせる気がする。

すぐ前を歩くエリカの背中に、さっきから大きな虻《あぶ》が止まっていた。もしかしたら刺されるかもしれない。ぼくは払ってやらず、教えてもやらなかった。

「あれだよ、エリカ」

やがて集団の歩みが止まり、先頭にいたミッキーが誇らしげに振り返った。進行方向の左手、道からやや外れたところに均《なら》された狭い土地があって、そこにヤマンジの家は建っている。傾いて隙間《すきま》だらけの、木造の掘立て小屋だ。中に人の気配はなく、どうやらヤマンジは留守らしい。

自然に割れた集団の真ん中を通って、エリカは前へ移動していった。

「こんな家に人間が住めるなんて信じられない。おまけに臭いし」

周りに置かれたいくつかの鳥小屋から、独特の臭いが漂ってくる。たくさんの人間が現れたことに驚いたのか、鳥たちが落ち着かない様子になった。ここで飼われているのは鶏やインコではなく、あまり見たことがない鳥ばかりだ。雀より小さいのから、白鳥より大きいのまでいる。

「あれ、タカかな？」

ずっと黙っているメグが気になって、小声で話しかけてみた。でもメグは思いつめたような眼差しを前方に注ぐばかりで、ぼくの声は耳に入っていないみたいだ。

「ヤマンジって人、絶対変だよ。水着、盗みそう。マキちゃんもそう思うでしょ？」

エリカの問いかけを合図にしたように、側近たちがマキをヤマンジの家に向かって押した。マキは二、三歩よろめいて進み、そこで両足を踏ん張った。内股にならないこと、背を丸めないことが、たぶん彼女の意地なんだろう。やっぱりばかなやつ。そんな態度をとったら、エリカはますます心をへし折ろうとしてくるのに。

集団に背を向けて立つマキに、案の定エリカは言った。

「そうそう、中にはマキちゃんひとりで行くわけだけど、入ってないのに入ったたって嘘つくのはなしだからね。わたしたち、マキちゃんのためについていきて待っててあげるんだから、マキちゃんがちゃんと捜さないと、無駄骨になっちゃうもの」

エリカは花壇から発掘されたバレッタに触れた。

「マキちゃん、前に嘘ついたからなあ。念のため、中に入ったっていう証拠を持ってきて。ヤマンジの家の中にあるものを、何か一つ持ち出してくるの」

「そ……」

メグじゃなくても、さすがに声が出そうになった。それは泥棒だ。

でもメグの声のほうが一瞬早かったので、ぼくはとっさに口を噤《つぐ》むことができた。メグの制止はエリカの耳に届くことなく、他のみんなの声にかき消されたようだ。エリカ、頭いい。そうだよね、マキは嘘つきだもんね。

マキの拳の血管が蠢《うごめ》いた。数秒じっとしていてから、振り返ることなく足を踏み出す。追いかけようとするメグの腕を捕まえると、ずるりと滑った。メグの腕だけではなく、ぼくの手のひらにも汗が滲んでいた。どちらのものともつかない鼓動を感じる。

メグが非難がましい、だけど力のない目つきでぼくを見た。ぼくは目を逸らして手を離したけど、メグはもう追いかけようとはしなかった。

マキを見送るエリカの背には、相変わらず大きな虻がとまっている。刺せ、と念じてみるけど、虻にその気はないようだ。

ヤマンジの家には鍵がかかっていなかったらしい。この田舎町では、外出する時でも日中なら鍵をかけない人が少なくない。

ぼくは時間が早く過ぎることだけを祈りながら待った。でも、時間の流れは逆に普段より遅いようだった。忙しなく動き回る鳥たちにつられるように、爪先が小刻みに動く。メグの顎の先から幾度となく汗が滴り落ちる。

マキは何をしているんだろう。時間潰しはもう充分だ、さっさと何かを持って、水着は見つからなかったと言って出てくればいい。

ぼくの爪先が強く地面を叩いた時だった。

突然、ガラスが割れるような音が響き渡り、ぼくは跳び上がった。鳥たちが叫び、羽をばたつかせて、鳥小屋の金網に激突する。連鎖する鳴き声。舞い散る羽。鳥小屋の外の状況も似たようなものだ。

今の何？　何が起こったの？　逃げたほうがいいんじゃない？　問いかけというには尖りすぎた声が飛び交い、だけど答えられる子はいない。混乱してぐるぐる向きを変える子同士がぶつかり、すでに後退りしている子たちの靴の下から土煙が立つ。

「マキ！」

見つけたのは、メグが最初だったと思う。

ヤマンジの家から飛び出してきたマキは、弾丸のようだった。もともと女子で一番足が速い。たいていの男子にだって負けない。

マキのすぐ後から、白い肌着とステテコ姿の老人が現れた。よく聞き取れない言葉を喚きたてながら、一つに結んだ白髪を振り乱してマキを追う。がに股の一歩が思いのほか大きい。鉤爪《かぎづめ》みたいに曲げた五本の指が、マキのランドセルを掠《かす》める。

マキは脇目も振らず、右往左往するぼくたちの集団の中へ飛びこんできた。そして、そのままの勢いで駆け抜けていった。マキという弾丸は、ぼくたちを断ち割り、一瞬で置き去りにした。

ぼくたちも走り出した。頭で判断したのではなく、マキに引きずられて足が動いた。来た道を戻るので、最後尾にいたぼくとメグが先頭になる。

ぼくの足は遅い。前を行くマキの姿がみるみる小さくなり、後ろからきた子に次々抜かれていく。ランドセルに吊るした清水寺のキーホルダーがうるさいけど、この音が止まったら終わりだ。

「がんばって！」

メグが手を引いてくれる。嬉しい。悔しい。苦しい。わからない。泣きたい。

ぎゃあああ。狂ったような鳥の声が追いかけてくる。

「待てえ、おまえらあ！」

ヤマンジの怒鳴り声が背後に迫っている。痰《たん》が絡んだその声は、喉の内側で蛾が羽をばたつかせているみたいだ。

気がつくと、隣をエリカが走っていた。その目は極限まで見開かれている。

ぎゃあっ。エリカが狂った鳥の声を上げ、がくんと後ろに下がった。反射的に振り返ると、ヤマンジに二の腕を摑まれていた。

エリカ。エリカ。エリカ。少し前を行くミッキーたちが口々に名前を呼ぶ。でも呼ぶ以外には何もできず、足さえも止まらない。速度を落としはしたものの、足踏みをするような動きでじりじりと離れていく。

ぼくは彼女らを追い越して逃げようとした。できなかったのは、メグの正義感のせいだ。いや、優柔不断のせいだ。メグは立ち止まり、ぼくが手を引っ張っても動こうとせずに、おろおろとエリカを見ている。

「離してよ、変態ジジイ！」

エリカはめちゃくちゃに暴れているけど、ヤマンジはびくともしない。エリカの白い二の腕に、骨ばった指が食いこんでいる。

ヤマンジが急に呻《うめ》いて体勢を崩した。エリカの蹴りがどこかに入ったようだ。エリカは自分の腕をもぎ取るようにして逃れ、一目散に走り出した。

こらあっ。ヤマンジの喉で蛾がはばたき、ぼくも慌てて地面を蹴った。ミッキーたちもだいぶ前を駆けていく。

「どうしよう」

ぼくより速く走れるはずのメグは、ぼくに引っ張られてよたよたとついてきながら、しきりに振り返ってばかりいる。

「関係、ないよ！」

ぼくは息を切らして叫んだ。泥棒をしたのはマキ。暴力を振るったのはエリカ。ぼくたちには関係ない。関係ないんだ。

全身が心臓になったみたいだった。せり上がってくる胃を何度も呑みこんだ。

一気に山を下りると、エリカたちは固まって荒い息をついていた。追手は来ていない。

「痛い！」

緩みかけた緊張を叱り飛ばすみたいに、エリカが甲高い声で叫んだ。首を捻《ひね》り、ヤマンジに掴まれた二の腕を大仰に見下ろしている。

大変、血が出てる！　絆創膏、持ってるよ。それより病院に行ったほうがいいよ。ミッキーをはじめエリカを見捨てて逃げた女子たちが、幾重にも囲んで熱心に声をかける。心配しているというより、心配していることをアピールしているように見える。

マキの時代の「裏切り減点」を思い出した。マキの意に添わない行為をしたら減点され、階級が下がるというシステムだ。エリカは裏切りとも減点とも口にしないけど、実態は変わらない。

「エリカ、とりあえず絆創膏……」

「あいつの爪、真っ黒だった。絶対バイ菌が入ったよ」

「じゃ、じゃあ、学校に戻って保健室で消毒……」

「歯が黄色くて、息が臭かった」

顔を歪めたエリカの言葉は、自分の不幸を訴えるだけでなく、臣下を責めるものでもあった。

ぼくは輪の外で早々に座りこんでしまっていたので、減点を回復しようと必死の彼女らを盾に、隙間からただ傍観していることができた。傍らにしゃがんだメグが、エリカたちを気にしながらぼくの背をさすっている。

ぼくたちの他に集団から離れている人物が一人いた。マキだ。エリカとぼくと彼女でちょうど正三角形を描くくらいの位置に、両足でしっかり地面を踏みしめて立っている。

その影がずいぶん長いのを見て、いつのまにか夕方になっていたことに気づいた。日差しが赤い。

赤い風景の隅っこが、ぎらりと光った。エリカが顔の向きを変え、その際にバレッタが日を反射したのだと、新旧の女王が睨み合ってから理解した。人垣は二つに分かれ、エリカの両翼を形作る格好になっている。

先に口を開いたのはエリカだった。

「わざとでしょ」

「何が?」

マキは即座に受けて立った。

「ヤマンジが追いかけてきたこと。マキちゃんが出てくる前、何かが割れるみたいな音がしたよね。わざと何かを壊して、あいつに気づかせたんでしょ」

「だって、あんたが言ったんじゃん。ヤマンジんちから何か取ってこいって。招き猫が目についたからちょうどいいと思ったんだけど、貯金箱だったみたいで重くてさ。だから床に叩きつけて割ったわけ」

　これ、とマキはエリカに向かって手を突き出した。赤い光が眼球に刺さり、ぼくはきつく目を細めた。マキが持っているのは招き猫の破片らしい。

「言われたとおり取ってきたよ。せっかくだから目玉のとこ」

「やっぱりわざとじゃない。割ったら大きな音がするってわかるでしょ」

「ヤマンジがいるとは思わなかったんだもん」

「嘘。逃げてきたマキちゃん、全然びっくりしてなかった。最初から、ヤマンジにあたしたちを追いかけさせるつもりだったんだよ」

　マキが黙ると、エリカはこれ見よがしに二の腕に触れ、痛そうな顔をした。

「ひどいよ。わざわざついてきてあげたのに、そんなこと企むなんて。わたし、けがしたんだよ。病気になったり傷跡が残ったりしたらどうしてくれるの？」

　そうだよ、責任とりなよ。恩を仇《あだ》で返すなんて人として最低。エリカの両翼に広がった女子が援護する。蠢く翼のせいで、エリカの体は何倍にも大きくなったみたいだ。

　マキは黙ったままだった。口では勝てない。

　でも、怯えてはいなかった。少なくとも表には出さなかった。両足の位置は少しも動いておらず、背筋はまっすぐ伸びている。両目に燃えるような赤い光を宿し、エリカを睨みつけている。

「マキ……」

メグが吐息のような声を漏らした。

その時、ふいにモックの顔が浮かんだ。つまらない小悪党が共犯者に向けるような、卑屈な薄笑い。

エリカの背中に今も虻がとまっているのか、確かめたくてたまらなくなった。いないでほしい。ぼくが彼女への悪意を密かに託した、ちっぽけな虫けら。

「許さないから」

エリカが言った。

「あっそ。べつにいいよ、マキもあんたのこと許さないし」

圧倒的な劣勢の中で、マキは一瞬たりとも目を逸らさなかった。

お腹の底から真っ黒いマグマみたいなものが湧き上がってきて、歯ががちがち鳴った。清水寺のキーホルダーもちりちり鳴った。

マキは強い。

うるさい。

ぼくは。

うるさい。

ぼくは、マキが憎い。

5

「でもさ、警察に捕まるなんて思わなかったよね」

「えー、当然じゃん、エリカにけがまでさせたんだから」

「それはそうなんだけど、小学生の女の子を追いかけた、っていうとなんか……」

「しょうがないよ、いかにも変質者っぽいもん。あの時だって下着姿だったでしょ」

「うちのおじいちゃんも、家にいる時はあんなもんだけど」

「でも、あいつは実際に悪いことしてたんだから」

　夏休みに入ったものの、ぼくは学校に来ていた。

　一週間に二日は、学年ごとに決められた時間にプールに通い、イルカの絵がついたカードにスタンプを押してもらわなければならない。休んでもかまわないけど、あまりにスタンプが少ないと、二学期になってから水泳以外の運動をやらされる。まだ暑い九月の放課後に、ランニングや縄跳びをさせられるよりは、このほうがずっとましだ。

　体育の授業と違って遊びだから、泳ぎの練習をする必要はない。一コースと二コースだけロープで区切ってあって、残りは自由な空間になっている。

　真面目なメグがコースで練習しているので、ぼくは自由空間の隅っこ、六コースの飛びこみ台の傍にひとりでいた。時々は水の流れに任せて漂ってみたりもするけど、基本的には浸かっているだけだ。

そうしていると、みんなのお喋りがよく耳に入ってくる。近くでビート板にしがみついて浮いている女子が話しているのは、ヤマンジのことだ。

ぼくたちが家に行った翌日、ヤマンジは警察に連れていかれた。ヤマンジに追いかけられたと、あの場にいた誰かが親に言って、親が警察に通報したらしい。ヤマンジは悪ガキが物を壊したから追いかけたと説明し、追いかけられた子に被害があったわけでもないからと、その日のうちに帰されたという。

でも、だからヤマンジが変質者でないということにはならない。少なくとも世間は完全には信用しない。

「あの家に近づいちゃだめって、親に言われたよ」

「うちなんか、ひとりで帰るのもだめだって」

ぼくも似たようなことを言われた。お母さんの言葉を借りれば、「あの人はもともと悪い人なんだから」。

ヤマンジは針山や、時には他の山で、野鳥の密猟をしているらしい。ぼくは知らなかったけど、野鳥を許可なく捕まえたり売ったりするのは犯罪なんだそうだ。昔話ではよく山で鳥を捕まえて食べているのに、いつからだめになったんだろう。

実は昔の感覚はこの土地に根強く残っていて、ヤマンジの他にも密猟をしている人は大勢いるんだと、お父さんが後でこっそり教えてくれた。学校の前に「かあさんにいえないことはやめましょう」という標語があるけど、大人には子どもに言えないことがたくさんありそうで、なんだか説得力がない。

みんなやっているのにヤマンジだけが悪者扱いされるのも、要するにいじめみたいなものなんじゃないだろうか。ぼくのクラスにいじめがあると言ったら、お母さんはどう答えるだろう。近づいちゃだめ？　あの子はもともと悪い子なんだから？

マキも根っから悪い子じゃないと思うんだ。そう言ったメグの顔を思い出して、ぼくはざぶんと水に潜った。夏休み中、マキは一度もプールに来ていない。

何秒かして顔を出すと、ビート板にしがみついていた女子は床に足をつき、話題は別のことに変わっていた。

「昨日のあれ、すごかったよね。……ってほんとにやる人いるんだ」

ぼくはぎょっとした。彼女が声を潜めたせいで一部が聞き取りにくかったけど、その一部はテレクラと聞こえた。興奮ぶりからして、テレビの話ではなさそうだ。

「マキもよくやるよね。いじめられてるって親に打ち明けるほうがましだと思うけど」

「だよね。電話ボックスにチラシが貼られてるの見る度、笑いそうになっちゃう」

「のこのこ来たオヤジのスケベ面。マキの手を撫でてる時の顔、すっごく気持ち悪かったよね。髪に顔近づけて、鼻ひくひくさせてさ。小四相手に、ロリコンってやつ？」

「車に引っ張りこんで、どうするつもりだったんだろ？　マキが暴れて逃げ出さなかったら。さすがにマキも応えてる感じだったよね」

「罰だもん、しょうがないよ。思いっきり嫌な思いさせてやんなきゃ」

彼女らは夏休みのプールにふさわしい笑い声をたて、煌《きら》めく飛沫を散らして泳いでいった。耳をそばだてていると、何人もの女子が同じ話を口にしている。

「近いうちにまたやらせるって」

「そりゃそうでしょ。許さないって言ったし、マキもべつにいいって言ったんだから」

急に水温が下がったようだった。体が冷え切って動けない。

マキは昨日、テレクラに電話をさせられた。呼び出したロリコン男にべたべた触られ、車に連れこまれそうになった。クラスの女子は隠れてそれを見ていた。すべてエリカが命じてそうさせた。そういうことらしい。

「オッサン」

「……何？」

エリカの顔が目の前にあった。応えた声が上擦ったことに気づかれただろうか。

紺色のスクール水着は、エリカの肌をいっそう白く見せている。その白ささえ何かの企みに思える。

「来週の土日、夏祭りでしょ。行くの？」

「たぶん」

夏祭りは、毎年八月の最初の土日に行われる。「お稲荷さん」とだけ呼ばれている町で唯一の稲荷神社が中心だけど、神輿《みこし》や獅子舞で賑わう秋祭りとは趣きが違って、神事という感じはしない。盆踊りと屋台と花火、ぼくの印象はそのくらいだ。

お父さんは自治会の一員として準備に駆り出されるので、お母さんと愛、メグの母親と姉たちと一緒に行くのが恒例になっている。メグの三人の姉は大きくなるにつれて一人抜け、二人抜けして、今年は三番目の姉も一緒には行かないと聞いたけど、そんな話をされたということは、今年も両家で連れ立って出かけるんだろう。

「予定があるなら無理にとは言わないけど、できればクラスのみんなで行かない？　男子にも手分けして声かけてるの」

「みんなって……みんな？」

「おかしな質問。みんなって言ったら、四年一組の全員だよ。モックもコージーも誘うし、マキちゃんだって。みんな仲よし、友達さ、でしょ」

エリカはかつてマキが決めた学級歌のフレーズを口ずさみ、少し目を細めた。水面の模様が白い肌に映って、皮膚の下で何かが蠢いているように見える。

「ちょっと楽しいこと考えてるの。みんなに見てもらえたらなって」

返事を待たずに背を向けたエリカは、ぼくがどうするかわかっているようだ。さらに駄目押しとばかりに言った。

「今からメグにも声かけてくるね」

その夜、ぼくはお母さんに、今年の夏祭りはクラスメートと行くと告げた。

ひどい雨が降りますように。そう祈り続けたにもかかわらず、八月六日は雲一つない晴天で、夏祭りは予定どおり開催されることになった。

夕闇に追い立てられ、黒い染みのようなカラスが逃げていく。目が痛いほど赤い空が、西の山際にしがみついている。それよりずっと低いところで、ぼくとメグは肩をすぼめて歩いている。言葉はない。足取りは重い。だけどもう、集合場所である学校の運動場が見えてきてしまった。

「あれ、メグ、浴衣じゃないの？」

すでに来ていたミッキーが、ぼくたちに気づいて笑い混じりに言った。ディズニーのキャラクター柄の浴衣を着ている。女子は浴衣で行こうというエリカの提案に、ほとんどの子は従ったようだ。

「お姉ちゃんのお下がり着てくればよかったのに」

Tシャツと短パン姿のメグがうつむいたので、代わりにというわけでもないけど、同じ格好のぼくは顎を上げてミッキーを見据えた。マキのグループから外された時、メグだけは変わらず接してやったのに、恩を返そうという気はないらしい。それでも少しは後ろめたくなったのか、ミツキーはたじろいだ様子で他の女子たちのほうへ行った。

「気にすんなよ」

振り向くと、夏休みに入っていっそう日焼けしたテツがいた。彼だけでなく男子の大半が集まっている。

「来たんだ」

「だって、小四にもなって親と行くとかダサイじゃん」

だったら友達同士だけで行けばいいのに。エリカが考えているという「楽しいこと」に惹《ひ》かれたのか、それとも、彼らもやっぱりエリカが怖いのか。

苦い気持ちで視線を巡らす。はしゃいだ犬のように駆けてくるのはコージーだ。いつのまにかモックもいる。クラスの女子が二つのグループに分かれていた時、どちらにも属さずにいた目立たない子たちも来ていた。

来ていないのは、エリカ。そして、マキ。

二人は最後に、ほぼ同時に現れた。まるでドラマの演出みたいだ。

「エリカ、かわいい！」

女子がこぞって誉めそやす女王は、淡い水色の地にピンクの花模様の浴衣を着ている。地がピンク系の浴衣を着た子が多い中、エリカの水色は大人っぽくて目立つ。それでいて模様のピンクは周囲に溶けこんでおり、いかにもエリカらしい気がした。ふわふわした髪には、トレードマークのリボン型のバレッタが飾られている。

「マキちゃんも来てくれたんだね、よかった」

微笑むエリカの視線の先には、他の誰からも声をかけられないマキがいた。ヤマンジの家に行かせた時と同じ方法で、エリカが呼びつけたんだろう。

マキも浴衣を着ているけど、泳ぎ回る金魚の柄も、鮮やかな黄色の帯も、表情にまるで似合っていない。エリカを見返す両目と、頑なに外さないハート柄のパッチンどめが、薄闇の中でもぎらぎらと光っている。

「全員そろったよね。行こう」

エリカが歩き出すと、ピンクの帯がふうわりと揺れた。ふっくらしたリボン型に結ばれていて、大きな蝶が羽を震わせているように見える。

いつだったか、愛が蛾を蝶と間違えたことを思い出した。

この偽物の蝶についていっていいんだろうか。ついていった先に、花畑はあるんだろうか。あったとして、それはやっぱり偽物ではないのか。得体の知れない恐ろしい場所に誘いこまれている気がして、ぼくは自分の体を抱いた。

隣のメグがもの問いたげな目を向けてきたけど、ぼくは何も言わなかった。だって、ついていくしかないんだから。

足を踏み出すと、ポケットに突っこんできたキーホルダーが腿の付け根に当たるのを感じた。

メグからもらった清水寺のキーホルダーだ。いつもはランドセルに吊るしているそれを、出がけに外してポケットに入れた。理由はわからない。

稲荷神社は学校から遠くなく、歩き始めてすぐに、前方から食べ物の匂いが漂ってきた。スピーカーから流れるノイズ混じりの音楽も聞こえてきた。あっという間に夜の色に染まった景色に、ずらりと吊るされた提灯《ちょうちん》の光が浮かび上がっている。

「最初にみんなでお参りしようね」

エリカの提案に対し、女子はいつでも従順だ。

「お参りなんかいいじゃん。射的やろう、射的」

テツを筆頭に、男子はすぐに屋台を回りたいと訴えたけど、団結した女子には敵わなかった。四年一組の三十四人は、ぞろぞろと行列をなして賑やかな通りを抜け、短い石段を上って鳥居を潜った。

灯かりはあるけど、繁った木々のせいで闇が濃い。音楽も遠い。静かで狭い境内に、参拝する人はまばらだった。ちっぽけな古い社殿の前に、石の狐が二匹いて、吊り上がった目でぼくたちをじっと見ている。

お稲荷さんの狐って不気味だよね。取り憑かれそう。そんなことを言い合いながら手を合わせるクラスメートを見やり、メグがぽつりと呟いた。

「何を祈ればいいんだろ」

七夕の時、メグは結局吊るさなかったけど、短冊に「四年一組が仲のいいクラスになりますように」と書いた。今はもう諦める願いさえないのか。

ぼくはふいに意地悪な気分になった。

「マキのことを祈れば？」

でもその言葉は、ぼく自身の心を傷つけただけだった。ぼくは逃げるようにメグから離れ、密やかに手を叩いた。ぼくには願いがある。どうか、どうかメグが――。

社殿に背を向けると、黄色い帯が目に入った。マキは境内の端に立ち、鳥居の外を眺めている。エリカの言う「みんな」に自分はけっして含まれていないのだと、含まれたくもないのだと、宣言しているような態度だ。

エリカが気づいて声をかけた。

「マキちゃんもお祈りしたほうがいいよ。好きな人のこととか」

何人かの男子がテツの名前を出して冷やかす。ぼくはちらりとメグを見たけど、メグはうつむいているだけだった。

狐に見送られて石段を下り、屋台の立ち並ぶ通りへ戻った。音や光や匂いが、さっき通った時よりも強く感じられた。たくさんの人が行き交い、足音や話し声が絶えず聞こえる。よその小学校の子も来ているようだ。

「しばらく自由行動にして、一時間後に通りの入り口に集合ね。盆踊りが始まるから、その間に花火が見やすい場所に移動するの」

子どもは誰も盆踊りなんて見たくない。場所の目星をつけているらしいエリカの指示に、反対する声はなかった。

男子がいくつものグループに分かれて、女子が大きなかたまりになって、色とりどりの人ごみの中に散っていく。ぽつんと残されたぼくとメグは、ひとりでベビーカステラの屋台に近づいていくマキを見ていた。

「買うの？」

おずおずと尋ねたメグを、マキはじろりと横目で睨んだ。

「買う以外に何があるわけ？」

「そうだけど……好きなの？」

「マキじゃなくて、ママがね」

十代でマキを産み、スナックで働いているという母親。インランと呼ばれて格好のいじめのネタになっているその人を、マキはそれでも変わらずに好きらしい。

不思議だった。ぼくはお母さんのために何か買って帰ってあげようなんて思わない。母親をあれほど罵っていたエリカは、もちろん思わないだろう。

「なんで好きなの？」

屋台の前に並んだマキとメグを見つめ、ぼくは思わず尋ねた。でもその声は小さすぎて、どちらにも聞こえなかったようだ。

それでよかった気がして、ぼくは人の流れを横切り、向かいの屋台でチョコバナナを二本買った。戻ってメグに一本を手渡した時には、マキの姿は消えていた。

「一緒に回ろうって誘ってみたんだけど」

結果はわかっていただろうに、メグはいちいちしょげる。ぼくは皮肉を口にしたかったけど、うまく出てこなかった。胸から喉にかけてが詰まったようになって、なぜか目の縁がじわりと熱くなる。

黙って歩き出すと、メグも小走りで隣に並んだ。ヨーヨー釣りをし、くじを引き、わたあめを食べ、金魚を掬い、フランクフルトを買う。ぼくは何をやっても下手だったけど、メグは金魚を手に入れて嬉しそうだった。夜の闇、提灯の光、呼びこみの声、そしてメグの笑顔。普段と違うものばかりに囲まれて、夢の中にいるような気がする。足もとがふわふわして、雲の上を歩いているみたいだ。

一時間の夢は、あっという間に終わった。

急に硬くなった地面を踏んで、ぼくは集合場所に向かった。

「どこ行くんだ?」

袋いっぱいのスーパーボールを持ったテツが訊くと、エリカはいたずらっぽく微笑んだ。リップを塗り直したばかりなのか、唇の色が別れた時よりも鮮やかになっている。

「針山だよ」

それを聞いて、ぼくは嫌な気持ちになった。ヤマンジに追いかけられた日以来、針山には近づいていない。

「子どもだけで行っちゃいけないって……」

メグの声はあたりまえのように無視された。

「針山の上のほうに、広場になってるところがあるんでしょ。遠足の時にお弁当を食べる場所」

広場というのは言いすぎだ。八合目あたりに斜面を削って均した場所があるけど、ただの草地で、双眼鏡もなければベンチすらない。ハイキングコースを作って展望台にする計画だったのが中止になり、空き地だけが残ったらしい。

今年の春にこの町へ越してきたエリカは、針山に登ったことがないようだ。

「ミッキーたちに場所を聞いて、そこからなら花火が上がる方向がよく見えるんじゃないかって思ったの。この間コージーに見に行ってもらったら、思ったとおりだった」

コージーが薄っぺらな胸を張った。使われているとも思わず、連日の暑さの中、ひとりせっせと山を登ったのか。

コージーの苦労は、クラスメートの特に男子を喜ばせた。男子のほとんどはヤマンジの家での一件を知らない。

「なるほどな、たしかにあそこからだったらよさそうだ。針山から花火を見るなんて、全然思いつかなかった。誰もやってないよな」

「さすがエリカだよね」

テツが興奮したように言うのを受けて、ミッキーがすかさずエリカを持ち上げた。実際、ずっとここに住んでいては思いつかないことかもしれない。そんなに大きな祭りではないから、わざわざ山に登らなくても、人垣の後ろからだって花火を見ることはできる。

でもテツたちは、花火を見ることよりも、夜に子どもだけで山に登るという遊びに惹かれているようだ。ましてその遊びはエリカの提案だから、クラスの意見はたちまちまとまった。チクるなよ、と誰かに先手を打たれ、メグは怯んで黙ってしまった。マキは少し離れたところで、尖った視線を雑踏に投げている。

テツが先頭に立って集団は動き始めた。来た時も全員で来たからだろう、全員でその場を離れるぼくたちに、不審げな目を向ける人はいない。仲がいいクラスにでも見えているんだろうか。それとも、先生に言われてみんなで来たとか。親だって地域の大人だって、子どもの社会をわかっちゃいない。

ぼくたちは学校の運動場に戻り、エリカとその側近が用意していた何本かの懐中電灯を持って、裏の道から針山に入った。耳を澄ませば、かすかに盆踊りの音楽が聞こえてくる。今夜は満天の星とはいえ、山は塗り潰したように真っ黒で、立ち並ぶ木を一本越えるごとに闇が深くなるみたいだ。

先頭のテツがげっと苦い声を出した。顔面で蜘蛛の糸を突っ切ってしまったらしい。時々、繁みでがさっと音がして、女子の悲鳴が連なる。蛇か何かわからないけど、悲鳴を上げたいのは相手のほうだろう。

夜の山にとって、ぼくたちは侵入者だ。摑めそうなほど濃い闇の中から、何者かが息を殺してこっちを見ている気がする。稲荷神社の狐。青白く光る巨大な犬かもしれない。隙あらば喉笛を嚙みちぎろうと。

「いないのかな」

メグの小さな呟きで、ぼくははっと我に返り、自分の想像を恥ずかしく思った。そうだ、一番に恐れるべきは現実の、特に人間だ。

メグの暗い眼差しの先には、ヤマンジの粗末な家があった。四方八方から闇に押し潰されそうだ。枠が歪んだ窓や隙間だらけの壁から、灯かりは漏れていない。祭りに出かけているんだろうか。本当は中にいて、今にも飛び出してくるんじゃないか。

鳥小屋の金網の向こうから、何対もの光る目がぼくたちを見つめている。透き通って丸いビー玉みたいだ。女子が無口になった。突然ばさばさっと羽ばたきの音がして、全体にさざなみのような震えが走った。怯えた声を漏らしながら足を速める女子を、事情を知らない男子がからかって笑う。

ひとりだけ笑っている女子がいた。マキが気になって振り返ったぼくは、その唇がぐにゃりと歪んでいるのを見た。恐怖を隠せない新女王と、そっちに寝返った元臣下たちを、見下してばかにしている。そうすることを愉しんでいる。マキはもう闇もヤマンジも怖くはないのだ。

ぼくは懸命に足を動かした。追ってくるかもしれないヤマンジよりも、笑って最後尾をついてくるマキから逃げたかった。

「な、何これ」

突然エリカが立ち止まり、声を上擦らせた。どこからか聞こえてくる不気味な音に気づいたらしい。

ぶおう、ぶおう、と低く響くそれは、ウシガエルの鳴き声だ。これから行く空き地の近くに沼があり、そこにたくさん棲みついている。ぼくは実物を見たことはないけど、十五センチを超える大物がうじゃうじゃいるという。

「ウシガエルも知らないの？」

後ろから嘲るような声が飛んできて、みんなが一斉に振り返った。エリカがこわばった顔に無理やり微笑を浮かべた。

「東京にはいなかったもの。怪物の唸り声かと思っちゃった」

「怪物だって、ばかじゃないの？　カエルだよ、あんたの大嫌いな。ねえ、オッサン」

話を持ってこられて、ぼくは思わず顔を顰めた。

「すっごく大きいんだよね？」

物知りということになっているぼくに、マキはウシガエルの説明をさせたいらしい。ぼくは巻きこまれたくなかったけど、みんなが黙ってこっちを見ているので、しかたなく口を開いた。

「図鑑でちょっと見ただけだから、正しいかどうかわからないけど、十センチから二十センチくらいだったと思う」

「うわあ、ずっしりじゃん。オタマジャクシの時から大きいの？」

「……大人の手のひらくらい」

オタマジャクシと聞いたとたん、死んだタマを思い出して、胸のあたりが重くなった。モックがうっすらと笑ったので、いっそう気分が悪くなった。もう喋りたくないのに、マキはさらに尋ねてくる。

「何食べるの？」

やめてよ、とエリカが叫んだので、ぼくは答えずにすんだ。トンボやバッタやカマキリ、時には魚や鳥や小型の哺乳類さえ食べる、なんて。食糧が足りなければ共食いをすることもある、なんて。

マキを睨むエリカの目がやけに光っているのは、涙が浮かんでいるせいだろう。本当にカエルが苦手なのだ。そして、それ以上に悔しいのだ、マキにやられたことが。

マキがなおも何か訊こうとしたので、ぼくは慌てて遮った。

「ごめん、そのくらいしか知らない」

こうやって集団でいる時、ぼくが最初に足を踏み出すのは初めてだった。ぼくに従ったわけではないだろうけど、集団がぞろりと動き出した。ぶおう、ぶおう、と沼の怪物が呼んでいる。

四十分くらいかけて目的地に着いた時、ぼくたちは汗だくだった。真夏とはいえ夜の山の空気は涼しく、貼りついたTシャツがたちまち冷たくなっていく。

展望台になり損ねた空き地には誰もいない。一番にゴールしたテツが空き地の真ん中まで駆けていった。何人かの男子が後に続き、何人かの女子が「男ってばかだよねえ」とテレビで憶えたようなことを言った。ぼくには走ったり喋ったりする元気はなかったけど、気分は同じだった。汗をかいたせいか、暗い森を抜けて開けた場所に出たせいか、いくらかすっきりしている。

星空が明るい。草木の匂いが清々しい。ウシガエルの声は、ウシガエルの声だ。

「見て、天の川みたい」

空き地の端に立ったエリカが、町のほうを指さした。その足もとには杭が打たれ、膝くらいの高さにロープが張られているけど、ちゃんとした柵はない。おかげで、斜面に並んだ木々の頭の向こうに、ちっぽけな町を見渡すことができる。

ほぼ全員がエリカの近くに集まった。ぼくもメグとともに行ってみると、なるほど、稲荷神社から続く提灯の列が光の川のようだ。みんなが口々に歓声を上げ、メグさえも目を輝かせたけど、ぼくはなんだか足の裏が落ち着かなくて、すぐにロープから離れた。メグが気づいて近寄ってくる。

「どうしたの？」

「べつに高所恐怖症じゃないんだけどさ」

大勢の体重が一方にかかったことで、空き地が町に向かって傾いた気がする。ロープの外へ投げ出されれば、斜面を転がり、運が悪ければ少し下にある沼に落ちかねない。

「盆踊り、まだ終わんないのか」

テツが不満げに身を乗り出した。盆踊りが終われば、いよいよ花火だ。もう数分というところだろうか。

待ちきれない様子のテツに、エリカが声をかけた。

「テツ」

エリカは体ごと彼のほうを向いている。彼女を囲んでいたミッキーとユウとリエは、さりげなくエリカの背後に避けている。エリカとテツの間に立っていた子たちが、潮が引くように場所を空け、二人を隔てるものはなくなった。

顔だけ振り向いたテツはきょとんとしている。意味ありげな視線を交わすミッキーたちを見ても、エリカが何を言おうとしているのかわかっていないらしい。

そういうことか。理解したら、すっきりしていた胸がまた重くなった。自信たっぷりのエリカが考えた、新手のいじめ。その時を花火で彩ろうという、いやらしい演出。そのためにエリカはマキを連れてきたのだ。

「あのね、テツに聞いてほしいことがあるの」

細い声でそう切り出したエリカは、恥ずかしそうにうつむき、たっぷりと間を取った。それから、思い切ったように顔を上げた。

「わたし、テツが好き。転校してきた時からかっこいいなって思ってて、バレッタを見つけてくれた時に好きになったの。わたしと付き合ってください」

漫画だったら背景に「ドキドキ」と書いてありそうな言い方だった。でも、まっすぐにテツを見つめるその態度に、不安は微塵《みじん》も感じられなかった。

彼女の用意した観客が、驚きや冷やかしの声を上げる。手を叩き、口笛で囃し立てる。え、と言ったきり、テツはしばらく固まっていた。夜でなければ顔が真っ赤に染まっているのが見えただろう、そんな表情だ。

彼女と仲のいい男子が中心になって、やいやいと返事を促した。テツは言い返したり蹴りを入れたりしてから、やがて観念したようにエリカのほうを向いた。周囲の声がぴたりと止まる。

「……ありがと」

テツは唇の端を下げ、ぶっきらぼうに言った。そして、再び冷やかしの声が上がる前に続けた。

「でも、おまえは意地悪だから嫌いだ」

今度はエリカが、え、と固まる番だった。ふられるなんて想像もしていなかったんだろう。たぶん誰も想像しなかった。ぼくも。

全員、声もなかった。まるで時間が止まったみたいだ。

突然、沈黙を切り裂いたのは、けたたましい笑い声だった。びくっと震えたぼくの視界を、鮮やかな黄色がすさまじい速さで横切った。

「ばっかみたい！」

エリカの前に躍り出たマキが、黄色の帯を振り立てて叫ぶ。大きく見開かれた目は爛々《らんらん》と輝き、唇は耳まで裂けているようだ。

「あはは、わざわざ全員集めて自信満々で告白したのに、あはっ、あっさりふられちゃった！おまけに、あはは、嫌いとまで言われちゃって！　かっこわるう！　ダッサ！　あっははは！」

言葉の切れ目にいちいち甲高い笑い声が挟まる。いや、喋っている時も笑い声は止まることがない。一つの口から二つの音を吐き散らすマキは、ぼくたちとは違う生物のように見えた。

「わたし、テツが好き、あはは！　おまえは意地悪だから嫌いだ、あははは！　好き、嫌いだ、あはははは！」

誰もが黙りこくって身じろぎもしない中、マキだけがのけぞって嘲り続ける。声が高くなったり低くなったりするのは、エリカとテツを真似ているつもりなんだろう。エリカの言葉を口にする時は、大袈裟にくねくねして甘ったるい声を出した。

「あはは、残念、嫌われちゃったあ！　ババアの娘は嫌われた、あはははっ！」

反り返った喉の皮がべろりとめくれて、今にも真っ赤な内側が曝《さら》け出されそうだ。言葉はそこから、どろりとした何かと一緒に溢れ出してくるようだった。

あはは！　マキは飛び跳ねた。あはははは！　両手を広げてくるくる回った。浴衣の金魚も跳ねまわり、泳ぎまわる。浮かれ、はしゃぎ、愉快でたまらないとばかりに。

その異様な一人舞台を、ぼくたちはただ呆然と見ていた。

ふいに空がぱあっと明るくなった。あ、花火、とぼんやり理解した時、遅れて小気味よい音が響いた。

白い手がマキの肩口を突いたのは、その直後だ。花火をきっかけに、いち早く我に返ったエリカだった。それとも、我を忘れたと言うべきだろうか。

よろけて踏みとどまったマキは、ぴたりと笑いを収めてエリカを睨んだ。エリカも正面から睨み返したけど、無言の対峙は何秒も続かなかった。

二発目の花火をゴングにして、二人は互いに摑みかかった。

「痛いなあっ」

「うるさい、インランの娘のくせに！」

マキの指がエリカの髪を摑む。エリカの爪がマキの頰をひっかく。次々に打ち上げられる花火に照らされて、肌の色がめまぐるしく変化する。

まるで宇宙人のけんかだ。妖しく光る夜の森。遠くの星が破裂するような音。

やがて取り残されていたクラスメートの中から、「行け！」と声が飛んだ。やれ、そこだ、負けるな、やり返せ！　興奮のあまり腕を振り回す子や、叫びすぎてえずく子までいる。

ぼくもそこまではしなかったけど、食い入るように二人の戦いを見つめていた。どこか現実離れした光景に呑まれ、熱心な観客になっていた。

声援にも煽《あお》られ、争いは激しさを増していく。髪ごとバレッタを毟り取られたエリカが、お返しにマキのパッチンどめを奪い、泣きながらロープの外へ投げ捨てた。

「いちいちムカつくんだよ、嘘泣き女！」

「それはこっちの台詞だよ、男女！」

「タマを殺したくせに！」

「違うって言ってるでしょ！　そっちこそバレッタ盗んだじゃない、泥棒！」

「盗んでないよ、人殺し！」

「あんたなんか……っ」

聞き取りにくい金切り声の応酬が急に途切れた。ぎゃあっという、二人が同時に上げた悲鳴によって。

観客がふいに静まりかえる。

ぼくは少し前から冷静になっていた。タマ殺しとバレッタ盗難という二つの出来事が、冷水のようにぼくの目を覚まさせていた。

それでも、他のみんなとぼくの反応は同じだった。固唾を呑み、瞬きも忘れ、マキとエリカを凝視したまま凍りつく。

二人は鏡で映したように、自分の片目を押さえていた。その指の隙間から、手のひらの下から、とろとろと黒いものが滴っている。それは花火の光を受けて様々な色味を帯び、ある一瞬、くっきりした生々しい赤になった。

エリカもマキも涙を流していた。涙を流しながら、血を流しながら、雄叫びを上げた。悲鳴ではない。言葉でもない。誰にも聞き取れず理解できない音を撒《ま》き散らして、目の前の相手に飛びかかっていく。

さっきまでの熱狂的な歓声が、たちまち恐怖の叫びに変わった。泣き出す子、震えて抱き合う子、意味不明の言葉を喚き散らす子、腰が抜けて座りこむ子。ぼくも足に根が生えたように動けない。やたらと耳につく音は、自分の鼓動か、それとも呼吸か。

「やめろ！」

飛び出したのはテツだった。がっしりと組み合ったマキとエリカに飛びつき、互いの浴衣や髪、皮膚にまで食いこんだ手を引き剝がそうとする。

一かたまりになった三人は、ロープ際でくるくると回転した。

「危ない……」

幽霊みたいな声がすぐ近くで聞こえたと思ったら、メグがふらふらと足を踏み出した。メグが厄介ごとに首を突っこむ時、ぼくは巻きこまれずにはいられない。

何人かがぼくたちに続いた。その動きは瞬く間に伝染し、大勢がマキたちに向かって殺到した。クラスメートの雪崩に揉みくちゃにされながら、それでもマキたちは争いをやめない。二人ともが好きなはずのテツを振り払い、みんなの声を無視し、ひたすら互いへの攻撃を続けている。血を流していない荒んだ片目には、憎い相手しか映っていないのかもしれない。

「あんたなんか死んじゃえ！」

一際強く響いた声が、どっちのものだったのかわからない。

それに対して、何人が止めようと叫んだのか、何人が手を伸ばしたのかもわからない。

集団全体が大きく揺れて、マキとエリカのほうへ傾いた。

「――あ」

ひどく間の抜けた声が出た。

冗談みたいに軽々と、二人の体がロープの向こうへ投げ出された。

誰かがとっさに懐中電灯を向けた。運動神経のいいマキが、その光を摑もうとするみたいに手を動かした。エリカのほうは何の反応もできず、仰向けになって落ちていく。何が起きたのかわかっていないような、ぽかんとした表情だ。

彼女らの口から悲鳴は出なかった。花火のせいか、斜面を転げ落ちる音も聞こえなかった。二人の姿が消えてしばらくしてから、ロープ際に詰めかけたぼくたちの中から一斉に悲鳴が上がった。メグも叫んでいるし、ぼくもそうだと思う。でも頭が真っ白で、あらゆる感覚がなくて、声を出している自覚はまるでない。

懐中電灯の光が斜面の下を照らした。

「あそこ」

モックの声だ。ほとんど無意識に覗きこむと、闇を丸く切り取った光の中に、もつれて倒れたマキとエリカの姿があった。二人ともぴくりとも動かず、捨てられたマネキンみたいだ。

腕を叩かれたと思ったら、隣のメグががくがく震えていて、その体が当たっているのだった。細い喉が痙攣して、今にも過呼吸の発作を起こしそうだ。メグは自分の手をもう片方の手でぎゅっと握りしめていた。

メグ——。

ぼくは無理やり深く息を吸った。喉と肺が痛んだけど、かまわずに吸えるだけ吸って、すべて吐き出す。それから、思い切ってロープの外へ足を出した。崖というほど急ではないから、慎重に足場を選べば下りられなくはない。ポケットの中のキーホルダーが腿に突き刺さった。

「オッサン……」

目を瞠ったテツが、ぼくに続いてロープを越えた。ウシガエルの説明をした時といい、ぼくが第一歩目を踏み出すなんて、つくづく異常な夜だ。そんな呑気なことを思ったのは、やはり感覚がおかしくなっているんだろう。

爪先に何かが当たる感触があり、見ればエリカのバレッタだった。ぼくはそれを拾い、キーホルダーが入っているのとは反対のポケットに入れた。

テツにはすぐに抜かれ、さらにたくさんのクラスメートに追い越された。ぼくたちは全員で、四年一組の残り全員で、マキとエリカの傍に降り立った。例の沼が近いせいで、独特の臭いが漂ってくる。ウシガエルの声が大きい。

すべての懐中電灯が、そろそろと二人に向けられた。

とたんに幾重にも重なった叫びが闇を裂いた。

エリカは死んでいる。

仰向けに倒れているので、一目でそうとわかる。

エリカは二重の目をぱっちりと開いていた。血を流す片目を気にかけることもなく。瞬きで風が生まれそうな長い睫毛。小ぶりで尖った鼻。花びらみたいにふっくらした唇は、少し緩んでいる。めくれた浴衣から伸びた長い手足が、何かのポーズを付けたみたいに曲がっていた。

バレエだ。ぼくの抱いた感想は、確実に場違いだったろう。でも、懐中電灯に照らし出されたエリカは、スポットライトを浴びて微笑みながら踊っているように見えた。

きれいな子だったんだな、と今さらに思う。彼女が権力を持ち始めてからは蛾にしか見えなくなっていたけど、初めて会った時、まるで白鳥だと感じたのを思い出した。

だけど今、そのすっと抜けた首からは、尖った枝が生えている。首の後ろに突き刺さり、喉を貫き、透き通るような白い肌を破って。枝が栓になっているのか、血はほとんど出ていない。そのせいで奇妙な作り物みたいだ。串刺しにされたバレリーナ人形。

テツが崩れ落ちるように座りこんだ。その股間から漏れ出した液体が、しょわしょわと密やかな音を立てて草を濡らしていく。

「おれ、嫌いだって、エリカに……」

どうにか保ってきた神経の糸が、死体を見たことで切れてしまったんだろう。怖いものなんて何もないみたいに、ブランコから高々と跳んでいた姿とはまるで結びつかない。

でも、そんなテツを笑う子はいなかった。座りこむのも、おしっこを漏らすのも、彼だけではなかったから。

ぼくだって、もしメグがいなければ同じだったかもしれない。過呼吸を起こす寸前の、打ちのめされたメグがいなければ。

ぼくはメグを見た。

忠告を聞かずによけいなことばかりして、ぼくに迷惑をかけるメグ。あの放課後以来、よくわからなくなってしまったメグ。ぼくが想うほど、ぼくを好きじゃないかもしれないメグ。

メグは、ぼくが守る。

気持ちを固めて、再びエリカに目を向けた時だった。

むくり、と死体が動いた。

ぼくは悲鳴も出ないほど驚き、背中が鉄板でも貼りつけたみたいに硬くなった。全身が冷たい汗に濡れ、見開いた目がひりひりと痛い。

死体が生き返った。

違う、エリカが生きていたんだ。

いや、それも違う。

混乱から生まれた想像より、現実は恐ろしかった。

ぐにゃりとしたエリカの死体を押しのけて、マキが起き上がったのだ。

吊り上がった両目が怒りに燃えている。エリカと違い、マキの目のけがは瞼だけのものだったらしい。とはいえ、転げ落ちる途中で石や木にやられたんだろう、浴衣はぼろぼろに裂け、露わになった肌は傷だらけだ。

顔の半分を血に染めたまま、マキはよろめきつつ立ち上がった。倒れそうになって踏ん張った足が、エリカの髪を踏みにじる。

「あんたたち、とんでもないことしたね……」

マキは足下の死体を蹴飛ばしてから、クラスメートをゆっくりと見回した。その声は低く、老婆みたいにしわがれている。

かと思うと、突然、頭のてっぺんから突き抜けたような笑い声をたてた。

あはははは！

だけど、目はちっとも笑っていない。

あはははは！

「絶対に許さないから。あたしを突き落としたやつ、あたしを裏切ったやつ、このクラス全員、絶対に許さない」

マキは笑い出した時と同じく、唐突に真顔になった。そして、異様に光る目でぼくたちを見据えた。

「死ぬまで許さないからね」

空が明るくなったけど、花火はどこにも見えなかった。

ぶおう、ぶおう、と沼の怪物が鳴いていた。

第二部　教師

1

雅史《まさし》の手のひらが私の体を撫でている。ダブルベッドサイズのタオルケットの下、パジャマの上。その動きは優しく、二人とも呼吸は穏やかだ。

「眠れそうになってきた」

「よかった」

目を瞑っていても雅史が微笑むのがわかった。今夜もまた、私が眠りに落ちるまでこうしていてくれるつもりなのだろう。

私はもともと寝つきがよくないほうだったが、半年ほど前から不眠症と呼べるレベルになっていた。ベッドに横になっても体はこわばったまま、枕に頭を乗せても神経は冴えたまま、そのうちに同じ姿勢でいることに疲れて身を起こすという日々が何日も続いた。特に日曜の夜がひどい。クーラーをつけていても妙に粘った汗が滲み、扁桃腺が腫れた時みたいに息苦しくなる。

病院で睡眠薬を処方してもらって対処しているうちに、この頃はよくなってきていたのだが、一ヶ月と少し前から、それまでに増して眠れなくなってしまった。睡眠薬をより強いものに替えてもらっても足りず、こうして夫の助けを借りてどうにか浅い睡眠をとっている。

原因はわかっていた。一向に解決の兆しが見えない、あの事件。

雅史の手で眠りに誘われながら、瞼の裏にはすでに悪夢が広がり始めている。遠くで弾ける花火の音。雅史と半分ずつ注いだビールの泡。遅くにかかってきた心当たりのない電話。鼓膜に突き刺さる声と支離滅裂《しりめつれつ》な言葉。

夏祭りの夜だった。私が担任しているクラスの児童、鈴木絵梨佳《すずきえりか》がいなくなったのは。

午後十時を過ぎても帰宅しないので、母親が一緒に出かけたクラスメートの家に電話をしたところ、とっくに別れたという答えが返ってきた。八時からの花火を見た後すぐ、八時半には手を振ったというのである。

鈴木絵梨佳はけっして素行の悪い生徒ではない。両親の愛情を受けて育ち、クラスメートからの人気も高いようだ。着替えや金銭を持ち出した形跡がないことからしても、家出とは考えづらい。よしんばそうだったとしても、小学四年生の女の子がひとりでどれほど逃げていられるだろう。

誘拐されたと考えるのが自然だった。だが身代金目的にしては、犯人から何の要求もないという。では彼女自身を狙って……。

体を軽く揺すられて、私ははっと目を開けた。鈴木絵梨佳の大人びた美しい顔が消え、雅史の心配そうな顔に変わる。いつのまにか夢と思考が混じり合ったまどろみの中にいたらしい。

「うなされてたから」

「ごめん、安眠妨害だよね」

「俺はいいけど、真琴《まこと》が心配で」

顔を覗きこんでいた雅史は、再び隣に横たわり、私の腹に手のひらを乗せた。眠りかけていたにもかかわらず、胃が硬くなっていたことに気づく。このところずっと胃の調子が悪い。雅史はそんなことはないと言うが、そのせいで息が臭くなっているのではないかと気がかりだ。

「だいじょうぶ」

私は雅史に背を向けて目を閉じた。今夜はあと何回、目を覚ますことになるだろう。

それでも朝日を浴びればいくらかは気持ちが明るくなるもので、そのために寝室のカーテンを遮光性の高いものから普通のものへと替えた。完全には無理だとわかっていても、悪夢の夜から少しでも遠ざかりたい。

いつもどおり六時に起きた私は、タイマーをかけて洗っておいた洗濯物を干し、朝食の支度を始める。その頃に雅史が起きてきて、ごみを出しに行ってくれる。美容師の彼は私よりも勤務時間が遅いから、そんなに早く起きなくていいと言うのだが、インフルエンザに罹った時以外に習慣を変えたことはない。

優しい夫との二人暮らしは気楽なものだ。朝食のメニューは、トースト、サラダ、ベーコンエッグ、ヨーグルト、コーヒー。ほとんど毎日同じだが、文句を言う人はいない。

結婚と同時に、私たちはどちらの実家からも遠くないところに、２ＬＤＫのマンションを借りた。インドア派の私たちは、気に入りの家具や小物など好きなものだけで室内を満たし、二人だけでひっそり閉じこもるように暮らしている。

コーヒーメーカーが立てる音に紛らすように、雅史が新聞をそっと閉じた。私はニュースはインターネットで見てしまうが、彼は新聞派だ。生活スタイルがぴたりと合う私たちの、些細《ささい》な違いと言える。雅史がそんなふうに新聞を閉じるのは、私に知らせたくない記事を見つけた証拠だった。

「何かあった？」

手もとを見下ろしたまま訊くと、雅史は自分のせいみたいに申し訳なさそうに答えた。

「鈴木絵梨佳ちゃんの件に関しては何も。新しい情報がないもんだから、同じことばっかりだよ。ただ、また嫌な事件があってさ。小学一年生の女の子に猥褻《わいせつ》行為をしようとした男が逮捕されたって」

「ほんと嫌な話」

私は吐き捨てたが、威勢よくとはいかなかった。この手の事件が報道される度、鈴木絵梨佳もそんな被害に遭っているのではないかと考えずにはいられない。

「だいじょうぶだよ。田舎じゃ怪しいやつは目立つから」

「怪しいやつじゃなかったら？　そんな人には見えなかったってケースも多いよね」

思わず反論してしまってから、私は唇を嚙んだ。雅史は私の不安を気休めにでも取り払おうとしてくれたのであって、事件を分析しようとしたわけではない。たいていの大人が自然に心得ているそういうことに私は鈍く、また気を遣いながら会話をすることに強い疲れを覚える性質なので、友人が極端に少ないのだろう。

「ごめん」

私はトーストを口に入れつつもごもご謝り、あとはほとんど黙って朝食をすませた。身支度を整えて「行ってきます」と声をかけると、掃除機をかけていた雅史は、いったんスイッチを切って「行ってらっしゃい」と微笑んだ。

くりっとした目のせいか、同い年の私よりもたぶん若く見える。だが笑うと目尻に皺が寄り、頑迷にならず上手に齢《よわい》を重ねた老人のような顔になる。私は彼の笑顔が好きだ。

職場までは、就職した時に買った軽自動車に乗っていく。同じ町内なので、ドアトゥドアで十五分もかからない。

夏が居座っているような暑気の中に、針山の姿が浮かび上がり、だんだん大きくなっていく。その麓《ふもと》にある町で唯一の小学校、針山小学校が私の職場だ。

「おはようございます……」

「あ、来た来た」

職員室の戸を開けるなり、同僚の三宅《みやけ》が大きな声を出した。五十手前のベテランで、三年前に私が赴任してきた時から、毎年六年生の担任を務めている。

「あなたにお客さんよ、いつもの」

いつもの、という部分に棘が感じられた。しかし彼女の傍に佇む二人の刑事は、そんなことは慣れっこなのか、気にするふうもなく軽く頭を下げた。白と黒の頭が並んで、まるでオセロだ。どちらも地味なスーツを着ている。

「何か進展があったんですか？」

こう問いかけるのも何度目だろう。彼らが持っているネクタイをすべて把握してしまいそうだ。かつてはいちいち固唾を呑んで答えを待ったものだが、肩透かしを食い続けるうちに、緊張と期待の中に最初から諦めが潜むようになった。

果たして、若いほうの佐々木《ささき》がお決まりの答えをよこした。

「鋭意、捜査中です」

今がんばってやってます、なんて、宿題の提出期限に間に合わなかった子どもみたいですね。そんな皮肉を呑みこみ、私は刑事たちを応接室に誘った。擦り切れた黒い革張りのソファに腰を下ろし、しばらくして事務員が冷たい麦茶を運んでくるまで、彼らは無言だった。

「で、そっちこそ何か進展は？」

事務員が出ていくなり、佐々木はくだけた口調になった。私と彼がもともと知り合いだったからか、それがいつものやり方なのか、喋るのはもっぱら佐々木の役割だ。

私はわざとらしく眉を顰めた。

「まだそんなこと言ってるんだ」

「まだも何も。俺は確信してるんだ、鈴木絵梨佳の失踪についてクラスメートの児童が何か知ってるって」

「やめてよ。生徒は何も知らないって何度も言ったよね？」

「頼むよ、聞き出すには担任教師が適任なんだ。長い時間、一緒にいるんだから、見えてくることもあるだろ」

「だから、生徒は関係ないってば。あなたにしつこく言われて、さりげなく訊いたり、注意して様子を見たりしてたけど、何か知ってるとは思えない」

「ならもう一度、機会を設けてくれないか。俺が生徒たちに質問してみるから……」

「冗談じゃない」

私は強い声を叩きつけた。

「聞き取りなら事件後すぐにやったじゃない」

「あの時はろくに話せない子が多かった」

「あたりまえでしょ。それでも断行したのはそっち」

できるかぎり速やかに情報を集める必要があったのはわかる。だがクラスメートがいなくなったと聞いて動揺している子どもたちにとって、厳しい顔をした刑事にあれこれ質問されることが大きなストレスになったのは、想像に難くない。

「事件以来、生徒たちはずっと落ち着かないの。授業中にいきなり泣き出したり、爪を噛む癖が出たり、四年生なのにおねしょをするようになったっていう子もいるくらい。これ以上ストレスを与えるべきじゃない」

「いい先生だな。自分の生徒がかわいい？」

首をすくめながらの質問を、私は無視した。頬のあたりにもう一人の刑事の視線を感じ、払いのけたい衝動と戦う。

「まあ、いいや。先生としては、やっぱり鈴木絵梨佳は犯罪に巻きこまれたと思う？」

「それも何度もそう言ったはずだけど。警察も連れ去りの可能性が高いって判断したんでしょ」

「鈴木絵梨佳は家出するような子じゃない、生徒たちは何も関係ない、か」

「何が言いたいわけ？」

佐々木は麦茶を飲み干し、窓のほうへ顔を向けた。生徒が出入りする昇降口とは別に、教職員および来賓用の玄関へと続く、砂利の敷かれた庭が見える。

「大人に見せてる顔が子どものすべてだとは、まさか思ってないだろ？」

刑事たちは返事を待たずに立ち上がり、ごく短い別れであることを匂わせて帰っていった。口をつけていない私のコップが、冷たい汗を流している。

職員室の自席に戻ると、三宅が待ち構えていたように顔を寄せてきた。

「刑事さんたち、何だって？」

「いつもどおりです。何か気づいたことはないかって」

「なんだ、警察が何か摑んだってわけじゃないのね。しっかりしてほしいわ、まったく」

三宅は一昔かそれ以上前に流行した形の眉を顰めた。

鈴木絵梨佳の捜索願が出されてすぐ、警察は地域住民や学校関係者を含めた百人体制での捜索を開始した。翌日には人数を倍にし、捜査本部を設置して事に当たった。しかし手がかりは見つからず、捜査は続いているものの、捜索は一ヶ月で打ち切りになった。成果はなく、影響だけが色濃く残っている。

「あの若いほうの刑事さんとは、大学が一緒だったんだっけ？　捜査に進展もないのにしょっちゅう訪ねてこられたんじゃ、他に目的があるんじゃないかって、おばさん、勘繰っちゃうわよ」

「またそんなこと。あの人、既婚者ですよ」

空気を明るくしたい時、三宅はその手段としていつもこの種の冗談を選ぶ。私は口数を少なくして迷惑であることをアピールしているつもりだが、あまり通じていないらしい。

「真琴ちゃん、いくつだっけ？　彼と同じくらいじゃないの？」

「三十です」

「あらやだ、もう三十になってたの？　私も歳取るはずよねえ。結婚して何年？」

「三年目です」

「あらっ、それは危険よ。『三年目の浮気』って、あなたの歳でも知ってるかしら？」

「聞いたことはあります」

「そういえば、まだ子どもを作る気はないの？　まあ、クラス持ってる間は産休とらないでくれたほうがいいんだけど」

そろそろ煩わしくなってきた。飛躍する話し方や、初対面の時からの「真琴ちゃん」呼ばわりにさえ苛立ち始めている。悪気がないのはわかっているのだが、私という人間の狭いところだ。

おざなりな返事を繰り返していると、別の同僚に名前を呼ばれた。

「電話ですよ。高梨《たかなし》さんって方から」

「すみません、後でかけ直すって言ってください」

私の返答に三宅は変な顔をした。

「出ればいいのに」

「いいんです、用件はわかってますから」

「なんだか怪しいわねえ。もしかして本当に三年目の？」

「女友達です」

隣町の市役所に勤めている同級生で、少し前に一児の母になった。このところ頻繁に連絡が来るが、ほとんど無視してしまっている。

それを聞いた三宅は訳知り顔でうなずいた。

「ああ、それは面倒よね。わかるわ。私もねえ……」

「すみません、私、そろそろ」

私は壁の時計を見て立ち上がった。もうじき生徒が登校してくる時間だ。鈴木絵梨佳の事件以降、教師が交代で正門まで迎えに出ることになっている。

熱で歪んだ景色の向こうから、黄色い旗が近づいてくる。保護者や地域住民に付き添われて集団登下校する生徒の姿も、すっかり見慣れたものになってしまった。四年生以上が放課後に行うクラブや委員会の活動も、ずっと自粛されたままだ。

生徒が次々に正門を潜り抜けていく中、付き添いの大人たちは、今日の当番が私であることに気づいてちょっと表情を変えた。困惑と同情と歯痒《がゆ》さが入り混じったような顔。彼らは私が鈴木絵梨佳の担任であることを知っている。

私のほうから挨拶すると、応えたうちの一人が遠慮がちに近づいてきた。面識はないが、年格好からして低学年の生徒の母親だろう。

「あの、どんな感じですか？」

あまりにも曖昧《あいまい》な問いかけだったが、意味は伝わった。

「申し訳ありません」

私も曖昧な答え方をする。若い母親は肩を落とした。

「もう一ヶ月以上になりますよね。いつまでこんな状態が続くんでしょうか。集団登下校の付き添い当番とか、けっこう大変で。新聞やワイドショーなんかも見せないように気を遣うし」

「お察しします。警察が鋭意捜査中とのことです」

「捜査中、捜査中ってずっと……。越してきた時、のびのび子育てができるって思ったのに。田舎だからって安全ってわけじゃなかったんですね。下調べが足りなかった」

彼女は前髪をくしゃっと握り、その手の陰から恨めしげに私を見た。そんなつもりはなかったのかもしれないが、私にはそう見えた。

「そういえば、うちの子が学校の近くで不審者を見たらしいんです。ホームレスみたいな格好の年寄りで、噂では追いかけられた女の子がいるって。ちょっと前のことだし、事件と関係があるかどうかわからないんですけど……」

途中で言葉を切り、目で何かを訴えてくる。警察に伝えてください、だろうか。それとももっと漠然と、何とかして？　学校や生徒に少しでも関係のあることなら、すべて教師に責任を求める保護者は少なからずいる。なぜうちの子が遅刻しないように起こしてくれないのか、と怒鳴りこんでくる親に比べ、彼女の訴えはしごくまっとうだ。

ただ、私はその「不審者」を知っている。彼女が考えているような危険人物ではないことを。

「その人は……」

「あ、もうご存じだったんですね。じゃあ、よろしくお願いします」

私が説明する前に、若い母親は肩の力を抜いた。あっさり会話を打ち切って帰っていく後ろ姿は、何もかも解決したかのようだ。

伝えそびれた言葉が喉を塞ぎ、生徒への挨拶がすぐには再開できなかった。泥の詰まったホースから、きれいな水は出てこない。

時計の針が八時十五分を差すのを待ちかね、正門を閉めた。むろん部外者の侵入を防ぐのが目的で、目下のところ部外者とは主に押し寄せてくるマスコミだ。今はだいぶ減ったが、それでもカメラやマイクを持った人間を見かけるのは珍しくない。

照りつける陽光がフラッシュに思えて下を向いた。真っ黒な自分の影が地面に焼きついている。逃げるように職員室に戻り、すぐに教室へ向かった。二階の廊下には何人かの男子生徒が顔を突き出し、教師がいつ来るか見張っている。しかしその中に、私が担任する四年一組の生徒の顔はない。

「おはようございます」

静まりかえった教室の戸を開けると、散らばっていた生徒たちが席についた。跳び上がって自分の席に走るというのでなく、繁った藻がぞろりと揺れるような重ったるい動きだ。途切れたお喋りの声はもともと密やかで、義務的に返された挨拶にも抑揚がない。

鈴木絵梨佳の事件と、それに伴う環境の変化に、全校生徒が何らかの影響を受けている。中でも最もそれが大きいのが四年一組の生徒だ。事件の数週間後から校内にカウンセラーが常駐することになり、このクラスからも何人かが相談に行ったようだが、今のところ目に見える効果は表われていない。

教卓の脇にパイプ椅子を出して座った時、隣の教室がいっそう騒がしくなり、波が引くように静かになった。二組の担任を務める多田《ただ》が、いつもどおり遅刻ぎりぎりで教室に滑りこんだのだろう。

誰に対してもフレンドリーに接する多田は、たいていの生徒から好かれている。いたるところで生徒に囲まれている彼が、まったく羨ましくないわけではないが、私はああいう教師にはなれない。私自身は、多田のような教師に懐かない偏屈な子どもだったのだ。

八時二十分のチャイムが「読書タイム」の開始を告げ、私は持参した文庫本を開いた。三日前に買った、母と娘の確執がテーマの話。この手のものを読む度、子どもの人生はどこまで母親のせいになるのだろうと、私は母親ではないにもかかわらず怖くなる。

私はそっと視線を上げて、真剣な顔、つまらなそうな顔、様々な表情でページをめくっている生徒たちを見回した。彼らの母親も様々だ。キャリアウーマン、専業主婦、うるさ型、放任主義、高齢の人、若いシングルマザー……。

ふと一人の生徒と目が合った。

雪野《ゆきの》めぐみ。四年一組の中でも、彼女は特に元気をなくしている。

明るかった彼女は、別人のようにおどおどと目を伏せた。こういうことが時々ある。だが、不安や悲しみを打ち明けてくれないものかと水を向けても、期待した反応が得られたことはない。

——大人に見せてる顔が子どものすべてだとは、まさか思ってないだろ？

佐々木の言葉がふいによみがえり、私は緩く頭を振った。彼は自分の経験や推測に囚われすぎている。彼は捜査のプロかもしれないが、このクラスの児童を見ることにかけては担任の私のほうがプロだ。

私は出席簿とともに教卓に置いた小さなノートを取り、今日の日付の横に「雪野めぐみ、目が合うもすぐに逸らす」と書きこんだ。

友人が非常に少なく、雅史の他には親しくなった男性もいない私は、人の心の機微に敏感でないという自覚がある。だからこそ生徒の様子をちゃんと把握しておけるよう、気づいたことをいちいち書き留めているのだ。

純粋に教師として生徒を思っての行為かといえば、そうとは言い切れない。それもあるが、保身という目的もけっして小さくはない。いじめ、不登校、事故、その他いろいろ、児童に何かあれば、担任教師の責任が厳しく追及される世の中だ。学校からも世間からも吊るし上げられ、苦悩の果てに自殺した教師も知っている。

いまいち本の内容に集中できないまま、読書タイムは終わった。続けて朝の会が行われたが、その間、雪野めぐみはひたすら机に目を落としていた。

二学期が始まったばかりということで、一時間目は学級会だ。今日は様々な係を決めることになっている。

「柿沢《かきざわ》くん、雪野さん、司会をお願いします」

とりあえず日直を教壇へ促した。苗字に「くん」や「さん」を付けて呼ぶことや「ですます調」は、変に子ども扱いされていない感じで嬉しいとも、よそよそしくて嫌だとも言われているが、すべての生徒に好かれるのは不可能だろう。私は自分をそこまで高く見ていない。

「学級会を始めます」

柿沢智也《ともや》がぼそぼそと号令し、雪野めぐみが黒板にチョークを走らせていく。学級委員、保健係、掲示係、花係……彼女の本来の性格を表すようなかわいらしい文字だ。

係が出そろうのを待って、柿沢智也は用意していた問いかけを放った。

「立候補はありますか？」

どうせないだろうと最初から諦めている言い方だ。ところが、

「はい！」

溌剌とした声が上がった。私を含む全員が一斉に同じ方向を見た。

まっすぐに手を挙げているのは、森園真希《もりぞのまき》だ。

大人が思い描く子どもそのものの、いかにも元気がよさそうな容姿。夏休みの間にだいぶ伸びた髪を、少し無理してツインテールにしている。髪型を変えたのは、鈴木絵梨佳の件で曇りがちな心を切り替えようとしてのことだろうか。

「学級委員に立候補します」

森園真希ははきはきと言った。教室を覆う暗い靄《もや》を切り裂くような明るい声だ。

他に候補者はいなかったので、女子の学級委員は森園真希にすんなり決まった。生徒たちと一

緒に拍手をしながら、私はほっとしていた。年齢相応の欠点はあるものの、森園真希はいい子だ。彼女が引っ張ってくれれば、クラスの雰囲気も少しは回復するだろう。

森園真希の立候補はさっそくよい影響を及ぼし、他の係にも手が挙がり始めた。最後まで決まらなかった男子の学級委員も、推薦という形でなんとか落ち着き、私は胸を撫で下ろした。

「新しく係になったみなさん、よろしくお願いします」

私はそう学級会を締めて、教室を出た。小学校では特別なものを除いてたいていの教科を一人の教師が受け持つから、次の時間もその次の時間も私の担当だ。二組の担任の多田のように、いちいち職員室に戻らない教師もいるが、私は休み時間は必ず教室を空けることにしている。子どもだけの時間が必要だと思うから、というのはけっして建前ではないつもりだが、本音の本音は、自分が生徒から離れたいだけかもしれない。

職員室に戻ると、教頭がゴルフ焼けした顔を顰めて近づいてきた。もっとも近頃はゴルフにも行けていないらしく、黒い肌は健康的というより土気色にくすんで見える。

「またかかってきましたよ」

「どっちですか?」

鈴木絵梨佳の件に関して、解決はまだかという保護者からの問い合わせか、マスコミからの取材の申しこみか。どちらの電話も事件直後に比べれば少なくなったが、それでも毎日何本かは必ずかかってくる。

「名前も聞いたことがない三流誌ですよ。電話してきたライターとやらの声からして、低俗でいかがわしい臭いがぷんぷんしました。もちろん即座に断ったが、あんな電話に出なきゃならないこと自体、気分が悪い」

「すみません」

「いや、先生のせいじゃないですがね。それでどうなんです、捜査のほうは。今朝も刑事が訪ねてきたそうじゃないですか」

「進展はないようです。こちらで気づいたことはないかと訊かれただけで」

教頭が鼻から吐いた息が、私の額にへばりついた。他の教員たちの無言の声が聞こえる。当たられて気の毒に。教頭もかなりまいってるな。ただでさえつらいのに、マスコミがかなりしつこいもんね。事件が事件だから無理もないけど。

「くれぐれも頼みますよ、先生。マスコミの誘導にひっかかって生徒がおかしなことを言わないように。もちろん生徒の心のケアのほうもね。教育委員会もＰＴＡもうるさいんですから」

耳にたこができるほど繰り返された指示だった。だが彼の恐れはわかる。四方八方からマイクを突きつけられフラッシュを浴びせられた時、教育委員会に呼び出されて事情を聴取された時、集まった保護者の前で頭を下げた時、それらを思い出すと今でも嫌な汗が滲む。

「絵梨佳ちゃんはいったいどこにいるんだ……」

自分の席に戻った教頭は、ここ一ヶ月ばかりですっかり薄くなった髪に両手を突っこんだ。ただ生徒の心配だけしていられないところに、役職の苦しさがあるのだろう。

「気にすることないわよ」

私も席について二時間目に使う教科書などをそろえていると、三宅がその上に飴を乗せた。教頭にちらりと目をやってから、顔を近づけて囁く。

「あの人は自分の立場が不安なのよ。ほら、もうそろそろ校長になってもいい歳じゃない、だから。来年はあなたをよその学校へ異動させるよう、いろいろ根回ししてるって噂よ。真琴ちゃんのせいじゃないのに、嫌よねえ」

私は「ありがとうございます」とだけ答えて、飴を机の引き出しに入れた。根拠のない憶測も、怖い記憶も、生徒たちに絡みつく暗い影も、心に刺さるあらゆるものをこうしてしまうことができればいいのに。しまったまま忘れて、なかったことにできればいいのに。

時計を見て立ち上がった時、どこからか蟬の声が聞こえた。仲間が少しずつ減って、もうじき自分にも終わりが訪れることを、彼らは知っているのだろうか。

雅史の笑顔がふいに見たくなった。


夕食の支度をしていると、玄関の鍵が回る音がした。

「おかえり」

「ただいま。今夜はもしかして里芋の?」

ダイニングと続きになったリビングにやってきた雅史は、鼻をひくひくさせてみせた。里芋の煮っ転がしは彼の好物だ。

「当たり。でももうちょっとかかるよ。今日は早かったんだね」

雅史は美容院の閉店後に一時間ほどカットなどの練習をするのが日課で、帰宅するのはたいてい十時頃になる。それに合わせて火にかけた鍋には、まだだいぶ煮汁が残っている。

「練習しないで帰ってきたから」

雅史はソファにバッグを置き、一旦リビングを離れながら答えた。その声に構えたような響きがある。

「……何かあった？」

私は里芋を二、三度つついてから尋ねた。雅史の返事は、洗面所で手を洗う水音が止まってからだった。

「お客さんから聞いた噂だから、まったく正確な話じゃないんだけどさ」

「鈴木さん……鈴木絵梨佳のこと？」

「うん。あくまでも噂だけど、どうも警察がある人をマークしてるらしいって」

「マークって、犯人としてってこと？」

驚いたあまりに手が大きく動き、鍋ががんっと音を立てた。今朝、佐々木は何も言っていなかったのに。

雅史が眉尻の下がった顔を見せた。

「落ち着いて。誘拐事件だと断定されたわけじゃないから、犯人とは……」

「誘拐事件だよ、決まってる。誰なの？」

「それが、義郎《よしろう》さんだっていうんだ」

「義郎さんって、あの義郎さん？」

雅史は肯定する代わりにため息をついた。

今朝、正門で話しかけてきた若い母親の顔が浮かぶ。彼女が不審者だと訴えた男、それが義郎だ。たしかにホームレスのような格好をしている。ズボンの尻の部分が裂けて黄ばんだ下着が露わになっているのを見たこともある。ぼさぼさの白髪は伸び放題で、臭いもひどい。女の子に声をかけ、つけまわしたとして、警察を呼ばれたこともある。

「そんなはずないよ」

私の声は震えていた。うなずく雅史の顔色が冴えないことに、今になって気づく。

義郎はまともとは言えないが、小学生の少女を誘拐するような人ではない。私と雅史は昔から彼を知っており、かつてはとても理性的で学識豊かな人だった。今は見る影もないとはいえ、話をすれば人間性はわかる。

「私、警察に電話……」

「だいじょうぶだよ、ガセに決まってるんだから」

「だからってほっとくの⁉」

鍋をひっくり返すところだった。跳ねた煮汁が手首にかかったが、熱さも感じない。

雅史が飛んできて火を消し、私の手を摑んだ。

「火傷してない？　すぐ冷やさないと」

「ほっとくのかって訊いてるの！」

乱暴に振りほどく私を、雅史は少し悲しそうに見つめた。

「噂を持ちこんできたお客さんには、ちゃんと否定しといたよ。最近になってニュータウンに越してきた人だから、何も知らずに無責任なことを言ってるだけだと思う」

「そういうのってさあ……！」

義郎を容疑者扱いする若い母親。教頭は保身しか考えていないと決めつける三宅。生徒が何か知っていると疑い続ける佐々木。担任は生徒の行動や心理を把握しているだろうとか、結婚した女は子どもを産みたがるはずだとか、もううんざりだ。

他人のことがどれほどわかるというのだろう。どんなに一緒にいたとしたって。

「うん」

雅史は再び私の手を取り、蛇口の下に導いた。流水が手首に染みこみ、じわじわと全身が冷えていく。

「痛む？」

他人のことなんて本当にはわからない。だが雅史は私を、少なくとも私の扱い方をよくわかっている。

「……うん」

「ただの噂だよ」

「ううん」

雅史は里芋に竹串を刺した。

「いいことにしよう。真琴、ビール出して」

私は息を吐いて冷蔵庫を開けた。心にわだかまった何かを代弁するように冷蔵庫が低く唸る。

ビールとグラスをテーブルに運んだ時、リビングのソファに置かれた雅史のバッグが目に留まった。倒れて中身が零れかけている。直そうと近づくと、見慣れないクリアファイルがバッグから半分以上も飛び出していた。中に入っているのは数枚のビラのようだ。

おかずを運んでいた雅史が、無意識にだろう、珍しく疲れた声を出した。

「今日、カットに来た由美《ゆみ》さんに渡されたんだ。店に貼ってくれって頼まれたんだけど、うっかり持って帰ってきちゃって」

ビラには、ぎゅっとくっついた少女と子犬の写真が印刷されている。犬の鼻が大きくレンズに迫っているのが印象的だ。写真の上には「捜しています」の太い文字。

「一番かわいい写真がそれなんだってさ」

田舎の店には、客が持ちこむこういったものがよく貼られている。迷子のペットのビラ、逆に里親を求めるビラ、ピアノ教室の発表会のビラ、新規オープンする店のビラ。それも仕事のうちだけど壁の広さは限られてるのにね、と前に雅史が控えめに零していたのを憶えている。

「……ごめん」

「何が？」

顔を見なくても、きょとんとしているのがわかった。

「雅史だっていろいろ大変なのに、取り乱して癇癪《かんしゃく》起こして、なだめる役させて」

「俺なんか全然、大変じゃないよ」

彼は心からそう思っているのだろう。そういう人だ。

「真琴のほうは今日はどうだった？」

「今日も朝からいつもの二人組が来た。警察は生徒が何か知ってるんじゃないかって考えを捨ててないみたい。大人に見せてる顔が子どものすべてだとは思ってないだろ、って」

「まあ、一理あるよね。だから真琴のクラスの子が嘘をついてるってわけじゃないけど」

「うん……わかってる」

私はバッグを元どおりにして、すっかり整ったテーブルについた。向かい合わせの私たちを同じ香りが包む。

「学校の前に、標語が書かれた看板があるでしょ」

「『かあさんにいえないことはやめましょう』」

「そう、それ。見る度に正直どきっとするの。生徒たちが積極的に何かを隠してるとは思わないけど、言えずにいることはあるかもしれないって」

私は目を伏せた。佐々木に賛同するわけではないが、雪野めぐみの何か言いたげな態度はずっと気になっている。雅史の前でならそれを認められる。

「真琴なら上手に聞いてあげられると思うよ」

「どうかな。私は教師って仕事に格別な情熱を持ってるわけじゃないし、それほどの力があるとは思ってない。教師にできるのは、その年齢に応じた学問的な意味での教育を授けることだけ。そのくらいの認識でいないと、思い上がりになっちゃう気がする」

「それが正しいかどうかはわからないけど、そういう真琴なら、やっぱり上手に聞いてあげられると思うな」

私は目で軽く咎めてみせた。聞き上手は雅史のほうで、いつも優しい言葉をくれるから、おだてられている気分になる。

「本当にそう思ってるんだよ」

「じゃあ、明日からはもうちょっと積極的に働きかけてみようかな」

私は苦笑してビールを喉に流しこんだ。ただの担任教師に大したことができるとは思わないが、できるだけのことはしたい。佐々木が直接、生徒たちを問い詰めるよりは、少しはましな、彼らにストレスを与えない対応ができるだろう。

翌日の昼休みを、私は四年一組の教室で過ごすことにした。普段は職員室の自分の席で仕事をしている。

厳しい残暑にも負けず運動場に出ていった生徒もいるが、大半は教室内か、近くの廊下あたりにいるようだ。ばれていないと思っているのか、こちらをちらちら気にしながら、持ってくるのを禁止されているゲーム機を突き合わせているグループ。これならいいだろうとばかりにカードゲームに興じているグループ。お喋りに花を咲かせているグループ。ひとりで漫画だか小説だかを読んでいる子。一心不乱にノートに何かを綴っている子。

元気溌剌とはいかないが、それぞれの遊び方、楽しみ方を思い出しつつある。二本のうち一本の電球が切れた蛍光灯のような明るさ。それでも一本は点いている。

私は掃除用具入れの扉が少し開いているのに気づき、それを閉めに立ったついでに、さりげなく雪野めぐみに近づいた。彼女は自分の席に座り、何をするでもなく髪を指に絡ませている。

ところが、私の影が机にかかったとたん、椅子を蹴り上げられたみたいに立ち上がった。教室の後ろの戸口に向かおうとして、腰が机にぶつかり鈍い音を立てた。「あ、そうだ」などと呟いて急用を思い出したふうを装っているが、私を避けたのは明らかだ。

追いかけたら追いつけただろう。だが私はそうしなかった。事件発生直後からすれば、生徒たちの精神状態は回復している。さらに森園真希が引っ張ってくれれば、加速度的によくなることも期待できる。雪野めぐみも遠からず元気を取り戻すはずだ。今、無理に聞き出さずとも、そうなればきっと打ち明けてくれる。私は佐々木とは違う。生徒を信じている。

半ば自分に言い聞かせ、未練がましい視線を彼女の背から引き剝がした私は、自分の椅子に戻る途中で、ふと別の生徒に目を留めた。カバーをかけた本を熱心に読んでいる。井上翼《いのうえつばさ》。名前とは裏腹に、地に足がついたタイプだ。

子どもの頃から本好きだった私は、彼が同級生の息子ということもあり、何を読んでいるのかと興味を覚えて近づいた。しかし後ろから中を覗いた瞬間、危うく声を上げそうになった。いや、実際に上げたのかもしれない。

井上翼は怪訝《けげん》な顔で振り向いた。親しみの感じられない目つきは、初めて会った時からだ。たぶん教師を含めた大人というものを、あまり信頼していないのだろう。そういう子どももいるし、年頃もある。それを悪いとは思わない。

「何ですか?」

「その本……」

スカートを穿《は》いていなくてよかった。もしそうだったら、膝の震えに気づかれていたかもしれない。

井上翼は本に視線を戻し、ページをぱらぱらとめくった。散らばった文字を私の目が拾う。行方不明。失踪。誘拐。未解決。脳がじんじんする。

「この本がどうかしましたか？」

「どんな本を読んでいるのかと……」

「国内の行方不明事件を集めた本です」

「どうしてそんな……」

しどろもどろになった私を、井上翼はますます怪訝そうに見た。

「そりゃ、こういうものは気になりますよ。クラスメートがいなくなったんですから」

「よしなさい」

思わず言っていた。

「鈴木さんを心配する気持ちはわかります。でも彼女を見つけるのは警察の仕事です」

「でも見つけられてないですよね？　それとも、あの人が犯人って確定したんですか？」

「あの人？」

「学校の近くをうろついてる不審者です。警察にマークされてるって聞いたんですけど」

「根も葉もない噂です。そんなものを真に受けて、いいかげんなことを言うのはやめなさい」

つい早口になっていった私は、いつのまにか教室が静まっていることに気づかなかった。ゲーム機を手にした杉山翔《すぎやましょう》が「でもさ」と口を挟んで初めて、みんなが私たちに注目していたことを知った。

「女子があのじいさんに追いかけられたって。腕掴まれたりしたっていうじゃん。それで警察に連れてかれたんだろ？」

「おれ、あのじいさんちに警察が来てるの見たことあるよ。しかも何回も。お化け屋敷みたいな家なんだよな」

別の男子生徒も会話に入ってきた。

「じゃあ、やっぱジジイが犯人なんじゃん⁉」

杉山翔が立ち上がり、その興奮はたちまち教室中に広がった。声を発した二人を筆頭に、男子が井上翼の周りに集まってきて、彼が開いている本を覗きこむ。これって昔あった行方不明事件？　あ、これ知ってる。やっぱ犯人はロリコンのヘンタイだよ！

騒ぎ立てる男子の中心から、井上翼は冷めた眼差しを投げてくる。彼は今や男子の頂点に君臨していた。一学期までは別の子がナンバーワンだったのだが、夏休み中に転校してしまったため、空いた席に収まった形だ。事件以降の混乱の中で、この落ち着きが頼もしく映ったのだろうか。

「やめなさい」

私は声を絞り出した。義郎は誘拐犯などではないと説明したかった。過去の行方不明事件など読んでほしくなかった。鈴木絵梨佳を案じはしても、事件に囚われ続けず、できるだけ日常を取り戻してほしかった。

しかし私の制止は、紙で洪水を堰き止めようとするのに似ていた。勢いを増して迸《ほとばし》る水は、堰《せき》の存在にさえ気づかない。矢継ぎ早に言葉が重ねられるうちに、鈴木絵梨佳は義郎に誘拐されたことになった。義郎は小児性愛者であり、死刑に処されるべきということになった。互いの発言に煽られ、彼らの言葉はどんどん過激に、残酷になっていく。

「いいかげんにしてよ、男子！」

峰《みね》ひかりが両手で机を叩いた。普段は男子とも仲のいい子だが、エスカレートする会話に耐えられなくなったらしい。見回せば、女子のほとんどは気分の悪そうな顔をしており、残りは泣いている。義郎を攻撃することに夢中の男子に対し、女子は鈴木絵梨佳のほうに気持ちが寄ったのだろう。怖い、と誰かが呟いた。

杉山翔が胡座《あぐら》鼻を膨らませて言い返し、峰ひかりが続けざまに机を叩く。男子と女子がそれぞれの側に追随して声を張り上げる。井上翼だけが無関係のような顔で本をめくっている。

「やめなさい、落ち着きなさい」

私は役立たずの見本だった。繰り返す言葉は生徒の声に弾き飛ばされ、力なく落ちて、床を擦る上履きに、蹴倒される机に、泣き崩れる子の尻に踏み潰された。ノートが黒板に叩きつけられ、壁に貼った絵や学級歌が破られ、窓ガラスがびりびり鳴る。鼓膜が痛い。喉も痛い。私は叫んでいるのだろうか。ろくに聞こえもしないけれど。

井上翼の本が白く光っていた。きっかけはあれだ。たった一冊の本だ。それだけでクラスは崩壊した。生徒たちが元気を取り戻しつつあるなんて幻想だった。私がそう思いこみたかっただけなのかもしれない。その城は砂でできていた。砂でできていることに、壊れるまで気づかなかった。私はばかだ。

もう声も出なくなった。がらりと表情を変えた教室が怖かった。ここにいるのは、私が信じ守ろうとした生徒たちだろうか。復元され始めた日常が偽物だったように、彼らも偽物ではないのか。私も教師などではなく――。

「おまえら、何してんだ！」

太い声とともに多田が飛びこんできた。騒ぎに驚いて隣の教室から駆けつけてきたのだろう。数分後には、四年一組の副担任である竹内《たけうち》、ベテランの三宅、あまり付き合いのないカウンセラーもやってきた。

現れた四人の大人、特に多田と竹内という二人の男の存在は、子どもたちをいくらか萎縮させたようだ。物が宙を飛ばなくなり、様々な音が止んだ。後にはすすり泣きの声だけが残り、沸騰していた空気が徐々に冷えていく。やがて生徒は生徒に、教室は教室に戻った。

教師たちがとりあえず片づけを命じ、カウンセラーが泣いている子のケアに当たる。井上翼が本を閉じて立ち上がり、倣うように他の生徒たちも動き始める。

その間、私は完全にでくのぼうだった。とった行動といえば、床に落ちていた私の文庫本とノートを拾うことだけだ。

三宅があたふたと駆け寄ってきた。

「真琴ちゃん、だいじょうぶ？　あなたは職員室に戻ってなさい」

「いえ、でも……」

「そうだ、さっきあなたに電話がかかってたのよ。ほら、高梨さんっていったかしら、いつものお友達から。あの件はどうなってますか、って伝言預かってるから、かけ直してあげなさいよ」

職員室に戻るちょうどいい理由をつけてくれたつもりだろう。しかし私は、彼女が言い終わらないうちに、手にした文庫本とノートを思わず壁に叩きつけていた。頭の中で何かが膨らんで爆発しそうだ。同級生となど話したくない。喚き暴れる生徒も、他の教師の力でおとなしくなる生徒も見たくない。愚かでみじめな自分にもうんざりだ。

ぎょっとしたような視線が集まる中、すばやく文庫本とノートを拾った三宅が、私を廊下に連れ出した。

「あなたは今、教室にいちゃだめ。いいから職員室に帰りなさい。ひとりで行ける？」

私はたぶんうなずくかどうかしたのだろう、背中に添えられていた手が離れた。冷え切った足をどうにか踏み出す度、廊下に集まった生徒の視線がついてくるのを感じる。

「先生！」

ぱたぱたと足音を響かせて、前方から森園真希が駆けてきた。教室にいなかったから、外で遊んでいたのだろう。

「何があったんですか？」

「何って……」

言葉を探しているうちに、少しずつ正気に返ってきた。さまよう視線が、ツインテールを、活発そうな瞳を、その瞳が今は不安げに曇っているのを捉える。

「森園さん……」

私は何度か瞬きをした。私の生徒が私を見上げていた。

「先生、だいじょうぶですか？　なんだか様子が……」

「いえ、だいじょうぶです」

私は背筋を伸ばして教室を振り返った。

「みんなもだいじょうぶです。パニックを起こしてしまったけれど、他の先生方がついていてくださいますから」

無理に笑みを浮かべてみせると、森園真希は私の顔と教室を何度か交互に見てから、やがて困惑の表情を解いた。気になるけど先生がだいじょうぶって言うなら。彼女の顔にはそう書いてあって、思いのほか嬉しくなった。私のような教師を信頼してくれている生徒もいる。

森園真希は気を取り直したように口を開いた。

「じゃあ先生、ちょっと来てくれませんか？」

するりと私の腕をとり、廊下の端にある教材室の前まで引っ張っていく。教室から遠ざかるほどに絡みつく視線は減り、彼女が立ち止まって手を離した時には、誰も私たちのことを気に留めなくなっていた。

「やっぱりこのままじゃいけないよね……」

森園真希は自分に確認するように呟いてから、改めて私を見上げた。

「先生に相談したいことがあるんです」

相談。心をくすぐられて、少し余裕が生まれる。私は首を傾げて先を促した。

「クラスのみんなのことです。今日のパニック？　っていうのがなくても、ずっと心配してて。普通にしてるように見えても、ちょっとしたことで爆発しちゃいそうな感じっていうか」

まさについさっき爆発が起きた。いきなり泣き出したり爪を噛んだりおねしょをしたりというのは、その兆しだったのだ。森園真希はそれらすべてを知っているわけではないが、クラスメートの状態の危うさを敏感に察していたのだろう。

「特に、めぐみちゃん」

「雪野さん？」

私は目を瞠った。本当によく見ている。

「一番、変わっちゃったと思うんです。あんなに明るかったのに、遊びに入ろうともしないし、話しかけてもおどおどした感じで。絵梨佳ちゃんと仲よかったから無理ないけど、心の病気になっちゃってるんじゃないかって」

「ちょっと待って。雪野さんは鈴木さんと仲がよかったんですか？」

生まれたばかりの余裕が吹き飛んだ。

雪野めぐみは誰に対しても壁を作らないタイプだったが、鈴木絵梨佳と特別に親しくしている様子はなかったと思う。鈴木絵梨佳は、この年頃のほとんどの女子がそうであるように、いつも決まったグループと行動をともにしていた。一方、雪野めぐみは、クラスのみんなとまんべんなく付き合っているように見えた。

「はい、塾では。学校では普通でしたけど」

「塾……」

盲点だった。四年生にもなると塾に通い始める生徒は多い。塾では塾で、学校とはまた別の人間関係があっても不思議ではない。

「めぐみちゃんと絵梨佳ちゃんは同じ塾なんです。よく宿題の見せっこしてたし、めぐみちゃんが漫画を貸してあげたりもしてました。絵梨佳ちゃんちは、漫画とか買ってくれる感じじゃないから」

「森園さんも同じ塾に?」

「はい。でも、二人とはあんまり仲よくしてなかったんです。めぐみちゃんはそんなことなかったけど、絵梨佳ちゃんはなんか、めぐみちゃんと二人だけでいるほうがいいって感じで」

森園真希は納得がいかないというふうに唇を尖らせたが、鈴木絵梨佳のような態度をとる子は珍しくない。親友を持ちたがり、秘密を共有したがり、常に二人だけでべったりくっついていようとする。強い独占欲を抱き、相手が他の子と仲よくしていたら激しい嫉妬を見せる。たいてい一過性のものだが、恋愛と何ら変わらない。

私は唾を呑みこんだ。

「雪野さんは鈴木さんについて、他の人が知らないことを知っているかもしれない……」

「それって……」

森園真希のすばしっこそうな目が大きくなり、逆に声は小さくなった。

「絵梨佳ちゃんがいなくなっちゃったことについて、めぐみちゃんが何か知ってるってことですか？」

「事件に関わっているという意味じゃありませんよ。雪野さんがあんなに落ちこんでいるのには、何か事情があるんじゃないかと思っただけです。直前にけんかをしたとか」

苦しいごまかしに納得したのかどうか、森園真希は縋《すが》るような眼差しを向けてきた。

「ねえ先生、絵梨佳ちゃんは家出したんじゃないですよね？」

「そんなはずありません」

「やっぱり誘拐……されちゃったのかな。テレビでもそんなふうに言ってるし」

「警察がちゃんと見つけてくれます。私たちは、帰ってきた鈴木さんを笑顔で迎えてあげましょう。待っているほうが元気をなくしてしまってはいけませんよ」

「そう、ですよね」

意識して教師然とした口調で諭すと、森園真希はけなげに笑みを浮かべてみせた。

「めぐみちゃんのことは任せてください。何かあるとしても、先生には話しにくいのかもしれないし。たとえ聞き出せなくても、元気づけることくらいはできると思うんです。明るいのが取り柄だもん」

おどけて胸を叩いた時に、ちらりと覗いた歯が眩《まぶ》しい。

私も自然に微笑んでいた。彼女の言うとおり、こういうことは子ども同士のほうがいいかもしれない。

「そうですね、森園さんがついていてくれたら安心です。ただ、もしも何か特別なことがわかったら、必ず私に教えてくださいね」

「はい。先生がすごく心配してることは、めぐみちゃんにも伝わってると思います」

胸の奥がじんわりと温かくなった。

森園真希は本当にいい子だ。鈴木絵梨佳の行方はむろん気になるが、森園真希をはじめ目の前にいる生徒たちの心を、私は守らなければならない。

2

鈴木絵梨佳の件に進展がないまま、十月に入った。

少し前までしぶとく夏にしがみついていた蝉も、気がつけば姿を消している。どれが最後の一声だったのか、認識している人はたぶんいないだろう。

その朝、私は普段よりもずっと早く家を出た。学校に車を停めて徒歩で向かったのは、裏に聳える針山だ。大人の足なら頂上まで登るのに一時間はかからず、八合目あたりにある空き地までなら三十分強で行ける。

何か考えごとをする時、なんとなく気持ちが落ち着かない時、私はしばしばひとりでそこを訪れる。もともとは展望台になる予定で木々が伐採されたものの、計画が頓挫してそのまま放置されたとかで、ベンチの一つもないが見晴らしはいい。年に何度かは町民によって草刈りが行われているが、それ以外でここに大勢の人間がやってくるのは、小学校一年生の遠足くらいだろう。

額に汗を滲ませて空き地に足を踏み入れると、やはり誰もいなかった。スニーカーの紐《ひも》にかかるくらいに伸びた草は乾いていて、山全体がかさかさしている。

鈴木絵梨佳が消えてから、もうすぐ二ヶ月になる。

佐々木はちょくちょく訪ねてくるが、警察の捜査はまるで進む様子がなく、生徒を怪しむような問いをしつこく投げてくるばかりだ。鈴木絵梨佳の母親は電話で、あるいは直接、時には夫を伴って、毎日のように状況を訊いてくる。マスコミは新しい情報がないものだから、昔の作文や絵を引っ張り出してきたり、過去に起きた類似事件と関連づけてみたり、あの手この手で報道を続けている。父兄からの問い合わせは止まない。教育委員会からの通達は切りがない。

どちらを向いても壁があって、しかもその壁がじりじりと迫ってくるようだ。

高い場所に立てば息が吸える。さらに頭上には、もっと高い空が広がっている。

空き地の端に張られたロープの際に立ち、深呼吸を繰り返した。

鈴木さん、どこにいるの？　警察、しっかりしてよ。義郎さんはそんな人じゃない。私に訊かれたってわかりませんよ、お母さん。PTAも教育委員会もみんなうるさい。何もかも担任が背負わなきゃいけないの？　私はどうして教師になんてなったんだろう。

胸に溜まったものを吐き尽くし、代わりに青い匂いで満たせば、ようやく心が静まってきた。腹が据わったという感覚に近いだろうか。自分の立ち位置や、そこに至るまでの過程が、記録映像のように淡々と思い起こされる。

私は最後の深呼吸をして、下山しようと体の向きを変えた。その時、空き地の入り口のほうから声が聞こえた。

「なんでこんなとこに先生が……」

「しっ、逃げろ」

潜めた声は幼かった。何よりも、先生という言葉が鼓膜を刺激した。

私は小走りで近づいたが、そこにはもう誰もいなかった。大慌てで坂道を駆け下りていったのだろう、カーブのところに滑った跡があり、繁みがまだ揺れている。

うちの生徒に違いないが、どうしてこんな時間にこんな場所に。

空き地を見回した私の目に、ふとあるものが留まった。空き地の中ではなく、くたびれたロープの外側。人の手が入っていないほったらかしの斜面に、鏡餅のように二つ重なった石がある。下が大人の拳ほどの大きさだ。

さっきの生徒たちがいなければ、べつに気にならなかったろう。事実、今日までは目に入ってもいなかった。だが一旦こうして意識すると、どうもひっかかる。まるで何かの目印のようだ。

私はしばしためらってから、思い切ってロープを跨《また》いだ。心臓が震え、肋骨に響いた。

私の体は何を予感しているのだろう。その正体もわからぬまま、でこぼこした斜面をほんの一メートルばかり下り、石の傍へたどり着いた。不安定な足もとが、石の周囲だけ妙にしっかりしている。注意深くしゃがみ、石をどかしてみた。草や落ち葉でカムフラージュされていたが、土を掘り返した形跡があった。

鏡餅の下になっていた石を使って掘ってみる。スプーンでプリンを掬うみたいにすんなりといったが、すぐに何か硬いものにぶつかった。手で土を掻き分けると、満面の笑みを浮かべたミッキーマウスが現れた。直径二十センチくらいの、クッキーか何かが入っていた缶らしい。

蓋を開けた私は、息を呑んだ。

「これ……」

あらゆる音が遠ざかり、さっきの生徒たちの声だけが頭蓋骨の内側に響く。なんでこんなとこに先生が。しっ、逃げろ。

一瞬で血の気が引いたと思ったら、すぐに奔流となって全身を駆け巡った。心臓が痛いほど脈打ち、血管が膨れ上がって破裂しそうだ。遠ざかっていた音が戻ってきた。最初に耳に飛びこんできたのは、近くの沼で鳴くウシガエルの声だった。

私は両手で耳を覆った。目も閉じて、頭の中の声に集中する。どこかで聞いたことがあるような。もしかして四年一組の？　――わからない。

私は息を吐き、こわばった手で缶の中にあったものを取り出した。とりあえずパンツのポケットに突っこんで、缶と石を元どおりの状態に戻す。腕時計を見ると、そろそろ八時だ、ぐずぐずしている暇はない。

急いで山を下りようとした時、カーブのところにある繁みが揺れた気がした。生徒たちが逃げた直後にも揺れていた繁みだ。

「そこにいるんですか？」

はっとして声をかけたが、返事はなかった。しかし誰かが走り去るような音がはっきりと聞こえた。風や動物の仕業ではない。子どもたちはそこに潜み、私の行動を見守っていたのだ。

学校に戻って初めて、自分の手が土で汚れていることに気づいた。洗っている間も誰かに見られている感覚があった。

やはりあれは四年一組の誰かだったのだろうか。それとも、私が疑心暗鬼になっているだけなのか。一時的に学級崩壊の様相を呈したあの昼休み以来、自分の生徒に対して身構えてしまっている自覚はある。

「先生、先生」

繰り返し呼びかけられて我に返った。副担任の竹内が小首を傾げてからかう。

「どうしたんです、ぼーっとして。さては俺に見惚《みと》れてました？」

新任の竹内は見た目も態度も軽薄で、教師になったのは安定しているからだと公言して憚《はばか》らない。私は苦手なタイプだが、変に真面目で夢を見ているよりは、この仕事に向いているのかもしれない。私が前に務めていた小学校では、校内新聞に載った自分の写真に画鋲を刺されたという理由で、思いつめて辞めてしまった新任教師がいた。

子どもは残酷だというのは、誰もが知っていることだろう。その残酷さを、親でもないのに受け止めなければならないのが教師だ。むろんそればかりではないが、教師は子どもの残酷さに傷つけられ続ける。

竹内の冗談に生徒たちが笑った。今日は教室の椅子ではなく、貸し切りバスの座席に収まっている。

「全員、シートベルトは締めましたか？　隣同士、確認してください」

私はバスガイドよろしく運転手の斜め後ろに立ち、黒い頭がきょろきょろと動く様を眺めた。注意深く観察すれば、無邪気な顔の下に別の顔が透けて見えるかのように。この中に針山から逃げた子が、あれを埋めた子がいるかもしれない。

子どもは残酷で、教師を傷つけるもの。覚悟の上で、私は教師になった。

私は無意識に触れていたポケットから手を放し、息を吸った。

「では、これから一泊二日の宿泊学習に出発します」

四年生の恒例行事だ。鈴木絵梨佳の件で自粛すべきとの意見もあったが、他の生徒の学校生活も大切にすべきだという声が勝った。一向に解決の兆しが見えないのでは、自粛を続けても切りがない。これを皮切りに、様々な行事や放課後の活動も再開されることになっている。

一時間弱の移動を経て、二クラス分の児童を乗せた二台のバスは、山中にある自然体験施設に到着した。かなり大規模なもので、「自然の家」という名称にはやや違和感を覚えるコンクリートの宿舎や、バーベキュー場やテニスコートなど様々な設備がそろっており、私たちはその一部を利用する。

「もともと田舎に住んでるのに、わざわざ自然体験ってねえ」

竹内がこれを言うのは、今日だけで三回目だ。表情を見るに、本気で嫌がっているわけではなく、おもしろいことを言っているつもりなのだろう。

「まずは自然の家に入ります。一階にある多目的スペースに入ったら、出席番号順に並んでください。職員の方にお会いしたら、きちんと挨拶をしてくださいね」

私はそう告げてから、最初にバスを降りた。全身の筋肉が緩んで、自分が思った以上に緊張していたことを知る。生徒とともにバスに乗っている状態を、箱に閉じこめられたように感じるのは、やはりあの昼休みを引きずっているのだろう。

私は手で庇《ひさし》を作り、次々に降りてくる生徒を観察した。この中に針山から逃げた子がいるのなら、態度でわかりそうなものだ。しかし注意深く見ていても、普段と様子の違う生徒は見つからなかった。このクラスの生徒ではないのだろうか。そうであってくれればいい。いや、よくはないけれど。

「先生、全員降りましたよ」

最後に両足でぴょんと飛び降りたのは、森園真希だった。その前は雪野めぐみで、森園真希が一緒でなければ一歩も進めないとばかりに、振り返って待っている。

「雪野さん、だいじょうぶでしたか？」

酔いやすい体質だと聞いていたので声をかけると、彼女は顔を上げて「うん」と答えた。すぐに目を伏せてしまったが、それでも以前よりは表情が明るくなった気がする。

「いざという時に備えてビニール袋スタンバイしてたんだけど」

森園真希の言葉に、雪野めぐみはちょっと笑った。めぐみちゃんのことは任せてください、と胸を叩いたあの日から、森園真希はずっとこの調子で落ちこむクラスメートを支え続けている。

「さ、行こ」

雪野めぐみのリュックを軽く叩きながら、森園真希は私に目配せしてみせた。私は拝みたい気持ちでうなずいた。

「おまえら、早く並べー。一組に負けるなよー」

自然の家の多目的スペースでは、二組の担任の多田が朗らかな声を張り上げている。あれを針山に埋めたのは、もしかしたら二組の生徒かもしれないのに、何も知らずにいる彼が恨めしいような気分になる。

多田たち他の教師にも報せるべきだろうか、と一瞬は考えた。だが一瞬のことだった。何もわからない状況で不用意に話を広げるべきではない。

二クラスの生徒が大きなリュックを傍らに置いて座り、それに向き合う形で多田が前に立った。二組の副担任である滝《たき》は定年目前の音楽教師で、彼女を除けば、私も竹内も保険医の吉村《よしむら》も、そして念のために同行してきたカウンセラーも、引率している大人はみんな多田より年下だ。

多田は生徒と一緒に「宿泊学習のしおり」をめくりながら、いつもの砕けた口調で、宿泊学習の目的や予定や注意事項などを述べた。その間、私は一組だけでなく二組の生徒にも目を配っていたが、やはり様子のおかしい子は見当たらなかった。

一組男子、一組女子、二組男子、二組女子の四部屋に分かれ、生徒たちは荷物を置きに行った。大人は二人で一部屋を使うことになっており、私は滝と同室だ。八畳ほどの和室で、飾り気のない窓から差しこむ光が古びた畳を温めている。

私たちは少し話をしてから部屋を出た。ばらばらになり、再び多目的スペースに集合する生徒たちの流れに混じる。

その視線に気づいたのは、今朝のことが常に頭にこびりついていたせいだろう。どこからか私を見つめる強い眼差し。

　とっさに首を巡らせると、近くにいた生徒たちが不思議そうに私を見上げた。だめだ、わからなくなってしまった。だが、たしかに誰かが私を見つめていたのだ。睨むように、探るように。

　視線の主は、針山から逃げた生徒たちに違いない。やはりここにいる四年生の誰かだったのだ。そう直感した私は、知らずポケットに触れていた。膨らみがないことにどきりとしたが、そうだ、あれはさっきよそへ移したのだったと思い直す。

　いったいどうすればいいだろう。途方に暮れつつ足を踏み入れた多目的スペースでは、数人の女子生徒が竹内を囲んでいた。山登りなんてやりたくなーい。疲れるし虫いるし日焼けするしさ。え？　気にするに決まってるじゃん、もう四年だよ？

　ああ、やっぱり違うんだ。わかっていたのに、なんだか泣きたくなった。同じ大人でも私に対するのと竹内に対するのとで、生徒たちの態度は違う。見せている面が違うだけで、それはあたりまえのことなのに、裏切られたような気分になる。

「先生？」

　無意識に立ち止まっていたらしい。呼びかけられて我に返ると、森園真希が心配そうにこちらを見上げていた。半歩後ろにいる雪野めぐみも、前髪の陰から私を見ている。

「何かあったんですか？」

　尋ねてくれる彼女にも、私の知らない一面があるのだろう。根っからのいい子だと信じこむのは誤りかもしれない。そう自戒しつつも、やはり気持ちが安らいだ。

「何でもありません。さあ、山登り、がんばりましょう」

「はい。いい天気でよかったねって話してたんです。ね、めぐみちゃん」

雪野めぐみは声こそ出さなかったものの、小さく顎を引いた。つられるように私も大きくうなずいた。

だいじょうぶ、私は生徒たちを愛していける。すべてを理解することはできなくても、時に手に負えなくて恐怖を感じても、たとえ罪を犯していたとしても。


山の中腹にある自然の家から頂上まで、まだ色づく兆しのない木々の間を、地元のボランティアガイドの説明を聞きながら登った。登山コースとしてはけっして険しいものではないらしいが、日頃、運動に縁のない私にはなかなか骨だった。様子のおかしい生徒を見逃すまいと気を張っていたせいで、よけいに疲れたのかもしれない。

自然の家で用意してもらった弁当を頂上で食べ、また説明を聞きながら別ルートで下山するまでの間に、気になる生徒を見つけ出すことはできなかった。一方、私を凝視する眼差しはたびたび感じた。やはり気のせいなどではない。

決定的だったのは、自然の家に戻ってしばらく自由行動となった時だ。すぐ傍の広場に向かって駆け出した生徒のうちの一団が、私を包み囲むようにぶつかってきた。その際に、誰かが私の脚の付け根あたりを強く撫でた。意思を持った触り方で。

ポケットだ。すぐにぴんときた。私があれをポケットに入れたことを知っていて、今も入っているか確かめようとしたのに違いない。絶えず感じていた視線も、それが目的だったのだろう。

瞬く間に散っていく彼らを、私はすばやくチェックした。井上翼。杉山翔。峰ひかり。田中菜穂《たなかなほ》。いずれもクラスでの階級が高い生徒で、うち三人はあの学級崩壊の際も中心にいた。宿泊学習では同じ班になっている。

井上翼の家庭訪問をした時のことをふと思い出した。お恥ずかしい話なんですが、と前置きして母親が打ち明けたことによると、彼の父親はこのところ酒に溺《おぼ》れているらしい。アルコール中毒というほどではないが、もともと多いほうだった酒量がさらに増え、むっつりと塞ぎこむ日が続いているという。それが息子に何らかの影響を及ぼしているのだろうか。

そんなことを考えながら、私はリュックからいつものノートとペンを取り出し、日付と彼らの名前を書きこんだ。「わざとぶつかってきた?」「ポケットを探った模様?」断言するのが怖くて、記述の後に言い訳みたいにクエスチョンマークを付ける。

私が密かに観察していることに気づいていないのか、井上翼たちは広場の隅に固まって額を突き合わせている。キャンプファイヤーの時にやる出し物についての打ち合わせや、誰が誰を好きだというような微笑ましい内緒話をしているなら、どんなにいいか。とてもそんな様子には見えない。

「先生、ちょっといいですか」

ふいに話しかけられて、私はひゅっと息を吸った。その驚きぶりに、声をかけた吉村のほうが驚いたようだ。若い保険医は柔和な細い目をぱちぱちさせた。

「すみません、お邪魔なら後でも……」

「いいえ、こちらこそすみません、ぼんやりしていて。何ですか？」

「一組の生徒のことでお話が」

緩みかけた緊張が瞬時に戻ってきた。視線を巡らせると、少し離れたところで一人の女子生徒がこちらを窺っている。堀亜弥《ほりあや》。うつむきかげんで落ち着かない様子だ。

もしかして針山で見つけたあれについてのことだろうか。それとも、まさか鈴木絵梨佳の失踪に関する何か？

乾いたばかりの汗が再び滲むのを感じながら、腹に力を入れて吉村に目を戻す。しかし彼女の口から発せられたのは、まったく関係のない言葉だった。

「堀さんなんですけど、生理中なんだそうです」

「え？」

「早い子は四年生でもう初潮を迎えちゃうんですよね。あんな面倒なものが早く来るなんてかわいそうですけど。それで、お風呂の時間をみんなとずらしてもらえないかと」

「ああ……そうですね。もともとそうするようになってます」

ぽかんとしたまま答えてから、私はそんな自分に呆れた。当然思い当たるべきことに思い当たらなかったのは、他のことで頭がいっぱいだったからだ。女子生徒には、生理になった場合は申し出るようにあらかじめ言ってあったが、堀亜弥は私のそんな状態を感じ取り、言いにくくて吉村を頼ったのだろう。

「他にも言い出せずにいる生徒がいるかもしれませんね。吉村先生のほうに言ってきたら、よろしくお願いします」

はい、と深くうなずいた吉村の顔には、若々しいやる気が漲《みなぎ》っている。私はなさけなく、どこかみじめな気持ちだった。そして激しく自分を責めた。私は生徒を見張っているだけで、見てはいない。

自由時間から夕食のカレー作りにかけて、私はごく普通の教師であろうと努めた。鈴木絵梨佳の件も、針山で見つけたもののことも、なるべく頭から排除して、自分が受け持つ生徒たちの間を歩き回った。

こうして見ると、二学期が始まった頃に比べて、みんなの表情が多少は明るくなっているのがわかる。単に時間が経ったせいかもしれず、そうやって事件が風化していくのだとしたら喜んでばかりはいられないが、やはりほっとする。残された生徒たちの時間は進んでいるのだ。

「包丁うまーい！」

明るい声の主は、赤いバンダナで髪を覆った森園真希だった。ジャガイモを切っている雪野めぐみが、照れ笑いを浮かべている。彼女が笑顔を取り戻しつつあるように、クラスの雰囲気が少しずつでもよくなってきたのは、新学級委員の森園真希の力によるところが大きいだろう。

「森園さんの班は順調そうですね」

「でしょ？　でも、男子がもうちょっと手伝ってくれたらいいんですけど」

森園真希に大きな声で名前を呼ばれて、蛇口で遊んでいた男子生徒が跳び上がった。こえー、などとぶつくさ言いながら、おとなしくニンジンの皮を剝き始める。

「雪野さんはお家でよくお手伝いをするんですか？」

「あ、うん。ママ、仕事で忙しいから」

雪野めぐみの誇らしげな顔を久しぶりに目にして、胸が熱くなった。私が見るべきは、たぶんこういうものなのだ。

私は森園真希をもう一度見て、その眼差しに背中を押してもらって、井上翼たちの班も覗きに行った。近づくのはポケットを探られて以来だが、あれは勘違いだったかもしれないし、先入観を持つべきではない。説得力のなさに気づかないふりをして自分に言い聞かせる。

彼らの班は、例の四人に、特定のグループに属さない男女一人ずつを加えた六人だ。この班のカレー作りは捗《はかど》っておらず、作業そっちのけで話しこむ四人を、いかにも人数合わせに入れられた二人が気にしている。

足音を忍ばせて近寄ったことに、明確な意図があったわけではなかった。強いて言うなら、そうしたくなるような雰囲気を井上翼たちが発していたということだろうか。円陣を組む格好でひそひそ話している彼らは、私の存在にまったく気づいていないようだ。

「……あるとしたらリュックか、部屋に置いてある荷物の中か」

漏れ聞こえてきた声に、私はぎくりとして足を止めた。

「あるとしたら、ってどういうこと？」

「誰かに渡したかもしれないでしょ」

「誰かって、他の先生とか？　もしかして警察？」

「警察はないよ。今朝から今までの間に、そんな暇はなかった」

信じたくないが、間違いない。彼らが問題にしているのは、私が針山で見つけて持っているあれのことだ。

「ねえ、どうするの？」

田中菜穂がうろたえた声を出した。成績は優秀だが、自分の意見をはっきり持っているタイプではない。他の三人に「しっ」と咎められ、小さくなってうなだれる。

「だいじょうぶだって、ナホッチ」

そんな彼女を杉山翔が励ました。顔は見えないが、胡坐鼻が膨らんでいるのが目に浮かぶ。

「たぶん他の先生たちは知らないよ。ウッチーもタダセンもユカリちゃんもいつもどおりじゃん。滝バアとカウンセラーは空気だしさ」

杉山翔は教師全員をあだ名で呼んだ。どういうわけか子どもはあだ名をつけるのが好きだ。

峰ひかりがドット柄のシュシュを弄りながら、ませた仕種でうなずいた。

「たしかにね。それに大人ってすぐ責任問題とか言うじゃん。あたしたちのフショウジは担任の責任になっちゃうから、なるべく秘密にしときたいはずだよ」

かっと体が熱くなった。私があのことを誰にも打ち明けていないのは、保身のためではない。不確かな状況で生徒を疑いたくなかった。生徒の将来に影を落としたくなかった。私は生徒を守りたかった。だが、私は生徒からそんなふうに思われているのだ。

その瞬間、私はあの昼休みの教室に立っていた。ほとんど暴徒と化した生徒を前に、おろおろするだけのでくのぼうだった。冷たい床から恐怖が這《は》い上ってくる。信じたいと思った。愛せると思った。だが、彼らは時に怪物になる。言葉など通じない。心なんて、もっと。私はそれをよく知っている。

「じゃ、狙いは決まりだね」

井上翼がまとめるように言った。

「どうするの?」

「わかってるでしょ」

田中菜穂の問いに、彼は少し苛立ったようだ。四人を包む空気が硬くなったのが感じ取れた。数秒の沈黙の後、井上翼が独り言のように呟いた。

「何回やるのも同じだよ」

他の三人がほとんど同時にうなずく。

ああ。急に足もとがおぼつかなくなって、私は慌てて床を踏みしめた。教室の床、いや、自然の家の調理室の床。どちらでもいい。

私にはよく聞こえなかったが、シューズが擦れる大きな音がしたのだろう。井上翼たちがぱっとこちらを向いた。私はとっさに平静を装った。

「この班はだいぶ遅れていますね。お喋りばかりしていてはいけませんよ」

どうにか自然に振る舞えたようだ。彼らは目に見えてほっとした表情になり、返事をしたり謝ったりしながら、カレー作りに取りかかった。

私は慌てて逃げ出した。歪んだ顔をうつむけて隠し、動揺を抑えようと浅い呼吸を繰り返す。頭の中に響く佐々木の声がうるさい。大人に見せてる顔が子どものすべてだとは、まさか思ってないだろ？

もちろん思っていない。思ってなどいなかった。けれど、ああ、カレーが嫌いになりそうだ。

雅史。心の中で夫を呼んだ。強く何度も呼んだ。私を助けて。どうすればいいのか教えて。どんな大きな決断をする時でも、彼の笑顔はいつだって私の道標になる。

雅史の手を思い出しながら、自分の手でゆっくりと腹をさすった。汗で湿り気を帯びたシャツ越しに、彼のぬくもりを感じる。

強ばった胃を摑むように拳を握った。そうだ、私は井上翼たちに向き合わなくてはいけない。何回やるのも同じだと呟いた彼らが、何を企んでいるとしても。

深く息を吸って顔を上げると、森園真希と目が合った。自分の班に割り当てられた調理場から、じっとこちらを見つめている。

その瞳が思いがけず翳《かげ》りを帯びていたので、一瞬、井上翼たちに見つめられているように錯覚した。私が思わず固まったのに気づいたのだろう、視線の主は小首を傾げた。赤いバンダナの下でツインテールが軽やかに揺れる。

私は止めていた息を吐いた。違う、彼女は森園真希だ。瞳の翳りは、私の様子がおかしいのを心配してくれているからだ。

私は笑顔を作ったが、頬に糊《のり》が効いているかのようなぎこちなさを覚えた。森園真希はまだ私を見ている。

なんとなく気づまりで、窓の外に視線を逃がした。太陽が溶け出したような赤い空を、一点の黒い染みが横切っていく。ずいぶんと大きな、あれはカラスだろうか。

昔読んだポーの詩を思い出した。大鴉《おおがらす》は鳴く。

Nevermore――二度とない。

男子の学級委員、柿沢智也の班が作ったカレーを食べている間に、これからの方針を決めた。

針山で見つけたあれは、引き続き私がひとりで保管する。井上翼たちについては、今まで以上に注意深く様子を見る。

消極的な気もするが、スケジュールがかっちり組まれた宿泊学習中に、彼らだけを呼び出して何らかの対応をするのは難しい。逆に言えば、彼らのほうでも行動を起こすことはできないだろう。すべては宿泊学習が終わってからだ。

全員で夕食の片づけをすませ、再び広場に移動した。最低限の電灯を灯しただけの薄暗い広場の中央には、施設の職員によってキャンプファイヤーの準備がなされている。

薪を囲んで輪になった生徒たちが『遠き山に日は落ちて』を歌う。毎日、夕方五時に町に流れる曲だ。昔からずっと変わらない。

歌がハミングになったところで、火の神が現れた。古代風の白い衣装に冠まで着けた多田が、燃え盛るトーチを手に輪の中に歩み入る。次いで四人の火の子、二クラスの男女の学級委員が進み出た。その手には、多田が持つものより一回り小さいトーチがある。

火の神から火の子へと、火が分け与えられる。火の子はそれぞれの火に名前を付け、薪に移す。知恵の火、勇気の火、優しさの火、希望の火。

私はどれを持っていて、どれを持っていないのだろう。いや、どれか一つでも持っているだろうか。あどけないハミングが胸に染みて、ふいに泣きたくなる。

瞼の熱を瞬きで散らし、生徒たちの様子を見ることに集中した。程度の差はあれ興奮した面持ちで中央を見つめる彼らの目は、炎の輝きを宿してきらきらしている。井上翼たちでさえ、今は炎に心を奪われているようだ。

雪野めぐみが涙ぐんでいるのが気になった。感動しているというには表情が暗い。思いつめた目をして、何を考えているのだろう。仲がよかったという友達、ここに来られなかった鈴木絵梨佳のことか。

生徒たちの歌が『燃えろよ燃えろ』に変わった。火の子の一人だった森園真希が戻ってきて、雪野めぐみは安心した様子だ。

厳かなムードが一転、陽気なムードの中で、班ごとの出し物が始まった。物真似にクイズ、アイドルグループの歌とダンス、男女逆転劇。私がそうだったように、こういうノリが苦手な子には気の毒だが、生徒たちはおおむね楽しそうだ。

一時間ほどですべての出し物が終わると、ジャージ姿に戻った多田がおどろおどろしい作り声で言った。

「さーて、お待ちかねの肝試しを始めるぞー」

歓声と悲鳴を笑って鎮め、方向を指しながらコースを説明する。広場の東側の口から出て、山の中の遊歩道を半周し、テニスコートの脇を抜けて、西側の口から戻ってくる。しおりにも地図を載せたし、分岐点には前もって看板を立ててあるが、その必要もないくらい単純なコースだ。

「前にくじ引きで決めたとおりの順番で、班ごとに出発だ。でもその前に、服部《はっとり》さんからお話がある」

多田に促されて、ここの施設長である服部が炎の傍に立った。六十歳手前の割に皺が深く、日に焼けているために、その姿は老木を連想させる。自然の家に到着した時にも挨拶をしてもらったが、その時には柔和に見えた顔が今は恐ろしげに映るのは、火影と表情のせいだろう。

顔面に不気味な影を躍らせながら、服部は低い声で語り始めた。

「肝試しに出発する前に、みなさんに注意しておくことがあります。無事に帰ってくるために、けっして破ってはならないルールの話です」

「では、後はお願いします」

私は近くにいた吉村に短く告げ、こっそりと広場を離れた。教員のうち私と多田と竹内は、数人の施設の職員とともに、肝試しのコースに潜んで脅かし役を務める。高齢の滝と保険医の吉村はここに待機する。

広場を出ても、マイクを通した服部の声はよく聞こえていた。

「昔、ここに自然体験施設が作られる前、山の中に小さな沼がありました。小さいけれども深い深あい沼で、誰も底を知りません。というのも、沼に入った人間は誰ひとり戻ってこないからです。魚を獲ろうとした男も、度胸試しに飛びこんだ若者も、誤って落ちた子どもも、誰も。屍《しかばね》さえ見つからないことから、沼が人間を喰《く》ったのだと人々は噂しました。いつしかその沼は、人喰い沼と呼ばれるようになりました」

「ベタな話っすね」

隣を歩く竹内が苦笑した。私と彼は東から、多田は西から、それぞれが担当するポイントへ向かう。

「あれ、顔色悪くないっすか？　クールに見えて実は怖がりとか？」

「そんなことないですけど」

竹内が懐中電灯を向けてくるのを、私は手で遮った。

「あ、すいません。じゃ、俺はここなんで」

竹内はちょっと白けたような顔になって脇に逸れた。遊歩道の入り口にある公衆トイレが彼の持ち場だ。

私は会釈して先に進んだ。懐中電灯が一本になって明るさが半減すると、服部の声がかえって大きく聞こえる気がする。

「この施設が作られる時、危険な人喰い沼は埋められました。たくさんの人を呑みこんだまま。ところが、施設ができてすぐに、夜の見回りをしていた職員が行方不明になりました。次に、合宿をしていたテニス部の大学生が。それから、みなさんのように肝試しをしていた小学生が。調べてみると、全員が同じ場所で消えていました。そう、もともと人喰い沼があったところです。きっと沼が呼ぶのでしょう、人を喰いたい、人を喰いたいと。あるいは、前に喰われた人間が仲間を求めるのかもしれません」

少しずつ服部の声が遠くなり、自分の足音が大きくなってきた。虫だろうか、かさこそと草や落ち葉を揺らす音も聞こえる。

「人喰い沼があった場所は、みなさんがこれから通る遊歩道の脇です。木の間に赤いロープが張られていますから、その向こうへは行ってはいけません。数年前、冒険のつもりでロープを越えた小学生が、それきり帰ってきませんでした。ちなみに、うっかり道を間違えてロープに触れてしまった時は、ロープに吊るされた鈴が鳴って警告してくれます。ただこの鈴、たまに誰も触っていないのに鳴ることがあるそうです。それは消えた小学生がこっちに戻ってこようとしてロープを揺すっているんだとか、友達を向こうに誘いこもうとして気を引いているんだとか……。いいですか、もし鈴の音が聞こえたとしても、けっして道を逸れてはいけません。赤いロープの向こうに行ってはいけません」

その赤いロープが見えてきた。遊歩道の右手に聳《そび》える二本の大木を繋ぐようにして、幹に結ばれている。用意してくれた職員から説明を聞いた時は、闇の中なら白か黄色のほうが目立つのではないかと思ったが、こうして懐中電灯を向けてみると、鮮やかな赤が浮かび上がり、ぎくりとするような禍々《まがまが》しさがあった。鈴が吊るされた真ん中あたりがたわんでいるのも、なんとなく薄気味悪い。

ロープの傍に着く頃には、服部の声はまったく聞こえなくなっていた。繁みが時折、密やかにざわめく他は何の音もない。足を止めると、広場に比べてずいぶん気温が低いことに気づく。

丸い光の中でてらてら光る草を踏みしめ、木の後ろに隠れた。生徒が通りかかったらロープを揺らして鈴を鳴らす、それが私の役目だ。

しばらく待っていると、最初の班が近づいてきた。夜空の明かりは木々に遮られており、懐中電灯を消した私の周りは完全な闇だ。逆に、生徒の持つ懐中電灯の光はよく見える。

恐怖を紛らすためか、彼らは不自然なほどはしゃいだ声で会話をしている。一組の生徒ではなさそうだ。

タイミングを見計らってロープを揺らすと、澄んだ鈴の音が静寂を貫いた。一人の男子生徒が悲鳴を上げ、班の仲間にからかわれる。だがその仲間たちの声もやや上擦っている。懐中電灯の光の中に、風もないのにひとりでに揺れるロープと鈴を見たとたん、彼らは同時に駆け出した。

待ってよ、と泣きそうな声が遠ざかる。今の音は誰かが転んだのかもしれない。あちこちに施設の職員がいてくれるから、大事にはならないだろうが。

私は揺れ続けるロープを摑んで止めた。こんなことをあんなに怖がるなんて、やはり子どもだ。

だが、怖いことを怖がらないのも子どもだ。

何回やるのも同じだよ。井上翼の声が聞こえた。彼らが何を企んでいたとしても宿泊学習中には無理だと、すでに結論づけたはずだ。それなのに胸騒ぎがするのはなぜだろう。

妙に不安定な気持ちで、いくつかの班を見送った。最初の班のように逃げ出す生徒もいれば、冷めた態度の生徒も、笑い出す生徒もいた。

森園真希の班は流行のポップスを歌いながら来て、驚きはしたものの、さして取り乱さずに再び歌いながら去っていった。怖がりだと聞いていた雪野めぐみも、歌作戦のおかげかそれほど怯えていない様子だ。

気がかりな井上翼の班はまだ来ていない。

六番目の班が通り過ぎてから、しばらく間が空いた。一定の間隔でスタートするが、班によって歩く速度や反応が異なるので、ここへ来るまでに多少の時間差が生じるのは不思議ではない。だが……。光が広がらないよう懐中電灯を手で覆って腕時計を照らした。それにしても遅すぎる。まさか途中で何かあったのだろうか。七番目の班が何組の誰なのか憶えていないが、想像の中の彼らは井上翼たちの顔になっていた。暗く淀んだ目をしている。

何かに衝き動かされるように遊歩道に出た。生徒たちが来るほうには闇、行くほうにも闇、ここにあるのはただ闇ばかりだ。様子を見に戻るべきか、もうしばらく待つべきか。迷って立ち尽くしていると、ふいに闇がざわりと蠢いた。風が出てきて木々が揺れたのだとわかったが、跳ね上がった鼓動は静まらなかった。赤いロープが震える。鈴が鳴る。沼が私を呼んでいる。

「雅史……」

胸が苦しくなって、喘ぐように助けを求めた時だ。

一筋の光が闇を裂き、私の目を射た。痛みに似た眩しさに目を細め、次の瞬間に慄然とする。光は肝試しの進行方向から放たれてくる。次の班が来るのとは逆方向だ。では、すでに通り過ぎた生徒が戻ってきた？　それとも、誰かがルートを逆回りしてきた？　何のために？

「誰⁉」

思わず叫んで身構えた。ざわめく梢が井上翼の言葉を繰り返す。狙いは決まりだね。何回やるのも同じだよ。

懐中電灯の持ち主は答えない。走っているらしく、光線を激しく揺らしながら、すさまじい速さで近づいてくる。

近づいてくる。近づいてくる。

あれは——。

ほとんど無意識に逃げようとした私は、体の向きを変える途中で横様に転んだ。ひっ、と声を漏らしたかもしれない。それは驚きや痛みのせいでなく、恐怖のせいだった。

近づいてくる子どもの影。

あの子。

必死で立ち上がろうとしたがうまくいかず、尻餅をついた格好で迫りくる光を見た。スニーカーの踵が空しく地面を削る。

振り乱した髪が見えた。荒い息遣いが聞こえた。体当たりするように突っこんできたその人物は、土を蹴立てて私の前に屈み、両手できつく肩を摑んだ。右肩に爪が食いこみ、左肩に懐中電灯がぶつかる。

瞬きもできずにいた私は、大きく瞠った目でようやく相手の顔を捉えた。

「森園、さん……？」

なぜ森園真希がここに。

その瞳は、今までに見たことがないほど強い光を放っていた。

3

「ええ、そうなんですよ。出発の少し前に、二人が急に生理になったと言ってきたんです。トイレに行って処置をしたいから、肝試しを抜けたいって」

これは後になって、広場に待機していた保険医の吉村から聞いた話だ。二人というのは、峰ひかりと田中菜穂、すなわち井上翼と密談していた女子生徒たちだった。

「なんだか怪しいとは思ったんですけど、本当かどうか確かめるわけにもいきませんし。一緒に行こうかと言っても、恥ずかしいからいいです、自分たちだけでできます、って頑なに拒まれてしまって。力不足でした、すみません」

肩を落とす吉村を私は励ましたが、彼女は本当のことを知らない。

吉村の認識では、峰ひかりたちは嘘をついて肝試しを抜け出し、自然の家でさぼっていた。そこへ出発後にこっそりコースを外れた井上翼と杉山翔も加わった。それだけだと思っている。彼女だけでなく、私を除くすべての大人がそうだ。私がそう報告したから。

しかし、真実は違う。


「先生！」

その高い声を言語として認識できたのは、悲鳴を上げる寸前だった。

口を半開きにした私の肩を、森園真希はがくがくと揺さぶった。ツインテールから飛び散った汗が私の顔にかかり、私は間抜けにも再び同じ言葉を発した。

「森園さん？」

しかし今度はいくらか冷静になっていた。彼女の様子から、何か重大なことを急いで報せにきたのだと理解する程度には。

「何があったんですか？」

私が自分の懐中電灯を点けると、森園真希はやっと私の肩から手を離した。だが緊張した表情はそのまま、もどかしげに唇を舐める。

「広場に戻ったら、亜弥ちゃんが心配そうに近寄ってきて」

「堀さんが？」

「亜弥ちゃん、アレになっちゃったからお風呂の時間をずらしてほしいって吉村先生に話してたら、それをひかりちゃんと菜穂ちゃんに聞かれちゃったらしいんです」

峰ひかりと田中菜穂。懐中電灯を握る手に力がこもる。

「ひかりちゃんたちは後で亜弥ちゃんのとこに来て、どんなふうに申し出たのかとか、疑われなかったかとか、細かく訊いたんですって。その時は恥ずかしいだけだったけど、二人が肝試しに出発する前に吉村先生のとこに行くのを見て、なんか変だなって思ったんですって。それで吉村先生にどうしたのって訊いたら、ひかりちゃんたちも同じ状況だから助け合うように言われたんですって。でも、それって絶対、嘘ですよね」

「堀さんは、峰さんたちが肝試しをさぼるために嘘をついたと思ったんですね」

「自分がそれに協力したみたいで怖いって言ってました。でも、真実は亜弥ちゃんの想像よりもっと怖いと思うんです」

「どういうことですか？」

「ひかりちゃんたちは肝試しをさぼりたいんじゃないですよ。だって、あの子たち行事とか好きだもん。それに、井上くんと杉山くんの態度もおかしかったし」

峰ひかりと田中菜穂に加え、井上翼と杉山翔の名前が出た。例の四人組がそろったことになる。

森園真希ははっと思い出したように、懐中電灯の光で私の全身をなぞった。

「先生、けがしてませんか？」

「いいえ。どうしてですか？」

「井上くんたちが先生に何かするんじゃないかと思って……」

安堵の息をつく森園真希とは反対に、私の体は硬くなった。彼女が慌てて駆けてきたのは、井上翼たちが私に危害を加える気だと思ったからだという。

「なぜそう思ったんですか?」

「なぜって、見てればわかりますよ。宿泊学習に来る時から、あの子たち、様子が変だったもん。妙にそわそわして、四人でこそこそひそひそやって、やたら先生を盗み見てると思ったら、その目つきがやっぱり変で」

「気づいていたんですか」

肯定すべきではなかったかもしれないが、ついそう言ってしまった。雪野めぐみに対するケアといい、彼女の目の鋭さには舌を巻く。

「ま、学級委員ですから。先生のことが心配で注意して見てたんですけど」

「よく目が合ったり話しかけてくれたりしたのは、そういうわけだったんですね」

「はい。でも、まさか肝試しの最中に何かするなんて考えてませんでした。班のメンバーが他にも二人いるんだし」

森園真希がそう言った時、彼女が来たのとは反対の方向に光が見えた。気まずそうに距離をとって歩いてきたのは、まさに井上翼の班の残り二人だった。

私は座りこんでいたことを思い出し、立ち上がってパンツをはたいた。そんなことをしても無駄なくらい汚れ、土の冷たさが肌にまで染みている。

「二人だけですか？　井上くんと杉山くんはどうしました？」

「ひかりちゃんと菜穂ちゃんのことは知ってるよ」

私の問いを、森園真希がすかさず補足した。脅かし役のはずの担任と、ここにいるはずのない学級委員にいきなり質問された二人は、何も言えずに立ち尽くしている。その目が泳いでいるのは、驚きのせいばかりではないだろう。

「井上くんたちに脅されたんでしょ」

私よりも先に森園真希が決めつけた。それは当たりだったようで、さっと表情を変えた二人は、目を合わせないまま堰を切ったように訴えた。

「遊歩道の入り口のトイレを過ぎてすぐ、井上くんたちはどっか行っちゃったんです。トイレの裏側を回って戻っていったみたいだったけど、どこに行ったかは知らない」

「肝試しはあたしたち二人だけで行って、先生とか職員さんに訊かれたら、井上くんたちは怖くて広場に帰ったって言えって。命令どおりにしなかったら、どうなるかわかってるなって……」

途中からは涙声になっていた。

「お願いです、先生。ぼくが喋ったって言わないで。掃除とか何でもやるから」

「あたしもお願いします。通知表に1つけてもいいから」

「交換条件なんておかしいよ」

森園真希は呆れたように言ったが、懇願する二人は大真面目だ。それだけ、階級が上のクラスメートに対する恐れは深いということだろう。そして、私という教師に対する信頼は浅い。泣きたいくらいに。

「言いません」

私はきっぱりと告げ、まだ不安そうな二人を先へ行かせた。

森園真希は消化不良のような表情で見送っていたが、彼らの背中がカーブの向こうに消えてしまうと、顔中に困惑を浮かべて私を見た。

「井上くんたち、やっぱり何かしようとしてたんですね。でも先生に手出しする気じゃないみたい。いったいどこに行ったのかな？」

その答えなら、たぶん知っている。


森園真希に広場へ戻るよう指示してから、私は肝試しのコースを逆に歩いて自然の家へと向かった。途中、次の班の生徒や、トイレから顔を出した竹内にどうかしたのかと訊かれたが、平然とごまかした。驚くほど腹が据わっている。

私は脇目も振らず自分に割り当てられた部屋を目指した。なぜか確信していた。井上翼たちはそこにいると。

いきなり襖《ふすま》を開け放つと、暗い部屋の隅で影が動いた。影の中心に灯っていた光が跳ね上がって天井を照らした。彼らは部屋の電灯を点《つ》けないまま、懐中電灯の明かりを頼りに、私のバッグを囲んでいた。

居場所の定まらない光が、いくつかの顔の断片を映し出す。瞠られた目。開かれた口。こわばった頰。その一つ一つをじっくり検分するまでもなく、彼らの正体はわかっていた。毎日見ている生徒だ、わかる。

「井上翼くん、杉山翔くん、峰ひかりさん、田中菜穂さん」

全員のフルネームを呼んで、部屋の蛍光灯を点けた。白日の下に晒《さら》すという言葉が、見た目にもしっくりきた。彼らは私のほうへ体を向け、身構えるような姿勢をとっているが、そうする以外には何もできなさそうだ。四つの小さな体を寄せ合い、潤んだ目でこちらを凝視する様は、追いつめられた小動物の群れを思わせる。

その姿を目の当たりにしても衝撃はなかった。体の奥深いところに、ずんと沈むような感覚があっただけだ。

私は黙って部屋に踏みこみ、彼らの横を通り抜けて、窓際に置いてあるバッグの傍へ寄った。

私のバッグではなく、同室の滝のものだ。

その外ポケットを勝手に開ける私を、井上翼たちは動かずに見ている。手に張りつくような視線を感じる。

今、彼らと襖の間に遮る者はいないのだから、この隙に逃げ出せばいいのに。私ひとりに見られたことなど、やりようによってはごまかせるかもしれないのに。そうしない、もしくはできない悪童たちに対し、何とも言えない優しい気持ちがこみ上げた。我ながら奇妙なことだが、それは愛しさでさえあったかもしれない。

「あなたたちが探しているのは、これですね？」

私は手のひらを天井に向けて、井上翼たちのほうへ差し出した。心の中を映して、静かで穏やかな声になった。

一方、四人の生徒はつんのめるように首を突き出した。私の手に何があるのかはわかっていただろうに、激しい衝撃が面《おもて》に表れる。

煙草とライター。私が今朝、針山で掘り出したものだ。

発見した経緯や、それを彼らと結びつけた理由などを、彼らは尋ねなかった。とぼけることもしなかった。開き直ったわけではなく、そんな余裕がないようだ。

「なんで……？」

珍しく顔色を変えた井上翼がようやく言った。無意識に言葉が零れたという感じだった。残りの三人はまだ口を利けずにいる。

「なんでそれがそこにあるんですか？　それ、滝先生のバッグですよね？」

おや、と思った。井上翼は、今の状態を引き起こした問題そのものよりも、自分が主導した計画が失敗したことが気になるようだ。もっと恬淡《てんたん》としたタイプだと思っていたが、意外にプライドが高いのかもしれない。生徒の性格をある程度は把握しているつもりでも、やはりそれは一面にすぎないのだろう。

納得ずくの無力感とともに、こんなことを考えている自分に妙な頼もしさを覚える。私は落ち着いていた。

「ええ、滝先生のバッグです」

「なら、なんで……」

「預かってもらっていたんです。最初にここへ荷物を置きに来た時に。針山でこれを見つけて以来、ずっと怪しげな視線を感じていたので、私が持っていないほうがいいような気がしたものですから」

「滝先生に話したんですか？」

私は首を横に振った。

「話していません。他の誰にも」

滝には、この煙草とライターは私のものだと言ってある。禁煙したいのについ持ってきてしまったから、私が手を出せないように持っていてほしいと頼むと、人のいい彼女は快く引き受けてくれた。しかたないわねえ、と笑った目尻の皺がきれいだった。生徒や一部の同僚に侮られている彼女に、私はその時、憧れを抱いたものだ。

私の言葉を信じていいものかどうか、井上翼は判断しかねているようだ。その疑いに満ちた目を見返し、今度はこちらから質問する。

「あなたたちはどうやってこれらを手に入れたんですか?」

この煙草とライターは彼らのものなのかというような、わかりきった確認はとばした。

井上翼を除く三人は、さっきから一言もなくうつむいている。田中菜穂は泣いているようだ。

「……拾いました」

「私はライターには詳しくないですが、たしかジッポーというものですね」

私は井上翼の言い分には取り合わず、ライターの底面に刻印されたロゴを目でなぞった。

STERLINGとも刻まれており、意味は知らないが、たぶん一流の品であると証明するような言葉なのだろう。淡い光沢を放つ銀色のそれは、縦は五センチ強、横は四センチ弱くらいか、ずんぐりした形でずっしりと重い。よく見かける百円ライターとはまるで違う。

「高価なものだと本で読んだことがあります。誰でも持っているものではないから、持ち主を探せばすぐに見つかるかもしれませんね」

嫌味な言い方になってしまったが、効果は覿面《てきめん》だった。田中菜穂が堪えかねたようにしゃくりあげ、その肩を抱いた峰ひかりの目からも雫が落ちた。胡坐鼻を赤くした杉山翔が、縋るように井上翼を見た。

「なあ、もう……」

井上翼は舌打ちでもしたかったのかもしれない。だが実際は、唇がかすかに動いただけだった。

「井上くんのご家族に訊いてみましょうか」

また嫌味な言い方になった。できれば本人の口から告白してほしくて遠回しに攻めているのだが、我ながら気分が悪い。

案の定、井上翼は声に怒りを滲ませた。

「はっきり言えばいいじゃないですか、ぼくが親から盗んだって」

「そうなんですか?」

「……そうです。父のを盗みました」

彼は開き直ったようにきっぱりと肯定したが、その前に一瞬だけ間があった気がした。

「本当にそうなんですか?」

「だから、そうですって」

「本当に?」

私が見つめると、井上翼はわずかに怯んだように見えた。それでも、その口が「ほ」の形になろうとした時だ。

「……し」

細く小さな声がした。続けて、ひっく、と大きくしゃくりあげる音。田中菜穂が両手でしきりに目もとを拭いながら、しかし頬をびしょ濡れにして顔を上げた。

「盗んだのは、わたし」

他の三人がはっとしたように彼女を見た。峰ひかりの手に力がこもり、やがて力を失って垂れ下がる。低く唸ったのは、井上翼か杉山翔か。

「田中さん……」

驚きを皮膚の下に封じこめようと努めつつ、私は田中菜穂という生徒について考えた。家は水産加工会社を営んでおり、零細企業だが、噂によると経営状態は良好らしい。家庭訪問で訪れた家は、田舎であることを差し引いても宏壮な邸宅だった。家庭内で強い権限を持つ父親は、末娘である彼女を殊にかわいがり自慢にしているという。得意科目は国語。苦手なものはブロッコリー。将来の夢はトリマー。

そんな基本情報を思い出してから、例の小さなノートを頭の中でめくる。日々の学校生活で生徒について気づいたことをメモしておくあのノートに、田中菜穂に関する記述はなかったか。

見つけられないうちに、田中菜穂が言葉を継いだ。

「うちのパパ、こういうライターが好きで、たくさん持ってるんです。でも手に入れたらそれで満足するみたいで、大事にはしてないの。これも脱衣所に放り出してあって、なくなったことにも気づいてないと思う」

「どうしてそれを持ち出したんですか?」

「放り出してあるのが目に留まったから」

「放り出してあったとしても、人のものを勝手に持ち出してはいけない、それはわかりますよね?」

田中菜穂は素直にうなずいた。透明な水滴が畳に散る。

私はやわらかい口調を心がけながら重ねて尋ねた。

「わかっていて、どうして持ち出したんですか？　煙草を吸いたかったから？　珍しくて素敵に見えたから？　それとも、お父さんに反抗してみたかった？」

娘を溺愛する父親に隠れて、その理想から外れた行動をとってみる。小説やドラマで使い古された筋書きだが、現実にありうることだろう。というより、きっとそうだと私はほとんど決めてかかっていた。

ところが、田中菜穂は濡れた顔に困惑の色を浮かべた。

「え、パパ？　どういう意味ですか？」

「いけないことだと知りながらライターを持ち出した理由です。悪いことをするには、それなりの理由があるでしょう？」

「だからそれは、放り出してあったから。目に留まったから、なんとなく……」

田中菜穂は不安げに仲間を見回した。何かまずいことを言ってしまったのか、そのために罪がより重くなるのかと、問いかけるような目つきだ。

彼女はまったく正直に答えているのだと気づいて、私は愕然とした。本当にただ目に留まったから、なんとなく盗んだのだ。

私は下を向いて自分を詰った。私は田中菜穂の境遇から、自分が理解しやすい、同情しやすい、許しやすい動機を、勝手に創造して押しつけようとしていた。彼女は最初からありのままに話していたのに。

生徒たちを愛していける。たとえ罪を犯していたとしても。そう信じていた。ところがいつの

まにか、罪を犯していたとしても納得できる動機のある、愛していける生徒を求めていた。

私がうつむいているのをどう解釈したのか、田中菜穂がまた激しく泣きじゃくり始めた。井上

翼も観念したのだろう、代わって再び口を開く。

「菜穂が持ってきたライターを弄ってるうちに、煙草を吸ってみようって話になったんです。煙

草は翔が持ってきました」

「兄ちゃんからもらったんだ。高校生だけど、こっそり吸ってて」

「あたしも持ってったことあるよ。近所の煙草屋のおばあちゃん、親に頼まれてお使いにきたっ

て言うと、信じて売ってくれるんだ」

杉山翔と峰ひかりも力なく言い添える。

「針山に隠そうって提案したのはぼくです。先生に見つかって持っていかれた後、荷物を漁って

盗み出そうって言ったのも。さっきは拾ったなんて嘘ついてみたけど、この珍しいライターが簡

単に持ち主に結びつくのはわかってました。だから」

「今日あなたたちが、何回やるのも同じだと話しているのを聞きました。あれは、何回盗むのも

同じ、という意味だったんですね」

私が顔を上げると、反対に井上翼たちがうなだれた。小さなつむじをこちらに向けてじっと黙っている様は、まるで斬首を待つようだ。

私は零れかけたため息を呑みこみ、畳の上に正座した。

「あなたたちも座りなさい」

思った以上に厳しい声が出たせいか、彼らの体が硬くなるのが見て取れた。最初に井上翼が、それを手本にするように残りの三人が、慣れない様子で膝を折る。

私は煙草を自分の傍らに残し、ライターを生徒たちの前に置いた。畳の上で淡く輝く銀色を見つめ、彼らは息を殺すようにしている。

「これはあなたたちに返します」

身じろぎもせずにいた四人が、そろって勢いよく顔を上げた。怯みそうになったが、いったん出た言葉は戻らない。このやり方が正しいのかどうか、迷っても、わからなくても、もう貫くしかない。

「どうするかはあなたたちに任せます」

「……親とか他の先生に言わないんですか？」

井上翼は全身で警戒している。

「私からは誰にも何も言いません。次に同じことがあればそうはいきませんが、今回だけは私の胸一つに収めます」

四人はちらちらと視線を交わした。これで安堵されたら困ると思っていたが、表情は深刻なままだ。私も厳しい表情のままでいた。

「窃盗、喫煙、それに人を欺いたり脅したりしたこと。あなたたちは罪を犯しました」

罪を犯した、という強い言い方をあえてした。ライターに反射した光が胸を射る。

「あなたたちは自分でそのことを知っています。それは記憶の中の染みになって、長くつきまとうでしょう。誰かに知られやしないか、罰を与えられるのではないか、そんな自分が幸せになれるのか、しっぺ返しがくるのではないか、そんなふうにびくびくし続けることになるかもしれません。そう、まるで呪いのように」

田中菜穂の体が大きく震えた。杉山翔がごくりと喉を鳴らし、峰ひかりがいやいやするように首を振った。井上翼は怯えこそ見せないが、こちらを見つめる眼差しは張りつめ、私の言葉を重く受けとめているのがわかる。

大袈裟に言ったが、これ以上は必要なさそうだ。私はある程度の緊張は保ったまま、少し口調を和らげた。

「さっき言ったとおり、どうするかはあなたたちに任せます。でも呪いを解きたいのなら、自分から罪を告白することを勧めます」

ライターの持ち主である田中菜穂の父親。峰ひかりが騙していた煙草屋。肝試しの際に脅したクラスメート。そして、それぞれの両親。打ち明けたり謝ったりしようと思えば、その対象はいくらでも見つけられる。

「あなたたちのしたことを知った人は、あなたたちへの信用を失うでしょう。現に今の私がそうです」

四対の目に傷ついたような色が走った。私はそのことにほっとしながら、全員の顔を時間をかけて見回した。

「一度失った信用はなかなか取り戻せません。でも、永遠にではない。これからの行動次第で取り戻すことができます」

夕方に見た大きなカラスが頭の奥で鳴いた。Nevermore――いや、違う。

「あなたたちはやり直せる」

変われるし、未来がある。

この子たちには。

そろそろと手を伸ばした井上翼が、ライターをぎゅっと摑んだ。目の縁がほんのり赤いが、顔つきは引き締まっている。彼は一度、より強く唇を結んでから、意を決したように頭を下げた。

「すみませんでした」

はっと彼を見た仲間たちも慌てて倣う。

やがて頭を上げた彼らを、私は笑顔で待っていた。自分にできる最も優しい笑顔を向けてあげたかった。

「さあ、広場に戻りましょう。そろそろ肝試しが終わる頃ですよ」

私は明るく言って立ち上がり、四人を先に部屋から出した。消えたライターについての滝への言い訳を考えてから、ふと思い立って雅史に電話をかける。

「真琴？　どうしたの、もう勤務終了？」

雅史の声が聞こえたとたん、体の奥で何かが解けていくのを感じた。痛みで泣きそうになるくらい、電話を強く耳に押し当てる。

「ううん、まだキャンプファイヤーの途中。これからお風呂に入らせて、消灯時間になったら見回りに行ったりもしなきゃ」

「そうか、まだまだだ。でも、じゃあなんで？」

「ねえ、罪の対義語《アント》って何だと思う？」

電話の向こうに沈黙が下りた。だしぬけの問いに戸惑っているというよりは、言葉の意味を噛みしめているような、重さのある沈黙だ。彼が黙っている間、私は襖の染みを見ていた。

「たしか『人間失格』の一節だっけ？　前に話してくれたよね」

「うん。作中に答えは書かれてないんだけどね」

中学生の時に読んで、いろいろと考えてみたが答えはわからなかった。そして今もわからない。

雅史はまた少し黙ってから、気遣わしげに尋ねた。

「何かあった？」

「帰ったら話すよ。もう解決したことだから心配しないで」

「そう？　ならいいけど、ひとりで悩まないようにね」

「だいじょうぶ。ごめんね、変なこと言って。聞いてくれてありがとう」

私たちは今日も答えを出せないまま、互いの労働を労わり合って電話を切った。

急いで広場に戻ると、生徒たちは再びきれいな輪になって炎を囲んでいる。井上翼たち四人の姿もその中にあった。

やがて最後の合唱が始まった。いつまでも絶えることなく友達でいよう、と澄んだ声が歌う。

私は目を閉じ、遠い日を想った。炎の煌めきが瞼の裏を焼いていた。

4

「先生、ちょっといいですか？」

パジャマ代わりのジャージに身を包んだ森園真希が、いつになく緊張した様子でやってきたのは、風呂の時間の後だった。先に一組が入り、次に二組が入り、それから少しして消灯時間となるから、彼女らにとっては寝支度を整えつつ自由に過ごせる楽しい時間のはずだ。

二組副担任の滝は生徒のところへ行っており、部屋にいるのは私だけだった。

「どうかしましたか？」

「……ちょっと」

こんな言い方は明朗快活な彼女には珍しい。私は開いていた文庫本を閉じて立ち上がった。

「食堂に行きましょうか。この時間なら誰も来ませんから」

言いながら入り口に近づくと、森園真希の後ろにはもう一人の女子生徒がいた。雪野めぐみ。友人の背に隠れ、石のように身を硬くしてうつむいている。

心臓がどくんと震えた。にわかに血が巡り出す感覚とともに、直感する。

鈴木絵梨佳のことだ。

雪野めぐみは鈴木絵梨佳と仲がよかったという。鈴木絵梨佳が失踪した後、人が変わったように沈みこみ、時折何か言いたげな様子を見せるので、もしかしたら事件について知っていることがあるのではないかと思っていた。しかし何も聞き出せず、森園真希にケアを任せて今まできた。

その直感は、食堂で向かい合わせに座った時に確信に変わった。

雪野めぐみは泣いている。長いこと泣き通しなのだろう、ほとんど真下を向いていてもはっきりわかるくらい、瞼が赤く腫れあがっている。

「キャンプファイヤーが終わる頃からこうなんです。どうしたのって訊いても喋れないくらい泣いてて、とりあえずお風呂に入ってちょっと落ち着かせたんだけど、それから話を聞いてたらまた……」

隣に腰かけた森園真希が、友人の肩を抱くようにしてさすりながら説明する。そうしている彼女もまた、今にも泣き出しそうだ。

「落ち着いて、話してみてください」

できるだけ優しい声を出したつもりだが、自分の鼓動がうるさくてよく聞こえない。

雪野めぐみはうつむいたまま、太腿を濡らし続けるばかりだ。その肩を抱いた森園真希の爪が白くなったかと思うと、彼女は思い切ったように顎を上げた。

「めぐみちゃん、絵梨佳ちゃんの居場所を知ってるって」

告げられた瞬間、私は椅子を鳴らして立ち上がっていた。鈴木絵梨佳の失踪に関する情報だと予想はしていたが、まさか核心だとは。

「かもしれないってだけ……」

雪野めぐみが消え入りそうな声で訂正したが、この際、正確性は二の次だ。私はテーブルに両手をつき、さっきよりも強い調子で言った。

「話してください」

応じたのは、やはり森園真希のほうだった。彼女もすべてを聞いたわけではないとのことだったが、さしあたって重要な情報はそろっていた。

私はすぐに携帯電話を取り出した。この件の担当刑事である佐々木にかけたが、呼び出し音を十回聞いても出ない。

舌打ちを堪えて電話を切り、間髪を容れず雅史にかけた。こちらは一回目の呼び出し音で出た。

「真琴？　どうし……」

「鈴木さんの居場所がわかったかもしれない。でも電話が繋がらなくて」

「えっ」

「お願い、今すぐコージーに報せて！」


佐々木から電話がかかってきたのは、それから六時間ほど経った未明のことだった。どうせ夫の助けなしには眠れない私は、食堂にひとり残ってまんじりともせずにいた。通報から解決までにかかる時間として、それが早いのか遅いのかはわからないが、待っている時間はおそろしく長く感じられた。雅史も一緒に起きていて、時々連絡をくれたのが救いだった。

「鈴木絵梨佳を発見、救出したよ。健康面には特に問題はないけど、精神的にかなり衰弱してるらしい。同じ報告がそちらの校長にもいってる」

そう告げた佐々木の声には、苦いものが多分に含まれていた。かすかな棘を感じるのも気のせいではないだろう。

彼はずっと、生徒が何か知っているのではないかと言い続けてきた。私はそれを否定し、強いて問いつめるようなこともせずにいたが、結局、雪野めぐみがもたらした情報によって事件はあっさり解決したのだ。

「早く話してくれてたら、もっと傷が浅かったかもしれないのに」

「やめてよ」

「鈴木絵梨佳だけじゃない、雪野めぐみのことも言ってるんだ。彼女がまともな神経の持ち主なら、この先ずっと罪の意識に苛《さいな》まれ続ける」

　私は何も言えなかった。

　しばしの沈黙の後、佐々木はふっと息を抜き、淡々と事件の顚末《てんまつ》を報告した。

　鈴木絵梨佳は県内に住む大学生のマンションに監禁されていた。ＳＮＳで知り合い、夏祭りの夜に初めて顔を合わせたという。その夜、彼女はいつものグループで隣町の夏祭りに出かけた。自転車で行ける距離なのでそういう子は珍しくないが、やはり地元ほど知り合いがいるわけではないから、目的のためにはそのほうがよかったのだろう。目的は、犯人である大学生に会うこと。花火の後、友人たちと別れた鈴木絵梨佳は、約束していたとおり迎えにきた大学生とこっそり落ち合い、デート気分で車に乗った。そして、帰ってこられなくなった。

　雪野めぐみの想像は当たっていたわけだ。森園真希が代わりに語ったところによると、鈴木絵梨佳はＳＮＳへの登録および利用を、雪野めぐみの携帯電話で行っていた。鈴木家は貧しく、小学生の娘にパソコンや携帯電話を与える余裕はなかったのだ。

　そのことについて、森園真希は語気を荒らげて雪野めぐみを庇った。二人は仲よさそうに見えてたけど、実際には絵梨佳ちゃんがめぐみちゃんを家来みたいに扱ってたんですって。一方的に宿題を写したり、自分が借りるために漫画を買わせたり。このＳＮＳへの登録だって、めぐみちゃんは嫌だって言ったのに。

鈴木絵梨佳がそのSNSを利用していることは、雪野めぐみしか知らなかった。学校で親しくしているグループからも、その情報は出てこなかった。家が貧しく携帯電話を買ってもらえないということを、本人があまり言いたくなかったのかもしれない。

失踪したと聞いてすぐ、雪野めぐみはもしやと思ったという。でも言えなかった、と彼女は新しい涙を零した。私が雅史に電話をかけ、佐々木への連絡を頼んだ後のことだ。

ずっと怖かったの。絵梨佳が全然知らない人と会話してることも、大人の男の人が変なことを言ってくるって見せられた時も、そんなのがあたしの携帯を通じてやりとりされてるってことも、それをあたししか知らないってことも。事件が起きてますます怖くなって、あたしが関わってるってことも、それを知られるのも怖くて、言えずにいたらどんどん怖さが膨らんでいって……。

呼吸もままならないほど泣きじゃくっていたから、それだけ話すのにもひどく時間がかかった。途中から森園真希の顔もくしゃくしゃになっていた。

「SNSなんて、俺たちが小学生の頃にはなかったよな。それとも知らなかっただけ?」

佐々木の疲れたような声に、私も同じトーンで返す。

「さあ。いかがわしい出会いの場としては、テレクラが主流だったのかな?」

「時代は変わってるよ。こないだたまたま補導した高校生に『ジーパン』って言ったら、ジジイ扱いされてさ」

「今は何て言うの？」

「訊かなかった」

私たちは理由も意味もない緩やかな笑い声をたてた。

「ところで、この件で義郎さんが警察にマークされてるって噂を聞いたんだけど」

「義郎さんが？　そんな噂があったんだ」

「ってことはガセ？」

「ガセもガセ。いったいどこからそんな話が出たんだよ？」

義郎の家に何度も警察が訪ねてくるのを見たという子どもたちの話をすると、電話の向こうから乾いたため息が聞こえた。

「ああ、なるほど。事情を知らなければそんなふうに見えるのか。あの風体と素行じゃ怪しむ人がいるのは無理もないけど、俺たちとしては嫌な話だな」

「俺たちっていうのは、警察って意味じゃないよね」

「俺や君や君の夫」

佐々木はまたかすかに笑ったが、今度は自嘲的な響きがあった。私の声も同じように聞こえているのかもしれない。

短い挨拶を交わして通話を終わらせた私は、雅史に電話をかけて一連の報告をし、協力に対する感謝を伝えた。彼は少し心外そうに「当然だよ」と応じ、出勤まで少し眠ると言った。

通話終了ボタンをタップしたとたん、圧倒的な静けさが私を包んだ。空気がにわかに重くなって、私ひとりにのしかかってくるような気がする。

テーブルの上で指を組み、じっとして耐えた。

そのうちにカーテンの隙間から朝が忍びこんできたようだ。

ぱちっと音がして、白いテーブルに私の影がぼんやりと映った。視線を上げると、入り口に立った森園真希が蛍光灯を消したところだった。一晩中、点けっぱなしにしてしまったな、と頭の片隅で申し訳なく思う。ふと見れば、普段はほとんど減らない携帯電話のバッテリーも半分以下になっている。

「おはようございます」

私はとりあえず、森園真希と、その後ろにいるに違いない雪野めぐみに挨拶をした。笑顔を作ろうとすると、肌がべたつく感じがあって、風呂に入りそびれたどころか化粧さえ落としていないことを思い出した。つられたように急に肩凝りや頭痛を感じ始める。

「先生、ずっと起きてたんですか?」

おずおずと尋ねる森園真希も、ぐっすり眠ったようには見えない。予想どおり後ろから現れた雪野めぐみは、さらにひどい顔をしていた。瞼が腫れあがった両目は糸のようになり、鼻の下の皮が剝けている。

「部屋に帰ってからも、布団に隠れてずっと泣いてて……」

私の視線に気づいた森園真希が、言いにくそうに口をもごもごさせた。ほんとにごめんね、と雪野めぐみが小さな声で言う。よく聞き取れないが、わたしのせいで真希ちゃんまで眠れなくて、というようなことを続けたらしい。

「だから、そんなのはいいってば。それより先生……」

森園真希は私を見つめ、ごくりと喉を動かした。

「どうなりました？」

もちろん鈴木絵梨佳の件に違いない。一晩中、眠れずに気にし続け、空が明るくなるのを待ちかねて状況を聞きにきたのだろう。私の部屋へ向かう途中で、食堂に灯かりが点いたままなのに気がついたというところか。

「二人とも座りなさい」

私は昨夜と同様に、彼女らを向かいの席へと促した。森園真希の髪が結ばれておらず、緩くウェーブのかかった毛先が肩口で揺れている。一学期、つまり鈴木絵梨佳が失踪する前と同じ髪型だ。昨夜もそうだったはずなのに、今初めて気がついた。

「鈴木さんは助け出されました」

腰を下ろした二人は、何かを聞きつけたウサギみたいにぴくっと背中を伸ばした。

「……本当ですか？」

森園真希が穴が開くほど私を見つめ、震える声を零す。

雪野めぐみのほうは、声の代わりにまた新しい涙を零した。彼女の瞼は今や涙のタンクになっていて、当分、いやもっと長い間、空になることはなさそうだ。この先ずっと罪の意識に苛まれ続ける——佐々木の言葉が不吉な予言のように脳裏に響く。

私は意識して頬の筋肉を上げた。

「本当です」

「じゃあ、例のSNSの相手のとこにいたんですか？」

「はい、雪野さんが教えてくれたとおりでした」

雪野めぐみの体が一回り小さくなった。

「それで絵梨佳ちゃんは？」

「すぐに病院に運ばれたそうです」

「病院……？」

「念のためということです」

突然、雪野めぐみがテーブルに突っ伏した。

「あたしのせいだ！　あたしが早く言わなかったから……ううん、大学生と会うって聞いた時に、SNSに登録しようとした時に止められなかったから！」

「めぐみちゃんのせいじゃないよ」

森園真希が慌てて背中に手を添える。それから、気まずげな表情になって私を見た。

この事件について、雪野めぐみにまったく責任がないとは言えない。様々なタイミングで、事件を防ぐ、あるいは解決するためにできることがあったのだ。誰かに打ち明けるという勇気ひとつで。

昨夜、私は本人にはっきりとそう告げた。叱ったと言ってもいい。ただでさえ罪悪感に苦しんでいた彼女には、さぞ応えたことだろう。

だが罪悪感という呪いを薄れさせるには、誰かに叱られることが一つの手段なのだ。井上翼たちにも言ったとおり、私はそう思う。

自分だけが知っている罪は、永遠に自分を縛り続ける。

私は森園真希に目でうなずき、雪野めぐみの手を取った。彼女の手は驚くほど熱かったが、私の手がそれだけ冷たいのかもしれなかった。

「すんでしまったことに対して、もしもを言ってもしかたがありません」

「でも……」

「その後悔を忘れずに、これからはもう少し強くなってください」

はい、と答えたつもりだろうか、雪野めぐみは呻くような声を出してうなずいた。そのまま顔を上げられずにいる。森園真希も涙を流していた。

私は雪野めぐみの手を包みこんだ。

「ただ絶対に勘違いしないでほしいのだけど、雪野さんはけっして悪い子ではありません。自分を憎まないでください」

「ううん、あたし、悪い子だよ。怖がりで悪い子」

「何かを怖がる気持ちは、子どもだって大人だって、誰だってあたりまえに持っている気持ちです。あなたは悪い子じゃない」

自然に熱がこもる口調とは裏腹に、私は血の気が引くような感覚を味わっていた。

それをあなたが言うの？　と頭のどこかで声がする。自己弁護のつもり？　偽善者め！

私は雪野めぐみの手を放し、自分の腿をきつくつねった。思考を塗り潰す痛み。それは罰ではなく、その場しのぎの便利な薬だ。生徒に気づかれないよう深く呼吸をして、そろそろと指の力を抜く。

改めて二人を見ると、濡れた顔が朝日を浴びて光っていた。頬も顎も瞳も、睫毛の一本一本まで輝いている。

私も泣きたくなった。だから笑った。

「もう朝ですね。宿泊学習二日目、楽しくがんばりましょう」

第三部　真相

1

宿泊学習から二週間後の土曜の夜、私は町内の居酒屋にいた。十年ほど前に東京から出張ってきたチェーン店で、さしておいしくも安くもないという評判だが、いつもそこそこ繁盛している。私たちの同窓会も、大人になってからはずっとここだ。

「特に気に入ってるわけでもないのにな」

同じことを考えていたらしく、向かいに座った佐々木が苦笑した。今日はスーツではなく、カジュアルな薄手のジャケットを羽織っている。

「他のお店を探すのも面倒で。それに集まる目的は飲食じゃないでしょ」

「その言い方だと、みんなに会うのがすごく楽しみに聞こえる」

私は苦笑を返してから、改めて彼に軽く頭を下げた。

「この間はありがとう」

「ありがとうも何も、俺は警察官として自分の仕事をしただけだよ」

「とても迅速に対応してくれたから。解決後にもわざわざ連絡をくれたし」

「メグがいきなり訪ねてきた時は驚いたよ。風呂に入ってたら、何回も何回もしつこくチャイムが鳴って……あ、もうメグじゃないか」

いいよ、と私の隣で雅史が笑った。今夜は仕事を早めに抜けさせてもらって、約束の時間ぎりぎりにここへ来たのだが、それから十分以上が経った今もまだメンバーがそろわず、乾杯もできずにいる。

「それ、どういう意味？」

佐々木と背中合わせの席にいる女が、会話を聞きつけて加わってきた。座敷を借り切っているのだが、人数が多いので六つのテーブルに分かれる形になっている。

「……ミッキー？」

女の顔をしばらく見つめてから、雅史が訊いた。ああそうだ、と私にもようやくわかった。すっかり大人の顔になっているが、面影が残っている。ディズニーのキャラクター柄の髪飾りでも付ければ、案外あの頃のままに見えるのかもしれない。もしくは、星柄のパッチンどめを。

「そうだよ、あたしあたし。今までわかんなかったの？　ひどいよ、いくら十年ぶりの参加だからって。あたしはみんなすぐにわかったのに」

大袈裟にむくれてみせるミッキーに私は戸惑った。距離感が摑めない。

「それより、もうメグじゃないってどういうこと？」

「結婚して奥さん側の姓になったんだ。だから、もう恵雅史じゃないってわけ」

「そうなんだ！　結婚したなら教えてくれればよかったのに」

「ごめん、結婚式もしなかったから」

「あ、もしかしてデキ婚？」

「そうじゃないけど、両方とも派手なことは好きじゃないんだ」

「そっかあ。あれ、でもメグんちってお姉さんが三人じゃなかった？」

「うん、でも一番上の姉が、母の美容院を継ぎたいってお婿さんもらったから。俺もそこに勤めてるんだけどね。俺の奥さんの家には男の子がいないから、ちょうどよかったんだよ」

「へえ、お姉さん、変わってるう。あたしなんかできるだけ家を離れたくて、勉強する気もないのに東京の短大に入って、そのまま嫁に行っちゃったよ。結婚してからは同窓会にも来られてなくてごめんね」

「そういえば、ミッキーには言う機会がなかったね。結婚、おめでとう」

穏やかに会話を重ねる雅史の傍らで、私は手持ち無沙汰におしぼりを弄んでいた。ミッキーが普通に、いや、普通よりも親しげに投げかけてくる言葉に、とても対応できない。私たちってそんな関係だっけ、と首を傾げたくなる。

だが、雅史は昔からこうだ。私なら苛立つようなことを気にもせず、誰とでも仲よく接することができる。よく言えば寛容、悪く言えば鈍感。そのために人に好かれるが、そのせいでつけこまれることもある。

「メグは変わらないよな」

肩越しの会話を黙って聞いていた佐々木が、意味ありげな目配せをよこした。たぶん私と同じようなことを感じているのだろう。

「コージーはすごく変わったよね。昔のあだ名で呼ぶと、変な感じがするくらい」

「今のほうが佐々木小次郎のイメージには近いんじゃないの。刑事って一応、戦う職業だし」

コージーこと佐々木秀夫《ひでお》は苦笑し、遠い目になった。

「まあ、あの頃はね。人よりいろいろと成長が遅れてたんじゃないかな。幸い、歳を重ねるにつれて追いついたけど」

私は曖昧にうなずくに留めた。

そうだったのかもしれないが、それだけとは思えない。あの頃の佐々木――コージーは、無意識にかもしれないが、鈍い子を演じていたのではないか。マキのいじめから自分を守るために。自分が傷ついていることに気づかないために。

自分すら騙すその演技に必要だったのが、担任教師の門井《かどい》だったのではないだろうか。門井はまだ若く、色白でひょろりとした、見るからにひ弱そうな男だった。生徒に対しても「ですます調」で喋り、読書が好きで、エンマ帳と呼ばれるノートを持ち歩き……そうやってパーツを並べると私に似ている。

だが、私は彼と同じだとは思いたくない。私にとって門井はよい教師ではなかった。いじめを見て見ぬふりをし、受け持ったクラスが他クラスより劣ることを恐れ、つまりは生徒のことよりも自分の評価ばかりを気にしていた。少なくとも私にはそう見えた。

しかし、コージーはそんな門井に懐いていた。いじめから庇ってくれないにもかかわらずだ。その態度を譬《たと》えるなら、親に甘える幼児がぴたりとくる。「成長が遅れた子」という演技に見合う小道具。それが門井の役割だったのだと、私は思っている。

ところが門井は自殺した。あの夏祭りの日から半年後のことだ。その前から病気で休職しており、後に聞いたところによると、病気とは鬱病だったらしい。

雅史はひどく泣いていたが、私は同情しなかった。門井は逃げたのだ。繕えない問題から。責任を問う声から。世間の白い目から。私たちを見捨てて。そうやって身勝手に恨むことができるくらい、私は子どもだった。そして、たぶんコージーも。門井に懐いていた分、反動も大きかったろう。

思えば、コージーが変わり始めたのは、門井が休職した頃だった気がする。間延びした口調が締まり、団体行動に遅れることがなくなった。へらへら笑わなくなり、成績も急激によくなったようだ。やがて門井が自殺した後、コージーを見下す者はいなくなった。門井という小道具の裏切りにより、彼の演技は終わったのだ。

もっとも、これはすべて私の想像にすぎない。コージー自身が自分について語る以外のことを、私があれこれ口にする必要はない。

「でもまさか、あのコージーが刑事になるとは思わなかった」

「意外な職業はお互い様だと思うけど」

私たちの控えめな声をかき消すように、ミッキーの陽気なお喋りは続いている。彼女はひとしきり自分の結婚生活について話してから、再び雅史に質問を投げた。

「それで、メグじゃなくなった今は何ていう名前なの？」

「大崎《おおさき》だよ。大崎雅史。呼び方はメグのままでいいけど」

「大崎？」

ミッキーの目が丸くなった。

「それって……」

その時、最も下座に座っている私の背後で、引き戸が開く音がした。振り返ると、背の高い男が敷居を跨ぐところだ。引き締まった体に、動きやすそうなベストがよく似合っている。

「遅れてごめん」

彼はぎこちない笑みを浮かべた。昔はこんな笑い方はしなかったように思うけれど、こちらのほうが見慣れてしまって、かつての笑顔はよく思い出せない。

「久しぶり、テツ」

私たちのクラスの、いわゆるガキ大将。高校卒業後は実家の板金工場に就職し、去年からは彼が経営者になっている。今の私にとっては、井上翼の父親という認識が最も強い。

彼の妻によると、このところ酒量が増えているとのことだったが、その原因が私にはわかっていた。鈴木絵梨佳の事件のせいだ。

針山小学校四年一組の「エリカ」が消えた。それだけでも悪夢のような事態なのに、その影響で二十年前の事件がにわかにクローズアップされ始めた。テレビでも週刊誌でも特集が組まれ、未解決のまま風化させてはならないと注目を浴びた。この田舎町の人々は、彼が当時の四年一組の生徒だったことを思い出した。過去の事件が突然はっきりとした輪郭で浮かび上がり、その時空に引きずりこもうとする。瀕死《ひんし》の人間が急に起き上がって手を伸ばしてくるように。

近づいてくる子どもの影。死んだはずのあの子。

飲まずにいられないテツと眠れない私は同じだ。

井上翼が、過去の行方不明事件についての本を読んでいたことを思い出した。彼は自分の父親がかつてクラスメートを失った少年であることを、どこかで聞いて知っていたのかもしれない。それが酒の原因だと察していたのだろうか。

テツは戸口に立ったまま畳に目を落とした。

「間に合うように準備はしてたんだけど、なかなか腰が上がらなくてさ。家を出てからも、店に近づくにつれて足が重くなって。同窓会の度にそうなんだから、なさけないよ」

無理もない。二十年前の夏祭りの夜、針山で起きたおぞましい出来事の中心に、いや、発端に彼はいた。エリカがテツに好きだと告げ、テツが嫌いだと跳ねつけ、それをマキが嘲笑った、そこから争いが始まったのだ。自分のせいだという思いをずっと引きずっているのだろう。

「でも、今日は飲んでないみたいじゃない」

私が言うと、テツは目の前にいるのが息子の担任であることに初めて気づいた様子で、恥ずかしそうな表情になった。父親だと思って見れば、なるほど井上翼には彼の面影がある。背が高く、顔立ちが整っていて、スポーツ万能というところも同じだ。だが息子のほうは勉強もよくできて、何より表情や性格があまりにも違うせいで、普段は少しも似ているとは思わない。

「あれからは一滴も飲んでないよ」

あれ、というのが何を指しているのか、目の表情でわかった。井上翼が喫煙にまつわる一連のことを告白したのだろう。教師の言葉なんて半分も伝わらない。偽善者の言葉であればなおさら。だが、思いがけず強く響くこともある。

簡単に瞼が熱くなるのは、久々の全員集合で気が昂ぶっているせいだろうか。

「これでそろったね、二十年前の四年一組が。さあ、テツも座って。何飲む？」

「じゃあ、久しぶりにビール」

私は全員分の飲み物をまとめて注文した。本来、中心になるタイプではない私が、いつも幹事を務めているというのも妙な話だ。あの夜を境にいろんなことが変わったのだとつくづく思う。

飲み物がそろい、私は促されて立ち上がった。注目されるのは苦手だが、教壇に立つようになって少しはましになった気がする。

「今日は集まってくれてありがとう。事件のことでいろいろ気を揉んでただろうに、開催が遅くなってごめんなさい」

後半はユウのほうを見て言った。隣町の市役所に勤めている彼女、高梨由子《ゆうこ》は、鈴木絵梨佳がその町の夏祭りで失踪したので、何度も捜索に駆り出されていた。そのため特に危機感が強く、捜査がどうなっているのか教えてほしい、同窓会を開いてみんなに状況を話してほしいと、繰り返し連絡をよこしていた。

針山小学校の生徒が消えるのは、二十年前に続き二回目。今回の事件が長引けば長引くだけ、過去の事件が掘り返されるリスクも高くなる。ユウが恐れるのは当然だ。

ユウは刑事であるコージーにも連絡していたようだが、彼は職務上の義務から何も情報を漏らさず、私のほうも答えられることはない上に煩わしくなってしまって、携帯や自宅に来る連絡を返さずにいた。業を煮やした彼女は、職場にも電話をかけてくるようになった。

出産してからふくよかになったユウは、拝む仕種をすることで、こちらこそごめん、と伝えてきた。その隣には、当時いつも一緒だったリエがいる。

「急な誘いだったのに、全員が来てくれてよかった」

「来ざるをえないでしょ、ぼくらの場合」

ぼそりと口を挟んだのは、隅に座っているモックだった。青白い顔にフジツボを思わせる目は相変わらずだ。皮肉な物言いも変わらないが、それが人気で雑誌にコラム欄を持っているというのだから、世の中はわからない。

私はモックから目を逸らし、改めて一同を見渡した。みんな大人だ。髭《ひげ》を蓄えていたり、腹が膨らんでいたり、誰もが大なり小なりどこかしら変わった。

それぞれの人生を生きている。生きているから、変わる。

「話をする前に、とりあえず乾杯しよう」

「いいぞ、オッサン！」

抜けがけして飲んでいたらしい赤ら顔の集団から、調子のいい声が飛んだ。

オッサン――。

懐かしい呼び名だ。大崎という私の姓から、マキが付けたあだ名だった。真琴という名前は、二十年前当時は新しくておしゃれなものだったから、それがおもしろくなかったのかもしれない。私は老成した変わり者であろうとしていたから、そんなキャラクターも一因になっていたのだろう。私をオッサンと呼ばなかったのは雅史だけだった。

その雅史からジョッキを受け取り、軽く掲げる。

「乾杯」

乾杯、かんぱーい、とあちこちで声が響いた。ジョッキやグラスをぶつける音、ぷはっと息を吐く音、がやがやと再開される会話。それらを聞いていると、ごく普通の和やかな同窓会に思えてくる。

私も腰を下ろし、ビールを喉に流しこんだ。苦みが口いっぱいに広がる。

「ねえねえ、オッサン」

ミッキーがコージーの後ろから身を乗り出した。

「さっき途中になっちゃったんだけど、メグの奥さんってオッサンなの？」

「そう」

「えーっ、すごい！　小学校に上がる前から一緒にいて、そのまま結婚なんて。少女漫画の世界じゃん」

私はなんとなく白けた気分になって黙っていた。もともとはしゃぐような集まりではないのだ。

「じゃあ、メグとオッサンは今もこの町に住んでるの？」

そうだよ、と代わって雅史が答える。

「二人とも職場もこの町だし」

「マジで？」

ミッキーは気が知れないという顔をした。あんなことがあったのだ、ここから離れたいと思うほうが自然な感情なのかもしれない。実際、このクラスで町に残っている、あるいは帰ってきた者は、他のクラスや学年に比べて少ない。

「なんで？」

ミッキーの問いに、今度はコージーが答えた。

「地方公務員は県内どこでも赴任しなきゃいけないんだよ」

「地方公務員……あ、コージーは警察だっけ。まさかそんな仕事を選ぶと思わなかったから、聞いた時はびっくりしたよ。オッサンも公務員なの？」

「俺の職業より驚くかもよ。なんと、先生」

「先生⁉」

ミッキーの声があまりに大きかったせいで、座敷中のお喋りがぴたりと止んだ。みんなの視線が一斉に集まる。

注文した料理がそろってからと思っていたけれど。私は深呼吸をし、お通しをつついていた箸《はし》を置いた。

「真琴……」

心配そうな雅史にうなずきを返し、背筋を伸ばして座を見回す。急に口の中が乾いてきて、もう一口ビールを飲んでおけばよかったと後悔したが、今さらだ。

「みんなも気になってると思うから、話すべきことを先に話しておくね」

何だよ、突然。重い話ならもうちょっと後にしてよ。せっかく気持ちよく飲み始めたのに。低く囁かれる不満を、私は無視した。おそらくはミッキーのように地元を離れた者たちだろう。土地だけでなく過去からも離れたつもりでいるのかもしれないが、そんなのは勘違いだ。勘違いだということを、思い知ってもらわなければならない。

「私は……いや、このメンバーの中では、ぼくって言ったほうがいいかな」

そう切り出すと、囁き声は潮が引くように消えていった。

オッサンと呼ばれていた頃、私は自分のことを「ぼく」と言っていた。スカートは一度も穿かず、流行っていたパッチンどめも着けず、女の子らしいことからは極力遠ざかっていた。単に趣味の問題だったが、仮にスカートを穿いたとしても、小太りで動きの鈍いぼくの脚には似合わなかっただろう。

「ぼくは教師になったんだ。今の勤務先は、針山小学校。四年一組の担任をしてる」

誰も声を出さなかったが、衝撃が座を貫くのをはっきりと感じた。私が教師になったことや、針山小学校に赴任したことは知っていても、今年になって四年一組の担任になったことを知っている者はほとんどいない。

「ぼくが教師になったのは、針山から離れずに生きていくためだよ。目的は、針山を見張り続けること。あの秘密が誰にも暴かれないように。地方公務員なら少なくとも県外への異動はないから、その中で自分にできそうな職を選んだんだ。ぼくは頭でっかちだから」

ちょっとおどけた言い方をしてみたが、誰も笑わなかった。やはり私は話すのが下手だ。教師には向いていない。

「でも針小に赴任が決まった時は驚いたよ。四年一組の担任になった時はもっと驚いた。しかもクラスに、マキっていう子とエリカっていう子がいるんだ。メグミもいる」

ミッキーが口を覆い、ユウとリエが手を握り合った。陽気に酔っていた面々は、赤ら顔なのに青ざめて見えるという奇妙な肌の色になっている。

「このクラスの担任になってから、ぼくは眠れなくなった。二十年前の呪いかもしれないなんて、ホラーめいたことを本気で考えた。どこの学校のどこのクラスにでもあることでも、こじつけみたいにすべて二十年前と結びつけて怯えた」

そんな私を毎晩なだめてくれた夫は、ジョッキの縁に静かな眼差しを落としている。そう、半年以上も前からだ。鈴木絵梨佳の失踪事件が起こるずっと前から、私は不眠症に陥って彼に迷惑をかけ続けてきた。

「それで君は、ぼくらにも呪いをかけたいわけ？　同じように苦しめって？」

棘のある言葉を投げてきたのはモックだった。言葉のきつさとは裏腹に顔色が悪い。斜に構えた物言いをすることでプライドを守っているのかもしれないと思ったら、腹も立たない。

「違うよ。ただ、もう一度みんなの意思を固めたかったんだ」

料理を運んできた店員が去るのを待ってから、私は今の四年一組で起きた出来事を話した。鈴木絵梨佳の失踪事件の顚末。そして直接的にはそれより重大であろう、井上翼たちの喫煙の件。後者は名前を伏せたが、テツの様子からするとやはり聞いていたようだ。

一方、そちらについては初耳だったコージーは目を剝いた。

「あの場所に子どもが出入りしてただって？」

「そう。空き地の端のロープを越えて、あの斜面に」

「それより下には行ってないのか？」

「だいじょうぶだと思う。それに、彼らは二度とそういうことはしないはず」

「思うとか、はずとか……」

「そうとしか言えないから。もちろん、他の子が近づく可能性も含めて、今まで以上に気をつけて見張るつもりだけど」

私とコージーが話すだけで、他に口を開く者はいない。身じろぎもしない生ける人形たちの前で、ビールの泡がじくじくと音をたてて潰れ、手をつけられない料理が冷めていく。

最初に人間に戻ったのはテツだった。

「なあ……これからみんなで、針山に行ってみないか？　あの場所に」

一言ごとに唾を呑みこむような言い方だった。その唇も、指先までも震えている。

実は私はもともとそのつもりだったのだが、みんなは驚き、反対するだろうと思っていた。ところが、反応は思いがけず静かなものだった。

「いいかもな」

「うん、どうせ食欲なくなっちゃったし」

私は虚を衝かれたような気分で、誰からともなく席を立つ同級生たちを眺めた。雅史に軽く肩を叩かれ、ようやく私も立ち上がる。

「表れ方が違うだけで、みんな怖いんだよ。今も、真琴と同じだけ」

微笑む雅史は、ひどく悲しそうに見えた。

怪訝な顔の店員に見送られて居酒屋を出ると、予想以上に空気が冷たかった。今年は冬が早いらしいよ、と誰かが話している。

カーディガンの前をかき合わせながら速足で歩いた。針山の登り口までは二キロ以上あるが、誰もタクシーを呼ぼうとは言い出さなかった。

ぞろぞろと連れ立って歩く私たちの体を、車のヘッドライトが通り過ぎていく。繰り返すうちに、自分たちだけが世界から切り離されているような気になってくる。そういえば、あの夜もそうだった。二十年前の八月六日、四年一組のみんなで夏祭りに出かけた夜。あの時からずっと、私たちは同じ暗闇の中を歩き続けているのではないか。

「由美さん」

雅史の息を呑むような声が錯覚を破った。はっとして彼の視線を追うと、前方にピンクのジャージを着た後ろ姿があった。大きな荷物を横抱きにして歩いていると思ったら、荷物に見えたそれは背を丸めた老人のようだ。彼女が支えているのだが、片手で犬を連れているせいもあり、今にも二人してヘッドライトの川へ落ちてしまいそうだ。

雅史が小走りに近寄ると、由美は振り向いて笑顔になった。

「あら、マーちゃん。この間はお店にビラを貼ってくれてありがとね」

彼女は雅史の母親の代からの顧客なので、いつまでも雅史を子ども扱いする。

片目を瞑ってみせる由美の顔は、五十手前とは思えないほど若々しい。けれど表情は、何百年も生きた大樹を思わせる。彼女はそのアンバランスな笑顔を、遅れて近づいていった私たちの列にも向けた。集団のざわめきがいつのまにか消え、一番賑やかだったミッキーが食い入るように由美を見つめている。

「みんな一緒だったのね。同窓会？」

「はい。ちょっと学校のほうへ行ってみようかと」

「そう。いつまでも仲がよくていいわねえ」

「由美さんは……」

連れの老人を支えるのに手を貸そうとした雅史が、うっかり熱湯に触ってしまったみたいに手を引っこめた。それは一瞬のことで、しかもごく小さな動きだったので、由美は気づかなかったようだ。

「義郎さん……」

雅史は吐息混じりの声を漏らして、老人の体に両手を添えた。

離れたところからではわからなかったが、今は私にもはっきり見えていた。老人がひどいぼろをまとっていることが。ぼさぼさの白髪を伸ばし放題にしていることが。彼が「不審者」こと義郎であることが。

手が自由になった由美は、伸びきっていたリードを手繰り寄せた。義郎に負けず劣らずの老犬がのそのそと近づいてくる。

「この子の散歩してたら義郎さんに会ったものだから、彼の家まで連れてってあげるところだったの」

会った、というのは優しい表現だろう。実際には、徘徊《はいかい》する義郎を見かけて保護したに違いない。彼は調子のいい時には普通に会話もできるが、そうでない時には自分がどこにいるのかも一緒にいるのが誰なのかもわからなくなる。今は後者で、由美が傍にいることも、体を支えているのが雅史に代わったことも、認識できていない様子だ。

宙を眺めて、何やらぶつぶつ呟き続ける義郎に、由美は慈《いつく》しむような眼差しを向けた。

「ほら、しっかりして。純子《じゅんこ》ちゃんが見たらがっかりしちゃうわよ」

すると義郎に劇的な変化が起こった。丸まっていた背筋がしゃんと伸び、虚ろだった瞳に光が宿る。

「そうだ、純子にお土産を渡さなくちゃいけない」

あたたかい笑みを浮かべる彼は、依然として夢の中にいるのだろう。夢のかけらがあたりに散って、刺さった者たちが低く呻く。

由美は目を細め、愛犬の白く短い毛を撫でた。雑種犬の中には三十年近く生きた例もあるというが、この老犬はあとどのくらい待てるのだろう。

由美と義郎を列の先頭に加え、車の通らない道まで一緒に歩いた。由美が喋り、雅史が控えめに相槌を打つだけで、他はほとんど誰も口を利かなかった。

別れ際に、再び義郎の体を支えた由美が、ふと思い出したように私たちみんなを見た。列を貫いた緊張が背中に伝わってくる。

「鈴木絵梨佳ちゃん、見つかってよかったわねえ」

胸の中にあるすべてを差し出すような言い方だった。目尻が下がって見えるのはマスカラが滲んでいるせいだと、ようやく気づいた。

ほんの一瞬だけ反応が遅れた私の代わりに、雅史が微笑んで調子を合わせ、私はその後ろで頭を下げた。おかげさまで、とか何とか言ったと思う。

再び同級生だけになって歩き出し、居酒屋を出て二十分も経つ頃には、動く灯かりを目にすることもなくなった。ぽつぽつと古びた街灯が立っているが、その光は弱々しく、空に輝く星のほうがよほど頼りになりそうだ。

「田舎の夜って怖いよね」

「暗いし、人っ子ひとりいないしね」

「これが本当の夜なんだろうけど」

東京で暮らしているという何人かが、しみじみとうなずき合っている。

本当の夜、と私は口の中で繰り返した。本当の夜がない街では、あんなことは起こらないのだろうか。本当の夜がなければ、あの罪も、嘘も、生まれなかったのか。

前方に大きな黒いかたまりが見えてきた。ほとんどの者が歓声を上げたり呻いたり立ち止まったりと、何らかの反応を示した。

針山小学校。そして、針山。それらは一繋がりのシルエットとなって、星明かりの下にうずくまっている。

「懐かしい……」

小学校の傍を通る時、ミッキーを含めた数人が携帯で写真を撮ったので、私は驚いた。表れ方が違うだけでみんな怖いのだと雅史は言ったが、本当にそうだろうか。彼女らは怖さを紛らすためにはしゃいでいるとでもいうのか。私には理解できないし、信じることもできない。思えば二十年前だって、ただクラスメートだというだけで、彼女らを理解したり信じたりしたことなどなかった。

「おい、観光じゃないんだぞ」

テツが低い声で咎めたが、ミッキーたちは聞こえていないかのように写真を撮り続けている。

「主婦仲間のＳＮＳに後で写真あげるの。小学校の同窓会に来たって」

なんとも呑気なミッキーの言葉に、モックがやれやれと肩をすくめた。

「感性の鈍いやつは幸せだよ。そういう気楽な集まりじゃないだろ」

「そうだったらいいじゃない！」

一転、叩きつけるような強い口調。フジツボのようなモックの目がわずかに見開かれた。私もきっと同じ表情をしている。

ミッキーはモックを一顧だにせず、ひたすら闇に向かってシャッターを切る。

テツが黙って先頭に出た。立ち尽くしていた私に、コージーが「行こう」と声をかけた。いつも私を気遣ってくれる雅史は、少し前から一言も喋っていない。針山に近づくにつれ、どんどん無口になっている。

「だいじょうぶ?」

無意味な問いかけと知りつつ顔を覗きこむと、無理に作った笑みが返ってきた。

今日が二十年前の八月六日だったら、と強く思う。私は――ぼくは、メグの手を引いて今すぐこの列から逃げ出すのに。未来のメグにこんな痛々しい顔をさせやしないのに。

だが、すんでしまったことに「もしも」を言ってもしかたない。後悔に泣く雪野めぐみに、他でもない私が告げたことだ。

またしばらく進んだところで、いったん列の動きが止まった。ここからいよいよ針山に入る。私は先頭のテツに追いつき、持参してきた懐中電灯を渡した。何本か用意していたので、適当な間隔を置いて配りながら最後尾に戻る。

再び動き出した列が、木々の生み出す闇の中に吸いこまれていく。星明りが遮られ、いっそう冷たい空気が肌に貼りつき、蛇に呑まれるのはこんな感じかもしれないなどと気味の悪い想像をした。たしか二十年前のあの日は、稲荷神社の狐やバスカヴィル家の犬が襲ってくるという想像をしていたから、あまり成長していない。

「あの夜は満天の星だったよね」

誰かがぽつりと言った。

「盆踊りの音楽が遠くに聞こえてたね」

「そのせいで逆に山の静けさが際立ってさ」

「繁みがちょっと鳴っただけで悲鳴だったよね」

「テツも叫んでたよ、顔面で蜘蛛の糸切ったって」

何人かがぽつぽつと記憶を語り継ぎ、最後にさざなみのような笑い声が立った。そしてそれきり静かになった。

黙って歩きながら、私たちはみんな心の準備をしていたと思う。特に女は。

テツの懐中電灯の光が、山道の左手に建つ廃屋を捉えた。倒壊していないのが不思議なほど傾き、穴の開いた屋根や壁は植物に侵食され、もはや小屋とは呼べない腐った木のかたまりだ。もともと粗末な家ではあったが、住人がいなくなったら一気に荒れ果ててしまった。

「岩田《いわた》さんは……」

私が急に話し出したせいか、幾人もの同級生がびくっとして振り向いた。

「岩田さん？」

「ヤマンジのこと」

「そんな名前だったんだ」

説明したものの、私はみんなに通りがいいほうの名前を選んで続けた。

「知らない人もいると思うけど、ヤマンジは三年前に亡くなったよ。最後まで独りで、野鳥の密猟やら何やら怪しげなことをして、地域住民から煙たがられてた。付き合ってみると、けっこう気のいい人だったんだけど」

「へえ、信じられないことに付き合いがあったんだ？」

訊いたのはモックだろう。姿は列に埋もれて見えないが、皮肉な言い方でわかる。

「会ったら世間話をする程度だけどね」

「罪滅ぼしに優しくしてあげようってわけだ」

声のほうに懐中電灯を向けると、思ったとおり青白い顔が照らし出された。振り返ってうっすらと笑っている。

かつてこの笑みを恐れたことがあった。だが、ある時からまったく怖くなくなった。この手を汚し、彼と同じ側に立った時から。

「たしかに私たちは、ヤマンジに対して罪を犯したよね。男子は今でも知らない人もいるのかな、女子全員でマキを家に侵入させて、怒った彼が追いかけてきたことで、彼は変態扱いされて警察に連れていかれた」

「わざわざ言わなくていいよ」

「ううん、言うよ。私たちはヤマンジに対して罪を犯した。その罪は、優しくしてあげようなんて気持ちで贖《あがな》えるものじゃないと思う」

モックは少し怯んだ様子だったが、すぐに挑戦的に顎を上げた。

「じゃあ、どういうつもりでヤマンジと付き合ってたわけ？」

「やっぱり罪滅ぼしかな。滅ぼせないってわかってても」

ヤマンジと話をする度に、自分がハムスターになった気がした。回し車の中で懸命に走るけれど、どこへも行きつくことはない。

「鳥もいなくなったんだな。あたりまえだけど」

訪れた沈黙を埋めるようにテツが言った。彼の懐中電灯が照らす先にはいくつかの鳥小屋があるが、すべて空になって、壊れているものもある。激しい羽音で、けたたましい鳴き声で、鋭く光る眼で、私たちを怖がらせた鳥はもういない。

ヤマンジの家を通り過ぎた私たちは、それきり口を利かなかった。

二十年前に四十分ほどで踏破できた道のりが、今夜は一時間近くかかった。歩きにくい靴を履いている女が多かったせいかもしれない。小学校の教師という職業はなんだかんだでよく動くせいだろうか、かつて運動ではいつもお荷物だった私が、疲れていないほうに入るのが不思議な感じだ。

「相変わらず空き地のままか。いいのかね、行政」

モックが息を切らしつつも、皮肉な調子を取り戻して言った。三十になってもニキビを一つくっつけた額には、薄い膜のように汗が滲んでいる。私を含め上着の袖を捲《まく》っている者も多い。

「木がないと明るいね」

中央に向かって歩きながら、ミッキーが手にしていた懐中電灯を消した。心なしか星の輝きが増したようだ。

その時、後ろからきた何かが、ふうわりと私の横を通り抜けた。

「……え?」

私は思わず立ち止まった。

それは、ピンク色の蝶。いや違う、蝶のような形にふっくらと結ばれたピンク色の帯だ。私はそれに見覚えがあった。もちろんあった。ピンクの帯は、淡い水色の浴衣に合わせられている。

その浴衣にはやはりピンク色の花模様が散っている。

浴衣を着た少女は、空き地の端に張られたロープの際まで行くと、ふわふわした髪を揺らして振り向いた。見て、天の川みたい。リボン型のバレッタが星明かりに光っている。

「真琴?」

雅史に呼びかけられ、私は忙《せわ》しなく瞬きをした。

わかっている、幻だ。あの夜、天の川のように見えた夏祭りの提灯は今はない。何より、彼女はもういない。

エリカは——襟川《えりかわ》純子は死んだのだ。

私は腹に力を入れて、幻のエリカに近づいた。何を言ったわけでもないのに、同級生の全員が同じようにした。

わたし、テツが好き。エリカの自信に満ちた声が聞こえる。

「おまえは意地悪だから嫌いだ……」

三十になったテツが、熱に浮かされたように呟いた。彼にとって忘れられない場面、そして台詞だろう。

あははは！　ここでけたたましい笑い声が上がるのはわかっていた。たぶんこの場にいる全員が同じ幻聴を聞いている。

のけぞり、飛び跳ね、くるくる回りながら笑い続けるのは、金魚の柄の浴衣に鮮やかな黄色の帯を締めた少女。

マキこと、牧村敏江《まきむらとしえ》だ。

ハート柄のパッチンどめが、エリカのバレッタと同じくらい光っている。

二十年後の私たちは、誰からともなく空を見上げた。あの時ちょうど花火が上がったことを、誰もが忘れられずにいる。

色とりどりの花火に肌を染めながら、花火の音に負けない大声で相手を罵りながら、エリカとマキは揉み合った。エリカのバレッタが毟り取られ、マキのパッチンどめが捨てられた。爪で互いの目を抉った。

「わたしたち、止めようとしたのにね……」

ユウが泣きそうな声を出したが、そんなことを言っても意味がない。クラスメートに揉みくちゃにされるうちに、結果として、エリカとマキは転落した。

「下りよう」

斜面を見下ろして私は言った。みんなに動揺が走るのがわかったが、意見は聞かずにロープを跨いだ。小学生の膝くらいの高さに張られていたものだから、今ではいっそう楽に越えられる。精神的な高さはともかく。

私の次にロープを越えたのは雅史だった。血の気の失せた唇を固く結んで、それでも私を追い越して先行し、足場に気を遣ってくれる。

後ろから大勢が続く気配があった。全員が斜面を下っているのは見なくてもわかる。誰かにだけ行かせることも、自分だけ残ることも、できはしないのだ。

私たちは四年一組、特別なクラスメートだから。

「ここ……だったよな」

テツが絞り出すように言って、懐中電灯の光を繁みに投げた。傾斜が緩んでやや平らになったその場所に、あの日、エリカとマキは絡み合って倒れていた。

エリカの白い首を貫いていた枝の尖り。バレエみたいなポーズで折れ曲がった手足。まるで現実感のない光景を、妙に生々しい臭いが包んでいた。その臭いは二十年を経た今も漂っている。あの沼から。

胃がせり上がる感覚があって、なんとか堪えたが、喉がいがいがと痛んだ。呼吸のリズムがおかしくなっている雅史に声をかけたいのに、うまく喋れない。

そんな私をウシガエルが嗤《わら》っている。ぶおう、ぶおう、とエリカが怪物に譬えた声で。

二十年前もそうだった。うろたえ泣き喚く私たちを、追いつめられた私たちを、沼の怪物はずっと嗤っていた。

その声がみんなを狂わせたのかもしれない。

あはははは！

ウシガエルの笑い声が、ふいに人間のそれに変わった。いや、この声を人間のものと呼べるだろうか。箍《たが》が外れたように甲高い、そのくせ少しもおもしろそうでないこの声を。例えるなら壊れた機械、違う、もっと薄気味悪い何か、ああ、やはり怪物だ。

――あんたたち、とんでもないことしたね。

エリカの死体の下から、ぼろぼろの浴衣を纏《まと》った怪物が這い出してきた。顔の半分を血に染めて、傷だらけの肌をさらして。

――絶対に許さないから。

笑っているのに笑っていない目でぼくたちを見据え、許さないものを挙げていく。あたしを突き落としたやつ、あたしを裏切ったやつ、このクラス全員。

それはすべてぼくたちのことだ。空き地から彼女を突き落とした。女王の座から転落した彼女を裏切り、いじめた、あるいは助けなかった。そして、ぼくたちは四年一組の生徒だ。

――死ぬまで許さないからね。

ああ、ぼくたちはこの怪物から逃れられない。

彼女が死ぬまで。

マキ。

過呼吸を起こす寸前だったメグが、喘ぎながらその名を呼んだ。

直後、ぼくは大人の拳ほどの石を掴んでいた。

このままではクラスがマキのものになってしまう。

ぼくの大切なメグが。

ぼくのメグが。

なんとかしなくちゃと思った時、ぼくの口から出たのは歌だった。

元気いっぱい　夢いっぱい

四年一組の学級歌だ。

メグが、テツが、クラスのみんながぼくを見た。怪訝そうに睨みつけてくるマキの他は、誰もが虚ろな表情をしている。

ぼくらのクラスはナンバーワン
エンマ帳なんてへっちゃらさ
明日に向かってまっしぐら
大きく叫ぼう　オー！

歌詞に合わない、勢いのない声で続けながら、ぼくは摑んでいた石をゆっくりと胸の高さに持ち上げた。みんなの視線が手の動きについてくる。
そうだ、この石を見て。マキが言ったことをよく考えて。
ぼくらのクラスを守るために、どうすればいいか。

一組　一組　レッツゴー
どんなピンチも乗り越えて
ぼくらは一組　がんばるクラス
いつか必ず金メダル

誰が最初だったのかわからない。ぼくの歌に一つの声が重なった。それは二つになり三つになり、やがて大勢の合唱に変わった。

その声は小さく覇気がない。それぞれが独り言を唱えているような響きだ。

だけど、歌っている全員の手に、いつのまにか石が握られている。

みんな仲よし　友達さ

メグの声が聞こえた。その声だけは、ぼくにはよくわかる。

それが最後だった。今やマキを除く全員が歌い、石を手にしている。

ぼくらのクラスはオンリーワン
励ましあって肩くんで
ひとりじゃないよ　だいじょうぶ

ぼくたちはじりじりとマキに近づいていった。

マキは後退り、髪を振り立てて怒鳴り散らした。何なの、あんたたち。どうするつもり？　許さないんだから！

ぼくたちはマキを取り囲んだ。ぎっしりと何重にも密封した。

そして、石を振り下ろした。一緒に叫ぼう――

オー！

一番内側の輪を解き、次は二番目の輪を作っていたメンバーが振り下ろす。

オー！

次は三番目の輪。

オー！

次は四番目。

オー！

実際の歌詞とは異なり、オー！　が何度も繰り返された。

最初はマキの呻き声が混ざっていたけど、そのうち純粋なオー！　だけになった。

やがてオー！　の繰り返しが終わった時、マキは倒れて動かなくなっていた。

でも、これで安心するわけにはいかない。

ぼくはマキの浴衣を剝ぎ取り、彼女の持ち物と、殴るのに使った石を半分ほど包んだ。そしてそれを、帯を使って彼女の胴体に括りつけた。もちろんぼくひとりでやったのではなく、クラスのみんなで協力してやったことだ。

死体はぐにゃぐにゃして扱いにくかったし、スイカかトマトみたいに潰れた頭部は気持ち悪かった。だけど、ぼくたちは励まし合って我慢した。

一組　一組　レッツゴー
涙も笑顔に変わるはず

こうして重石を付けたマキの死体を、やはりみんなで沼に運んだ。学校のプールより小さい沼だけど、小学生の女子を呑みこむくらいはできるだろう。覗いてみた感じでは深さもありそうだし、たとえ予想より浅かったとしても、これだけどろりと濁っていれば水面からはまず見えない。

ぼくたちは呼吸を合わせ、ブランコみたいに勢いをつけて死体を放りこんだ。思ったより大きな音がして、臭い飛沫が足にかかる。ウシガエルも驚いたのか、喧《やかま》しかった鳴き声がぴたりと止んだ。でもそれはほんの短い間のことで、マキの体がすっかり見えなくなる頃には、また何事もなかったように囀っていた。

この沼が近くにあったことは幸運だったろう。埋めるとなるともっと大変だったに違いない。土を掘る道具はなく、死体はもう一つある。

ぼくらは一組　すてきなクラス

団結力なら一等賞

ぼくたちは今度も力を合わせ、エリカの死体も同じ方法で処理した。ウシガエルの反応も同じだったけど、ぼくたちの手際はさっきよりもよくなって、マキの時ほど時間もかからなかったし、臭い飛沫も浴びずにすんだ。

それでも、一連の作業を終えたぼくたちはへとへとだった。正確には、エリカが沼に沈むのを見届けたとたんに、疲労がどっと襲いかかってきたのだ。ぼんやりとみんなを見回せば、誰しも頰がこけ、自分こそが沼に浸かっていたみたいに汗だくで、両手をだらりと垂らしている。

転がったボールが勢いを失ってついに止まるように、繰り返されていた歌が消えた。すると急に体の重さに耐えられなくなり、ぼくは沼の縁に膝をついた。剝き出しの膝に石や枝が当たって痛い。それなのに、どういうわけか立ち上がれない。手足も内臓も頭も、体中の何一つ自分のものではないみたいだ。

おれたち……。

かすれた声に首を捻ると、テツが失禁した時と同じポーズで座りこんでいた。ぼくと彼だけじゃない、ほとんど全員が地面にくずおれていて、そうでない子も縋り合うことでかろうじて立っている状態だ。

おれたち、なんてことしちゃったんだ……。

テツの言葉に、ぼくははっとした。さっきまでのぼくたちは、この異常事態に対応するため、歌に酔い、連帯感に酔い、思考も感覚もほとんど停止していた。一時的に狂っていたと言ってもいい。ところが一段落ついた今、急激に正気を取り戻しつつある。自分たちのしたことを、その重さを認識しつつある。

そこかしこからすすり泣きが聞こえてきた。その声はどんどん大きくなっていく。

いけない。

ぼくはメグを見た。虚ろな視線を地面に投げ、口もとをだらしなく弛緩させ、呆けたように座りこんでいる。泣いていないけど、誰よりも傷を負っているのがぼくにはわかる。

守らなくちゃ。メグを守らなくちゃ。

ぼくは思いどおりにならない体に鞭打《むち》って、不格好に立ち上がった。

「みんな」

呼びかけた直後、ぼくは眩暈に似た違和感を覚えた。こちらを向いた顔が、ぼくの知っているものとは違っていたから。男子には髭の剃《そ》り跡なんかがあって、女子は化粧なんかして、まるで大人になったみたいに……。

いや、大人なんだ。ぽんと肩を叩かれて我に返った。見れば雅史が隣に立って、困ったような微笑を浮かべている。

私はあの沼の縁に立っていた。周りには現在の、三十歳になった同級生がいる。どうやらここへ歩いてくる間に、また二十年前の幻を見ていたらしい。だが私の心には、たった今あの時間を通り抜けてきたようなリアルな感覚が残っていた。

ぶおう、ぶおう、とウシガエルが鳴いている。その声のなんと嬉しそうなことか。彼らは私たちを歓迎している。私たちがここに戻ってきたことを。いや、ここから動けずにいることを。

「みんな、か。あの時もそうやって呼びかけたよな、オッサンが」

コージーが水面に向かって言った。

「そうそう、柄にもなくクラスをリードしてさ。テツなんか、普段は偉そうにしてるやつがいざという時には役に立たない、典型みたいだったもんね」

嫌味を忘れないモックも水面を見ている。

「むかつくけど返す言葉もないな。でも、本当にあの時のオッサンはすごかったよ」

しみじみとため息をつくテツの顔も、やはり水面に向いている。

どうやら全員が同じものを見ているようだった。水面を、いや、その下に沈んでいるはずのものを。

「星が水面に映って、スーパーボール掬いみたい」

「嫌なこと言うなよ」

ミッキーの言葉に、テツは本気でむっとしたようだ。

マキとエリカの死体を処理したあの後、テツは夏祭りで手に入れたスーパーボールを沼に捨てた。そのままだと浮いてしまうので、袋に重石をつけて沈めた。

みんな、と呼びかけた私が指示したことだ。

あの時、必死で立ち上がった私は、ポケットからキーホルダーを出してみんなに示した。京都旅行の土産にメグがくれた、揺らすとちりちり鳴る、清水寺のキーホルダー。いつもランドセルに吊るしていたから、大切にしていることは誰もが知っていただろう。

清水の舞台から飛び降りる、という言葉の意味が、私にははっきり理解できていた。非常な決意とはこういうことなのだと。

私はそれを沼に投げ入れた。そして、驚くクラスメートたちに言ったのだ。

みんなも同じことをして。自分のものだと周囲に知られてるもの、あるいは自分の指紋がついてるもの、そういう何かを沼に投げこむんだ。マキとエリカの……ぼくたちが殺して捨てた死体の傍に置くんだよ。

水に捨てたものに指紋が残るのかどうかは知らなかったが、同じく無知なクラスメートにそう信じさせられればよかった。幸い私は物知りで通っていたから、あっさりと成功した。

なんでそんなことを？　テツが尋ねたのは、ほとんど反射のようなものだったろう。その口調や、他のみんなの顔を思い出しても、誰も頭がまともに働いていたとは思えない。

その時に答えた言葉を、私はそっくり繰り返した。

「もしも事件が発覚したら、ぼくたちは大変なことになる。今も将来も、生活も家族も、何もかもがめちゃくちゃになる」

二十年経った今も同じことだ。時効を迎えたところで、それで免れるのは法律的な罰だけだ。かつての小学生の犯罪を、マスコミはこぞって書き立てるだろう。人を殺しておきながら素知らぬ顔で生きてきた私たちに、世間は白い目を向けるだろう。仕事や地位を失うかもしれない。家族にも累を及ぼすに違いない。

「だから、このことは絶対に秘密にしなくちゃいけない。罪悪感に負けたり、うっかり口を滑らせたり、そうやって誰かに漏らしてしまったらだめなんだ」

それを徹底させるために、私物を投げ入れるよう指示したのだった。三十二人もいると、自分がやったという意識が薄い者もいるかもしれない。エリカたちが転落した時、自分は体に触れていなかったとか、マキを石で殴った時、自分はあまり力を入れなかったとか。だが死体の傍に私物があれば、他人事のような感覚ではいられないはずだ。

大事なのは、全員に同じ恐れを抱かせることだった。

全員で罪を等分にすることだった。実際にはそうではなかったとしても。

こうしておけば秘密を守るための歯止めになる、という私の説明を聞いて、テツはスーパーボールの入った袋を選んだ。あまりにたくさん掬ったものだから、屋台の前にちょっとした人だかりができたのだそうだ。

ミッキーはディズニー柄のリップクリームを。コージーは担任の門井からもらったというキャンディを。モックは菓子のおまけについてくる小さな玩具を。そんなふうにして、全員が自分の持ち物を次々に沼に投げこんだ。

「今もあるのかな」

「どうだろ」

誰かが言って、誰かが答えた。それはごく軽いやりとりで、大人になった私たちにとって、私物がそこにあるかどうかは大した問題ではなかった。

私たちが沼に沈めたものは、秘密。

そして、約束。

沼のほうへほんの半歩足を踏み出すと、乾いた草がパンツを擦った。日光が木々に遮られるせいか、昔から背の高い草は生えていないが、それでも足首までは埋もれてしまう。誰かがこの場所へやってきた形跡はない。

エリカとマキが行方不明になった後、警察はむろん大規模な捜索を行った。鈴木絵梨佳の時と同様、あるいはそれ以上の規模だったかもしれない。協力した地域住民の中には、私たちの親も含まれていた。

しかし、この沼および針山は捜索の対象にならなかった。子どもなりの偽装工作と、何よりもすばらしい幸運のおかげで。

あの日、私たちはエリカのバレッタとマキのパッチンどめを拾って持ち帰り、針山から離れた河川敷に捨てておいた。また、事情を訊かれた時に、二人とは夏祭りには一緒に行ったが針山に登る前に別れたと嘘をついた。

もちろん、これだけではうまくいかなかったろう。だが二つの偶然が味方した。

一つは、ヤマンジが針山から下りてくる私たちを目撃しており、その中にマキとエリカはいなかったと証言したことだ。彼はかつてマキに家に侵入され、招き猫を壊されている。彼女を追いかけ、その際にエリカを捕まえたものの、その出来事のせいで警察に連行されてもいる。ヤマンジはマキとエリカの顔をしっかり憶えていたのだ。

さらに、以前マキがテレクラで呼び出した男が幼女への猥褻容疑で逮捕され、彼の車の中からマキの名札が発見された。連れこまれそうになって揉み合った時に落としたのだろう。警察はその男に容疑を向け、彼の行動範囲を中心とした捜索に切り替えたようだ。結局、男は証拠不十分で釈放されたが、世間は彼を犯人と見なしていた。

まったく幸運としか言いようがない。それら二つの要素が重なったおかげで、エリカとマキの死体は見つからないまま、捜索は二ヶ月で打ち切られた。どちらの要素もマキとエリカの抗争から生まれたものだというのが、なんとも皮肉だ。

「秘密は永遠に守られなくちゃいけない」

鈴木絵梨佳の事件や、井上翼たちのことがあった今、どうしてもみんなの意思を再び確認しておきたかった。

私の言葉に、かつてのクラスメートたちははっきりとうなずいた。

だいじょうぶ、今も四年一組の結束は固い。

すべてを閉じこめた沼の底から、歌が聞こえてきた。

一組　一組　レッツゴー

どんなピンチも乗り越えて……

ぼくらは一組　すてきなクラス

団結力なら一等賞……

2

「助かったわ、ありがとう。やっぱり真琴ちゃんは頼りになるわねえ。子どもの頃は変わり者で心配したけど、堅実な職に就いて地元に残ってくれたし、ちゃんと結婚もしてくれたし。あとは孫を見せてくれたら言うことないんだけど、あ、プレッシャーに思わないでね。あなたより問題は愛ちゃんよ。やりたいことがあるなんて言って、いつまでもふらふらと。ねえ、あなたからも姉として何とか……」

永遠に続きそうな母の言葉をどうにか遮り、私はやっと受話器を置いた。日曜の朝早くから電話をかけてきて、パソコンについての質問に始まり、かれこれ三十分以上。最終的にはいつも同じ話に行き着くのだから、いいかげんうんざりしてしまう。もう少し付き合うこともあるのだが、今朝はそんな気分にはなれなかった。

今日は鈴木家の引っ越しの日だ。絵梨佳は帰ってきたものの、やはりこの土地には住みにくいからと、母親から早々に挨拶を受けていた。晴れ渡って暖かい日であることが、何かしらの救いになるだろうか。

普段より遅めの朝食をすませ、休日には雅史が淹れてくれるコーヒーを飲みながら、私は鈴木家のことを考えずにいられなかった。

そして、もう一つのエリカの家族のことを。

エリカこと襟川純子の両親は、今も二十年前と同じ家に住んでいる。あの四階建ての白いマンション、『エスポワール針山』に。エスポワールとは希望という意味なのだと、中学生の時に知った。彼らはまだ希望を抱いているのだろう。娘が生きて帰ってくると。だがマンションは次第に老朽化し、管理や掃除の手が行き届かなくなるにつれて、お化け屋敷の様相を呈《てい》してきた。希望が朽《く》ちていることに、住人だけが気づいていない。

純子にお土産を渡さなくちゃいけない――夢の中にいる義郎の声を思い出す。遅くに授かった一人娘を溺愛していた彼は、捜して、待って、時には心ないいたずらに耐え続けた。そして七十歳を超えたあたりで、とうとう精神を病んでしまった。娘を求めてさまよい、何日も帰らないこともあるという。当時の娘と同じ年頃の女の子に声をかけて回り、今ではすっかり不審者だ。そんな義郎を気遣って、エリカの捜索に関わった警察官が今も襟川家を訪れるという。

昨夜、由美によって家に送り届けられた義郎を、妻の栄子《えいこ》はどんなふうに迎えたのだろう。彼女とも会って話をすることがあるが、実年齢より十歳は老けて見える。化粧っ気はなく、かさついた皮膚が骨から垂れ下がり、痩せさらばえた体を折って歩く様は、くしゃくしゃに丸めた紙屑《かみくず》のようだ。二十年という歳月の流れ方が、他人とはまるで違っていたのだろう。何倍もの荒々しさで襲いかかり、生命力を削《そ》いでいったのだ。

エリカなんてちっともいい娘じゃなかったのに。これまで何度そう思ったか知れない。母親をババアと呼んで罵っていた、あの憎々しい形相と剣幕は、今でも記憶に焼きついている。それでも母親にとっては、あんなになるほど愛する対象だったのか。ただ娘だというだけで。

私はもう一人の母親にも思いを馳せた。雅史が淹れてくれるコーヒーの香りは、私の思考をとめどなく漂わせる。

片目を瞑《つむ》った、若々しい由美の顔が浮かんだ。消えた娘を捜してビラを配り続け、娘の愛犬とともに帰りを待ち続けている、マキの母親。容姿は対照的でも、皮膚の下に隠した苦しみは栄子と変わらないのだろう。義郎に向けた眼差しが、彼女の痛みを物語っていた。

栄子さん、義郎さん連れてきたわよ。あら由美さん、いつもごめんなさいねえ。子を失った二人の女が、互いを労り合うところを想像してみる。娘同士があれほど憎み合い、それぞれの母親を罵り合っていたことを、彼女らは知っているのだろうか。

エリカと違ってマキは母親が好きだった。由美が原因でインランの娘といじめられたにもかかわらず、マキは彼女がそれを知って傷つくことを恐れ、夏祭りでは彼女の好きなベビーカステラを土産に買っていた。

あのベビーカステラは……。私の思考はまた転がり、沼のほとりにたどりつく。

死体に続いて自分たちの私物を投げこみ、マキのパッチンどめを回収した後、私たちは最後の点検とばかりにあたりを見回った。そして、あちこちに散らばったベビーカステラを見つけ、それも残らず沼に捨てた。たぶんすぐにウシガエルの餌になっただろう。やつらは何でも食べるから。虫も魚も鳥も、時には小型の哺乳類さえ。

そこまで考えたところで、私は軽く頭を振った。何度も想像したことだが、気持ちのいいものではない。なのに何度も想像してしまう。

エリカもマキも哺乳類だ。腐って肉が崩れ落ちればさらに小さくなる。沼に投げこんだ私物は今もあるのか、という会話が昨日あったが、そもそも死体のほうがなくなっているかもしれない。

私は今度は強く頭を振り、止まらない想像を追い払った。

「真琴」

そんな私の眉間に、ぴたりと人差し指が当てられた。

「シワ」

「うん……」

自分の表情が緩んでいくのがわかった。雅史には隠せない。

「ちょっと思い出してた」

「俺も思い出してたよ。でも思い出せなくて」

「何が？」

「あの夜、俺は沼に何を沈めたんだっけ」

私はコーヒーを口に運び、言葉に詰まった少しの間をごまかした。優しい彼には残酷な話になるから、せっかく忘れているのなら思い出させたくない。

雅史が沼に捨てたのは、夏祭りで掬った金魚だった。それでは雅史のものである証拠にならないが、誰も余裕がなくて気づかないのをいいことに、私は見て見ぬふりをした。あの金魚たちこそ、すぐにウシガエルに喰われてしまっただろう。

だが、それでよかった。事件と雅史の関わりはなるべく消えてほしかった。他の誰よりも、雅史の関わりだけは。

彼への愛情からそう思うのではない。もっと実際的な理由がある。

なぜなら、本当の意味でエリカを殺したのは雅史だから。

私はコーヒーの湯気越しに彼を見た。子どもの頃から変わらない黒目がちの目。

あの夜、エリカとマキの体がロープの外に投げ出される直前にも、私はこの目を見た。争う二人を止めようと、みんなが手を伸ばしていた時だ。

雅史の瞳が、ぐりゅん、と高速で回転した。クラスで飼っていたオタマジャクシのタマが、急に体をくねらせる動きに似ていた。

誰かが水槽に入れたタガメに食い殺されたタマ。犯人はたぶんモックだったが、当時はエリカが疑われたっけ、エリカはカエルが大嫌いだったから。そんなことをぼんやり考えたのは、後になってからだ。

私はたしかに見た。雅史の手のひらが、意思を持ってエリカの肩を押すのを。

止めようとしたのにね——昨日のユウの言葉は、雅史にだけは当てはまらなかった。

雅史は故意にエリカを突き落したのだ。殺すつもりで。

マキが一緒に落ちたのは計算外だったに違いない。

目撃したのは私ひとりのようだった。いつも雅史を気にかけていたからだろう。

それでもすぐには信じられなかった。だが、直後にがくがく震える姿を見て確信した。思えば、争うエリカとマキに近づいていったのも、原因となったテツを除いては雅史が最初だったのだ。

その時から少し様子がおかしかった気もする。

メグを殺人犯にするわけにはいかない。

それからの私の行動は、すべてその一念によるものだった。

エリカが死んだのは全員のせいだという誤った認識を訂正せず、私たちを糾弾して支配しようとしたマキを全員で殺すように仕向け、両方の死体を全員で始末した。何もかも全員でやったことだとして、全員を同等の共犯者に仕立て上げた。

雅史ひとりが罪人にならないように。誰も雅史の罪を暴けないように。

「……水ヨーヨーじゃなかった？」

記憶を手繰るふりをして言うと、やんわりと、だが即座に見抜かれた。

「嘘だね」

私は観念してマグカップを置いた。

「金魚だよ。掬ってきたのを沼に放したの」

「そっか、そうだった。残酷なことしたな。気が動転してたのかな」

「そうやってしょんぼりするから、話したくなかったのに」

「ごめん。真琴には俺のために嘘ばかりつかせてるね」

口調は穏やかだったが、その目が痛いほど真剣だったから、エリカの死のことを言っているのだとわかった。互いに確認したことはないが、彼がエリカを殺したことを私は知っているし、私がそれを知っていて隠蔽《いんぺい》したことを彼は知っている。

私はまたマグカップを手に取り、口の中を苦みで満たした。

「私が嘘つくのは、雅史のためばっかりじゃないよ」

現に、私自身のために記憶さえ偽っている。

あの夜の行動はすべて、雅史ひとりを殺人犯にしないためだった――それは嘘だ。たしかに動機の一つではあるが、全部ではない。

少なくともマキを殺したことについては、私自身の願望が大きかった。

私はマキを殺したくて殺したのだ。邪魔でたまらなかったから。

「俺のためじゃない嘘って、たとえば？」

「内緒。言ったら軽蔑されるから」

「軽蔑なんてしないと思うけどな。そんなこと言ったら俺はどうなるの」

「罪に関する軽蔑と、恋に関する軽蔑って、場合によっては後者のほうが重い気がする」

「恋？」

そう、恋だ。言葉にすると安っぽくなるが、結局はそれがすべての理由だった。

雅史がエリカを殺したのはマキのためだったと、私は確信している。揉み合いになったマキを助けるため。何より、エリカを首謀者とするマキへのいじめを終わらせるため。エリカさえ殺せばマキを守れる、その思いに衝《つ》き動かされたに違いない。

雅史はずっとマキのことが好きだった。

私がそれを知ったのは、四年生の七月のことだ。放課後、体操服を忘れたことに気づいて教室に戻ると、雅史がマキの机に覆いかぶさっていた。両手をつき、細い背中を丸め——キスをしていた。

自分の目が信じられなかった。頭を殴られたような気がした。それまでも雅史はマキに甘いところがあったが、単に優しい性格なのだと受け取って、そんなふうに考えたことはなかったのだ。どうしてマキなんか。いまだに解けないその疑問は、当時の私の中でたちまち膨らみ、激しい憎悪となって爆発した。私はもともとマキが嫌いだったから、歯止めなどかかるはずがなかった。マキが憎い。メグの心を奪ったマキが憎い。メグはぼくのものなのに。

私は雅史が好きだったのだ。恋だと認識していたかどうかはわからないが、どうしようもなく好きだった。私だけの雅史でいてほしかった。

だから、マキを陥れた。

私はエリカのバレッタを盗み、クラスで世話をしている花壇に埋めた。マキが花壇の当番の日に。エリカがそのバレッタをとても大切にしていることは誰もが知っていたし、なくなってからの落ちこみぶりに同情もしていた。おまけにそれが埋まっていた場所は、みんなでかわいがったタマの墓だった。

その時からマキへのいじめが始まった。私は恋敵を地獄へ落としてやったのだ。罪悪感などかけらもなく、勝利の喜びだけがあった。そうして手を汚してみれば、タマを殺したモックに対しても、なぜ怖がっていたのかさっぱりわからなかった。

何もかも計算どおり。ただし、それだけだった。

恋敵を痛めつけることはできたが、雅史の気持ちが変わるわけではない。むしろ苦境にある彼女にいっそう想いを寄せていく。私はみじめな敗北感を抱えて、ただ雅史の傍にい続けるしかなかった。マキへの憎悪をさらに募らせながら。

そんな中、あの事件が起きた。

死ぬまで許さないからね――マキがそう言い放った時、私はチャンスだと思った。雅史ひとりを犯罪者にしないためにと考えたのも、マキに脅されて支配されることを厭《いと》ったのも本当だ。だが心の深いところに、もっと強烈な動機があった。

エリカさえ殺せばマキを守れる、と雅史が思ったように、私も思ったのだ。

マキさえ殺せばメグが手に入る、と。

結局のところ、私は雅史が好きだったからマキを殺した。自分の恋のために、クラスメートを操って殺させたのだ。

「どうしても内緒？」

私が黙ってコーヒーを飲み続けていると、湯気の向こうで小首を傾げた雅史は、それからふっと笑顔になった。

「でも俺は、その嘘も知ってる気がするよ」

私は思わず目を逸らした。彼の表情があんまり優しくて、何もかもを諦めているみたいに見えたから。

私は雅史を手に入れた。あの夏祭りの夜、稲荷神社で祈ったとおりに。だがそれは、秘密という名の鎖で縛っただけなのだとわかっている。

「私はひどい人間だよ」

おまけにずるい人間だ。偽善に苦しさを感じると、こうして自虐を口にする。本当には痛くない傷を自分でつけて、罰を受けた気になって安心する。

「自分のためにクラスメートを騙して利用したの」

「うん」

「自分の罪がばれないよう見張るために教師をやってるの」

「それだけとは思えないけど、うん」

「雅史を離せないの」

「俺は真琴が好きだよ」

私の手の中で震え始めたマグカップを、雅史がそっと取り上げた。二人の好きなものだけを集めた二人だけの部屋に、カップを置く音が静かに響く。

私たちは二人きりで暮らしている。私たちが夫婦でいるかぎり、それは変わらないだろう。どちらも子どもを作る気はないし、そもそも雅史は性的に不能だ。私たちは一度も肉体関係を持ったことはない。

「エリカのお父さんもお母さんも、エリカのことが好きだったよね。マキのお母さんだって」

「うん」

私たちは親から娘を奪った。誰かの愛する者を永遠に奪った。誰にも必要とされない人間なんて、きっとひとりもいないのに。

「私たち、みんな変わったよね。生きてるから、変わるんだよね」

「うん」

四年生のあの頃、マキとエリカは残酷な女王だった。そして子どもだった。可能性を秘めた卵だった。生きて大人になっていたら、彼女らはどんな人間になっていたのだろう。

だが、女王は帰らない。孵《かえ》らない、永遠に。卵のまま、私たちが沼に沈めたから。

ウシガエルの声が耳にこびりついている。大鴉のように叫んでいる。
Nevermore――二度とない。
私たちが奪ったものも、私たちが失ったものも、もう二度と戻らない。
雅史が私の手を包んだ。
「それでも、俺は真琴を愛してるよ」
廃品回収の車が、間延びしたアナウンスとともに通り過ぎていった。
何かをなくしたまま繰り返される、いつもの日曜日だった。

この作品はフィクションです。もし同一の名称があった場合も、実在する人物、団体等とは一切関係ありません。単行本化にあたり、第13回『このミステリーがすごい！』大賞作品、降田天「女王はかえらない」に加筆しました。

第13回『このミステリーがすごい！』大賞（二〇一四年八月二十九日）

本大賞は、ミステリー&エンターテインメント作家の発掘・育成をめざすインターネット・ノベルズ・コンテストです。ベストセラーである『このミステリーがすごい！』を発行する宝島社が、新しい才能を発掘すべく企画しました。

【大賞】女王はかえらない　降田天

【優秀賞】深山の桜　神家正成

【優秀賞】夢のトビラは泉の中に　辻堂ゆめ

第13回の大賞は右記に決定しました。大賞賞金は一二〇〇万円、優秀賞は二〇〇万円をそれぞれ均等に分配します。

●最終候補作品

「風俗編集者の異常な日常」安藤圭
「キラーズ・コンピレーション」加藤笑田
「深山の桜」神家正成
「夢のトビラは泉の中に」辻堂ゆめ
「八丁堀ミストレス」山本巧次
「女王はかえらない」降田天

第13回『このミステリーがすごい！』大賞　選評

「史上最大の激戦を制したのは、仕掛けが縦横無尽に張り巡らされた小学校ミステリ」

大森望（翻訳家・書評家）

今回の最終候補作はきわめて前評判が高く、史上最大の激戦になるかもと囁《ささや》かれていたようですが、蓋《ふた》を開けてみると、案の定、六作のうち四作に誰かしらのA評価（大賞候補として推薦）がついた。ただし、三個以上（過半数）のAを獲得した作品はゼロ——とのっけから荒れそうな展開に。結果、だれもAをつけなかった二作が最初に脱落したが、つまらなかったわけではない。

加藤笑田『キラーズ・コンピレーション』は伊坂幸太郎系の殺し屋もの。というか、殺人の請負がオークションになり、安値で落札した殺し屋が殺人を実行——という設定は曽根圭介『殺し屋．ｃｏｍ』そのまま。シェアードワールドもののコンテストじゃないんだから、既存の作品とここまでかぶると賞は出しにくい。

安藤圭『風俗編集者の異常な日常』は、風俗情報誌の女性編集者が探偵役をつとめる（都筑道夫『泡姫シルビアの華麗な推理』みたいな）〝日常の謎〟もの——かと思えば、ミステリ成分がかなり希薄。最初のネタがちょっと面白いので期待させるが、いまどきの風俗業界事情と本格ミステリをうまくからめられていない。

というわけで、戦いは残り四作品に絞られた。混戦から最初に抜け出したのは、全員がＢ以上をつけた降田天『女王はかえらない』。一見、流行りのスクールカーストもので、ＴＶドラマ「女王の教室」ばりのヒリヒリした日常が（教師と生徒ではなく）、クラスの女王を争う二人の女子生徒の権力闘争（派閥争い）を軸に描かれてゆく。このスリリングなパワーゲームだけでもじゅうぶん面白いが、ミステリ的な仕掛けが縦横無尽に張りめぐらされている。問題は、その仕掛けにいちいち既視感が漂い、しかも若干やりすぎっぽいこと。サービスしすぎて失敗したというか、足もとの脆弱さが目立つ結果に。とはいえ、マニアックじゃない読者にとっては、どんでん返しの連続は意外性満点だろうし、なにより展開がうまくて飽きさせない。授賞に反対する声もなく、意外とすんなり大賞を射止めた。ミステリで女性二人のコンビ作家と言えば、『霊感探偵倶楽部』シリーズの新田一実以来？　ライトノベル分野ではすでに実績もある人（たち）なので、これを機にガンガン書いてほしい。

　逆に、賛否両論真っ二つに分かれたのが、テーマ、作風ともに正反対の二作、神家正成『深山の桜』と、辻堂ゆめ『夢のトビラは泉の中に』。前者はＰＫＯに参加して南スーダンに派遣されている自衛隊の宿営地が舞台。とくに事件もなく宿営地の地味な日常と自衛隊内部の人間関係がみっちり描かれていく前半は読み応えたっぷり。小さな事件の調査からしだいに不穏な空気が漂いはじめる展開もうまい。ただし、オネエ言葉でしゃべる探偵役が登場してモードが切り替わったあたりから違和感が強くなる。職歴を生かしたリアルな自衛隊描写と後半の派手な展開がどうもそぐわないし、スーダンの空気感も希薄に。結果、テーマ性ばかり前面に出るのが惜しい。

　辻堂ゆめ『夢のトビラは泉の中に』は、反対にきわめてリアリティの乏《とぼ》しい小説だが（なにしろ、ヒロインは日本を代表するトップシンガー）、設定の斬新さだけでＡ評価に値する。自宅マンションから転落死、自殺と報道されて世間は大騒ぎになっているが、自分では自殺した記憶も死んだ自覚もない——という導入から、はいはい、主人公が幽霊ってパターンね。と思ってると、彼女はちゃんと実体を備えている。なのにまわりの人間はだれも梨乃だと認識しない。なぜかひとりだけ、彼女の顔が梨乃に見える大学生の助けを借りて新生活をはじめたヒロインは、所属事務所でバイトをしながら、自分の死の真相を追い求める……。

　どういう設定なのか、頭の中が疑問符だらけになるんですが、すべての疑問にきっちり（超自然設定の本格ミステリとして）理屈がつくところがすばらしい。敵役の設定や犯行動機などに問題はあるものの、白河三兎系列のファンタスティック・ミステリーとして、じゅうぶん評価に値する。大賞に強く推したものの、反対意見との折り合いがつかず、痛み分けのかたちで、『深山の桜』ともども優秀賞となった。力及ばず申し訳ありません。

　この対決の割りを食ったのが山本巧次『八丁堀ミストレス』。祖母から相続した家の奥に江戸時代へと通じるタイムトンネルがあり、元ＯＬのヒロインが現代の知識と科学分析のデータを活用して八丁堀同心の犯罪捜査に協力する。捕物帖に指紋照合やルミノール反応を組み合わせるというアイデアはすばらしい。問題は、それを支える細部の説得力だが、シリーズものの第一弾としてなら、謎が積み残されてもかまわないし、このままでもすぐ出版できる。ぜひ世に出してほしい。かくして、万人受けする学園ものが大賞、硬軟対照的な二作が優秀賞という結果に。バラエティ豊かで、楽しい選考でした。

「どれも最終候補に相応しい力作」香山二三郎（コラムニスト）

最終候補作を読み進めている最中、つい二次選考の講評を覗いてしまった。今年は大賞候補が三作あるとおふたかたが述べているのにハッパをかけられ、いつにもまして精査した結果は後述するとして、例によって読んだ順に紹介していくと、まず山本巧次『八丁堀ミストレス』は久しぶりの時代もの。

江戸・文政年間、両国橋近くの長屋に住むおゆうは江戸一番の薬種問屋・藤屋から調査を依頼される。息子が殺されたうえに闇で紛いものの薬を横流ししていた疑いまでかけられていたのだ。おゆうは過去の捕り物で信頼を得た同心の協力で調査に乗り出すが……というといかにもオーソドックスな捕物帳っぽいけど、実はおゆうは現代人。長屋にあるタイムトンネルを通じてふたつの時代を行き来していたのだ。現代の科学捜査を捕物帳に導入したアイデアよし、その顚末《てんまつ》もきっちり描かれ完成度は高かった。しかしタイムスリップについては人工仕掛けがありそうなのに、その謎には触れられず、次作に続く的な落ちもあって、シリーズものを読まされたような印象がぬぐえなかった。

続く辻堂ゆめ『夢のトビラは泉の中に』は女性人気歌手がゴミ捨て場で別人として覚醒、元の自分が自殺していたことを知る。彼女は所属していたプロダクションで再出発を図る。彼女が再生したのか転生したのかあやふやなのが気にかかるし、よくある犯罪ネタを使っているのもちょっと難だが、その死をめぐる謎の構成はしっかりしているし、枚数を費やしてしっかり書き切った筆力にもただならぬものがあると見た。

加藤笑田『キラーズ・コンピレーション』は愛知県の田舎町の町長選をめぐって暗殺計画がめぐらされ、殺し屋たちとその関係者が現地に潜入する。殺し屋を始め主要人物が皆まともじゃないのはお約束で、スラプスティックなやり取りが繰り広げられ楽しく読ませて貰ったが、この手の殺し屋ものといえば、伊坂幸太郎作品等でもお馴染み。そこから出るものがあるかといわれたらそれまでで、筆力はあるのにちょっともったいない気がした。

安藤圭『風俗編集者の異常な日常』は就活に苦戦する

大阪の女子学生が風俗系出版社に入社、編集者たちの変態ぶりに辟易《へきえき》しつつも日々成長していく。魑魅魍魎《ちみもうりょう》が跋扈する業界内部を活写した異色のお仕事小説で、これまた楽しく拝読したが、それもそのはず作者は本賞の最終候補経験者であった。ただミステリー的な趣向はいかにも取ってつけたふう、これならお仕事小説に徹したほうがよかったかも。

　降田天『女王はかえらない』は北関東の山間の小学校が舞台。主人公がいる四年一組にはマキという女王が君臨していたが、ある日東京からエリカという少女が転校してきてクラスの階層が激変、二派に分かれた抗争はやがて夏祭りの夜に破局を迎える。いわゆる学園ノワールでスティーヴン・キングの世界を髣髴《ほうふつ》させる前半の抗争篇もよく出来ているが、後半に驚愕《きょうがく》の仕掛けが！　しかしながら、よく考えてみると前半で起きる事件が迷宮入りしてしまう展開には少々無理があって、そこを訂正する必要があろうかと。

　最後の神家正成『深山の桜』はＰＫＯ活動でアフリカの南スーダンに駐留する自衛隊の内部で盗難事件を始め、トラブルが続発。定年近い先任曹長が若い士長ともども調査を命じられるが、やがて自衛隊の撤退を要求する脅迫状が届けられる。作者は自衛隊経験者ということで、なるほどその内幕が活き活きと描かれているが、さらなる事件が発生したことで日本から派遣されてきたオネエの自衛官が名探偵ぶりを発揮するのかと思いきや「めい」は「めい」でも「迷」探偵、こちらが期待したような謎解き劇の妙は得られなかった（謎解き自体が悪いわけではありません）。

　というわけで、全作読み終えた感想としては、どれも最終候補に相応しい力作ではあるけれど、どれも一長一短あって強くは推せないというものだった。だからといって授賞に反対するまでには至らず、今回は授賞を強く願う声を聞き入れようかと風見鶏の体で選考会に臨んだが、投票結果は割れた。マイナス票がなかった『女王はかえらない』が大賞を受賞したのは順当として、『夢のトビラは泉の中に』と『深山の桜』はプラス票を重視した結果。『八丁堀ミストレス』も優秀作に入れてもよかったのだが、話の展開がシリーズものふうなんだし、ここはひとつシリーズ化を前提に隠し玉として売れ線を狙ったほうがよいのではとの判断が下された。本賞ではすでに岡崎琢磨『珈琲店タレーランの事件簿』のシリーズが結果を残している。山本さんはがっかりせぬように。選外のおふたりも実力的には問題なし、独自のアイデア、プロットの構築に力を注いで再チャレンジを！

「計算しつくされた技巧と卓越した描写力——文句なし」茶木則雄（書評家）

今回、私の見るところ、抜きん出た大賞候補が三作あった。文芸の王道を往く小説的興趣とミステリーの技巧が冴える降田天『女王はかえらない』、テーマの今日性と自衛隊内部の圧倒的ディテールが光る神家正成『深山の桜』、時代ミステリーと現代科学捜査を融合させた斬新極まる山本巧次『八丁堀ミストレス』、の三本である。

二次選考会では千街晶之《せんがいあきゆき》委員と評価が完全に一致し、「どれが大賞でもおかしくないし、どの作品にも大賞をとってほしい」（千街氏選評）と私自身、強く思っていた。三作とも過去の受賞作と比較して遜色《そんしょく》ない出来栄えで、前例に捉われず、真に才能ある原石を見出そうという『このミス』大賞創設の趣旨からしても、三作同時受賞はあって然るべき、というのが私の考えだった。反対意見が出たら徹底抗戦するつもりで、あえて三作全部にA＋の評価をつけて臨んだが、多勢に無勢で結果は玉砕。「矢弾尽き果て、散るぞ悲しき」選考会、となった。

優秀賞に留まった『深山の桜』、賞を逸した（ものの、選考会の総意として隠し玉に推されている）『八丁堀ミストレス』の作者には、自らの力不足を衷心からお詫びしたい。かくなる上は是非、おふた方は他の選考委員をギャフン、と言わせる活躍を見せてやってください。

さて、単独で大賞を射止めた『女王はかえらない』。なによりもまず、小説としての興趣が素晴らしい。単なるクラス内でのいじめ話に留まらず、教室という閉ざされた空間でのヒエラルキーの対立を軸に、子供ゆえの残虐性、子供ならではの純真性、また子供心に揺れ動く微妙な感情の襞を、余すところなく活写している。次第に孤立感を深めていく主人公の内面描写はとりわけ秀逸で、ロバート・マキャモン『少年時代』を彷彿《ほうふつ》とさせる佇《たたず》まいだ。良質の少年少女小説として、ページを繰る手も忘れて読んだ。さらに、この作品にはミステリー的にもかなりの技巧が凝らされている。前例もあり、わかる人にはわかる仕掛けではあるが、二段仕立てのトリッキーなプロットに、驚嘆する読者も少なくないだろう。計算しつくされた技巧と卓越した描写力——文句なしの受賞作だと思う。

聞くところによると作者は、プロット作りと執筆をそれぞれが担当する女性二人の合作作家とのこと。平成の女性版「岡嶋二人」を目指して、これからもガンガン作品を書いていただきたい。

残念ながら大賞を逃した『深山の桜』は、ネルソン・デミル『将軍の娘』の系列に連なる軍隊内捜査小説。舞台は南スーダン。PKOに従事する自衛隊宿営地で続発する変事（一般的感覚で言えば些細な事件）が物語の発端だ。が、たとえば、軍隊の中で保管弾薬が一発でも紛失することが、どれほどの大事件か――作品を読むうち読者は、殺人事件同様の緊迫感を強いられるはずだ。それほど、自衛隊内部のディテールが圧倒的で、冒頭から食い入るように読まされた。自衛隊の駆けつけ警護、それに伴う法整備、緊迫感を増す紛争地の状況――安全保障に関わる今日的問題を、作者は、声高に叫ぶことなくニュートラルな視線で、読者の前に提示してみせる。桜星（下士官）の矜持《きょうじ》と無念が、本作の最大の読ませどころだ。

タイトルに繋がるラストは万感。朝日新聞への国民的糾弾がようやく始まった今日、この分野の鉱脈は深い。是非、この路線を掘り下げてもらいたい。


もうひとつの優秀賞、大森委員と香山委員の支持を集めた辻堂ゆめ『夢のトビラは泉の中に』は、作品の曖昧な世界観に得心できなかった。カルト教団の行動原理にせよ、物語の源泉とも言える「神秘の泉」のエピソードにせよ、物語を繋ぐための据え物めいた感じで、細部まで練られた観がない。とはいえ、不可解な状況に突如放り出された主人公の、戸惑いと冒険を描く瑞々しい筆致は、素直に賞賛すべきレベルにある。年齢から言ってもまだまだ伸び代のある書き手だろう。優秀賞受賞を諒とするものである。

『八丁堀ミストレス』の上手いのは、江戸と現代を行き来するヒロインの相棒に、「私的科捜研」とも言うべき分析趣味オタクの理科系友人を配したところだ。江戸時代の事件の背後にある謀略も、実在の歴史的事象を基によく練られている。現代の科学捜査と時代ミステリーを融合させた独創性は、特筆に価すると思う。返す返すも、無冠が残念でならない。

安藤圭『風俗編集者の異常な日常』と加藤笑田『キラーズ・コンピレーション』は、個人的に面白く読むことが出来た。が、前者にはミステリー的弱さが、後者にはオリジナリティの不足が指摘され、選に漏れることとなった。力はあると思う。捲土重来を期待したい。

「学校内のドラマを読ませる力が他を圧倒した」吉野仁（書評家）

今回、わたしは『女王はかえらない』を抜きん出た傑作として賞賛した一方、他の候補作に対しては、かなり厳しい評価を下すこととなった。本賞の選考は、短所よりも長所を拾い上げ、いくつか欠点があってもそれを修正または改稿することを前提としているのだが、それでも納得できない点が残ったのだ。

降田天『女王はかえらない』は、小学校でのスクールカーストやいじめといった題材自体はなんら目新しくはないし、すでにお馴染みとなったトリックが多用されている。しかしながら、ぐいぐいと読ませる文章力をそなえており、物語の行方を追わずにはいられなかった。

欠点がないわけではない。とくに第二部に入ってから、ご都合主義でしかない作為的な部分が目立ち、大きな減点となった。それでも子どもたちのドラマをしっかりと読ませ、伏線と意外性をそなえミステリーとして出来上がっている。すでに少女ラノベ作家として活躍されている女性コンビ作家ということをあとで知ったが、ぜひ大人向けの現代ものを今後も書き続けてほしい。

さて、残りの五作だが、すべてに言えるのは、ミステリーとしての完成度はもちろん、大賞受賞作と比較すると文章力にかなり不足があるということだった。そんななか、辻堂ゆめ『夢のトビラは泉の中に』は、読み心地がよく、作者がまだ二十代はじめという年齢とは思えないほど十分に書けている。

問題は内容だ。現実にはありえないファンタジーで出来上がっているのに加え、人物と事件がすべて都合よく絡んでしまっている。たしかに、「自分が死んだことになっていて、誰からも認識されないが、ある人物だけが正体に気づく」という設定などユニークだが、あまりにご都合主義すぎる話に納得できなかった。芸能界、マスコミ、カルト教団などに関しての安易な設定や描写、その他リアリティのない部分も多い。だが、作者の同世代の人たちは、わたしが欠点だと思う部分を気にせず受けいれる可能性がある。むしろ若い読者にむけたファンタジーとしての魅力にあふれているかもしれない、ということで優秀賞の受賞に反対はしなかった。

もう一作の優秀賞、神家正成『深山の桜』だが、こちらも評価は低かった。もし一次選考で読んでいたら、落としているレベルである。なにより小説がはじまってから、地の文での説明が多い。それでいて状況や人間関係などを把握しづらい。全体の十分の一くらい進み、ようやくドラマの世界に入ることができたものの、話がどこに向かうのか、つかみづらい。まったく楽しめないのだ。なにより、扱われている事件に魅力がなく、長編を持たせるだけのものとは思えない。主人公にも感情移入できなかったし、他の登場人物も科白まわしが大袈裟に感じられた。南スーダンの空気や風景も感じ取れない。すべて決定的な描写力不足だ。自衛隊を舞台にしたミステリーの書き手では古処誠二《こどころせいじ》という先行作家がいる。優秀賞を受賞したからには、見知らぬ世界を一般の読者にどう分からせ、説明ではなくドラマの流れから自然に読ませるにはどうすればいいか、いまいちど既成のプロ作品から学んでほしい。

さて、惜《お》しくも受賞を逃したものの、山本巧次『八丁堀ミストレス』に関しては、『女王はかえらない』に次いで面白く読んだ。これはもう発想のユニークさである。ラストで明かされるもうひとつの真相は蛇足《だそく》だが、基本的な設定はとても面白い。江戸における陰謀に関する部分もよく書けている。ただこちらも文の語りがいまひとつ。同じ言葉や表現の繰り返しが続いたり、地の文の説明が長すぎたりと、内容の割にくどさを感じた。もうすこし読みやすいものであれば、強く推したのだが。

読みづらい、分かりづらい、話が見えないということでいえば、加藤笑田『キラーズ・コンピレーション』は、そのすべてをそなえている。登場人物が多く、短い章立てで視点が変わることも、その一因だろう。こういう作品ほど、明快で洒脱な文章力や個性的なキャラクターの描写力が求められる。それらをより磨いてほしい。

安藤圭『風俗編集者の異常な日常』は、逆に文章は達者で、ドラマとしてすらすらと読める。問題は、扱われているミステリーやサスペンスの部分。文字通り、風俗編集者の異常な日常という題材のエロくだらない面白さはあっても、ミステリーとしてはかなり弱い事件ばかり。そこは致命的な欠点だ。

今回、四人の選考委員の間で、とくに優秀賞二作の評価が大きく分かれた。刊行され、読者がどう判断するか興味深いところである。わたしは厳しい読み方をしたが、応募作が徹底改稿されたのち、素晴らしい原稿に生まれ変わっていること、それらが読者に受け入れられることを期待したい。

大賞受賞者一覧

第1回『四日間の奇蹟』浅倉卓弥（金賞）
『逃亡作法』東山彰良（銀賞）
第2回『パーフェクト・プラン』柳原慧
第3回『果てしなき渇き』深町秋生
『サウスポー・キラー』水原秀策
第4回『チーム・バチスタの栄光』海堂尊
第5回『ブレイクスルー・トライアル』伊園旬
第6回『禁断のパンダ』拓未司
第7回『屋上ミサイル』山下貴光
『臨床真理』柚月裕子
第8回『トギオ』太朗想史郎
『さよならドビュッシー』中山七里
第9回『完全なる首長竜の日』乾緑郎
第10回『弁護士探偵物語 天使の分け前』法坂一広
第11回『生存者ゼロ』安生正
第12回『警視庁捜査二課・郷間彩香 特命指揮官』梶永正史
『一千兆円の身代金』八木圭一

【原稿送付先】〒102-8388 東京都千代田区一番町25番地 宝島社
『このミステリーがすごい!』大賞 事務局
※書留郵便・宅配便にて受付

【締　切】2015年5月31日（当日消印有効）厳守

【賞と賞金】大賞1200万円
優秀賞200万円

【選考委員】大森望氏、香山二三郎氏、茶木則雄氏、吉野仁氏

【選考方法】1次選考通過作品の冒頭部分を選考委員の評とともにインターネット上で公開します
選考過程もインターネット上で公開し、密室で選考されているイメージを払拭した新しい形の選考を行ないます

【発　表】選考・選定過程と結果はインターネット上で発表
http://konomys.jp

2015年8月	9月	10月	2016年1月
1次選考 作品の推薦コメントと作品冒頭をネット上にUP	2次選考 最終選考	大賞発表予定	大賞刊行予定

【出　版】受賞作は宝島社より刊行されます（刊行に際し、原稿指導等を行なう場合もあります）

【権　利】〈出版権〉
出版権および雑誌掲載権は宝島社に帰属し、出版時には印税が支払われます
〈二次使用権〉
映像化権をはじめ、二次利用に関するすべての権利は主催者に帰属します
権利料は賞金に含まれます

【注意事項】○応募原稿は未発表のものに限ります。二重投稿は失格にいたします
○応募原稿・書類・フロッピーディスクは返却しません。テキストデータは保存しておいてください
○応募された原稿に関する問い合わせには応じられません
○受賞された際には、新聞やTV取材などのPR活動にご協力いただきます

【問い合わせ】電話・手紙等でのお問い合わせは、ご遠慮ください
下記URL　第14回『このミステリーがすごい!』大賞　募集要項をご参照ください

http://konomys.jp

ご応募いただいた個人情報は、本賞のためのみに使われ、他の目的では利用されません
また、ご本人の同意なく弊社外部に出ることはありません

このミステリーがすごい!

インターネットでエンターテインメントが変わる!

大賞賞金 1200万円

第14回『このミステリーがすごい!』大賞

募集要項

○本大賞創設の意図は、面白い作品・新しい才能を発掘・育成する新しいシステムを構築することにあります。ミステリー&エンターテインメントの分野で渾身の一作を世に問いたいという人や、自分の作品に関して書評家からアドバイスを受けてみたいという人を、インターネットを通して読者・書評家・編集者と結びつけるのが、この賞です。
○『このミステリーがすごい!』など書評界で活躍する著名書評家が、読者の立場に立ち候補作を絞り込むため、いま読者が読みたい作品、関心を持つテーマが、いち早く明らかになり、作家志望者の参考になるのでは、と考えています。また1次選考に残れば、書評家の推薦コメントとともに作品の冒頭部分がネット上にアップされ、プロの意見を知ることができます。これも、作家を目指す皆さんの励みになるのではないでしょうか。

【主　催】 **株式会社宝島社**

【募集対象】 **エンターテインメントを第一義の目的とした広義のミステリー**
『このミステリーがすごい!』エントリー作品に準拠、ホラー的要素の強い小説やSF的設定を持つ小説でも、斬新な発想や社会性および現代性に富んだ作品であればOKです。また時代小説であっても、冒険小説的興味を多分に含んだ作品であれば、その設定は問いません。

【原稿規定】 **❶400字詰原稿用紙換算で400枚～650枚の原稿**（枚数厳守）
・タテ組40字×40行でページ設定し、通しノンブルを入れる
・マス目・罫線のないA4サイズの紙を横長使用しプリントアウトする
・A4用紙を横に使用、縦書という設定で書いてください
・原稿の巻頭にタイトル・筆名（本名も可）を記す
・原稿がバラバラにならないように右側を綴じる（綴じ方は自由）
※原稿にはカバーを付けないでください。また、送付後、手直しした同作品を再度、送らないでください（よくチェックしてから送付してください）

❷1,600字程度の梗概1枚（❶に綴じない）
・タテ組40字詰めでページ設定し、必ず1枚にプリントアウトする
・マス目・罫線のないA4サイズの紙を横長使用しプリントアウトする
・巻頭にタイトル・筆名（本名も可）を記す

❸応募書類（❶に綴じない）
・ヨコ組で①タイトル②筆名もしくは本名③住所④氏名⑤連絡先（電話・FAX・E-MAILアドレス）⑥生年月日・年齢⑦職業と略歴⑧応募に際しご覧になった媒体名、以上を明記した書類（A4サイズの紙を縦長使用）を添付する

※❶❷に関しては、1次選考を通った作品はテキストデータも必要となりますので（手書き原稿不可。E-mailなどで送付）、テキストデータは保存しておいてください（1次選考の結果は【発表】を参照）。最初の応募にはデータの送付は必要ありません

降田 天（ふるた・てん）
鮎川颯と萩野瑛の二人からなる作家ユニット。

※本書の感想、著者への励まし等はハガキ、
　または下記ホームページまで
　http://konomys.jp

女王《じょおう》はかえらない

2015年1月23日　第１刷発行

著　者：降田 天
発行人：蓮見清一
発行所：株式会社宝島社
〒102-8388 東京都千代田区一番町25番地
電話：営業 03(3234)4621 ／編集 03(3239)0599
http://tkj.jp
振替：00170-１-170829　（株）宝島社
組版：株式会社明昌堂
印刷・製本：中央精版印刷株式会社

ISBN 978-4-8002-3547-3